文庫

Cocoon 4

宿縁の大樹

夏原エヰジ

講談社

黒羽屋

〈**瑠璃**〉
主人公。唯一無二の美貌を誇る花魁。
実は鬼退治の組織の頭領。

〈**楢紅**〉
瑠璃が使役する生き鬼。
強力な力を持つ。

お内儀。どこかから、
鬼退治の依頼を受けてくる。
〈**お喜久**〉

〈錠吉《じょうきち》〉

眉目秀麗な若い衆。瑠璃の髪結いを担当。
鬼退治の際は錫杖で戦う。

〈権三〉

料理番の大男。上野で板前をしていた。
金剛杵を操る。

〈豊二郎〉

双子の兄。弟とともに若い衆見習い
として働いている。
栄二郎と結界を作る。

〈栄二郎〉

双子の弟。兄より楽天家。
豊二郎と結界を作る。

妖たち

〈露葉〉
山姥。若作り。

〈炎〉
さび柄の猫。
その正体は、実は……。

〈白〉
尾が二本に
裂けた猫又。

〈がしゃ〉
髑髏。瑠璃に
よく殴られている。

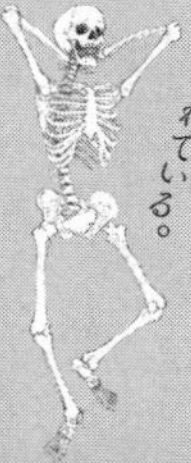

〈長助〉
袖引き小僧。

〈お恋〉
狸の姿をした、
信楽焼の付喪神。

〈油坊〉
怪火を操る
油すまし。

鳩飼い

〈惣之丞〉
瑠璃の義理の兄。
黒雲と敵対する
組織のリーダー。

〈柚月〉
鳩飼いて結界役を
果たす子供。

〈こま〉
鬼の中から出てきた狛犬。
お調子者だが、
なぜか憎めない。

〈雛鶴〉
瑠璃の友人であったが、
生き鬼として、
今は惣之丞に使役されている。

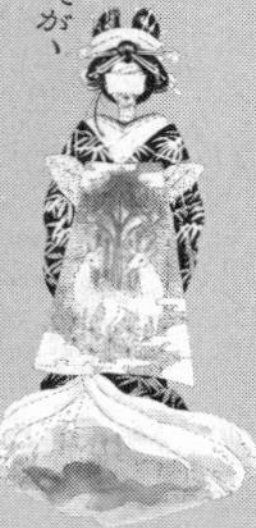

キャラクターイラスト：皐月にく

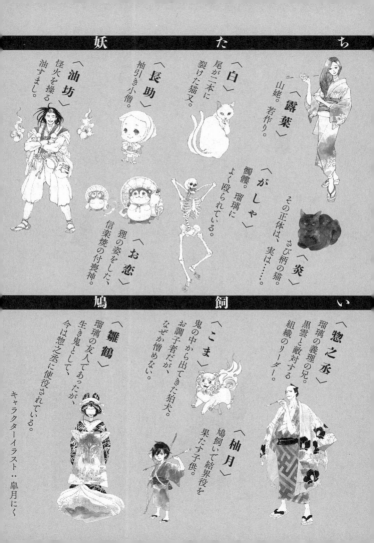

COCOON 4

宿縁の大樹

Big tree of karma

序

――誰《たれ》ぞ、余《よ》の眠りを遮《さえぎ》るのは。

あれからどれだけの年月が流れたのだろう。途方もなく続く時の流れに心を任せ、変わりゆくこの地を見てきた。ここはそう、今は〝江戸《えど》〟と呼ばれているそうだな。余が望んだ地。この手に入れ、他の追随《ついずい》を許さぬ強国にせんと、欲した地……。そうだ、どこぞの若造が治め、世は太平となったのだ。余は、この地を守る存在に据《す》えられた。太平の世。悪くないではないか。これ以上に何を望む？

その方は一体、何を望む？

ああ、そうとも。余は血縁のある者たちから忌避《きひ》され、権威から遠ざけられ、〝悪〟だと罵《ののし》られてきた。奴らは気に入らなかったのだ。余の力が。民を束ね、地を束ね、新たな国を作らんとする志が。神なるお方に反旗をひるがえそうなどと、さようなことは毛ほども考えていなかったのにな。されど奴らは余を逆賊《ぎゃくぞく》とみなした。余を〝悪鬼《あっき》〟と呼んだのだ。

裏切られたのだ。奴らは余の力を妬《ねた》み、陥《おとしい》れようとした。懐《ふところ》に間者《かんじゃ》を送り、敬愛すべき祖父上と父上の霊像を盾にし、同志たちを虐殺《ぎゃくさつ》した……反撃をするのは当然の行いだと、その方も思わないか？　余は決して臆《おく》さなかった。後ろ指を差されるような戦はすまいと、それが武士《もののふ》としての矜持《きょうじ》だったからだ。だが奴らには武士の心がまるでなかった。奴らは卑劣《ひれつ》極まりない手で余の心をへし折ろうとしてきたのだ……ああ、桔梗《ききょう》よ。なぜそなたまで、裏切ったのだ……愛して、いたのに。

そうか。その方、余の力を欲するのか。戦に生き、戦に死した余が、太平の世を見守るだけでは飽いただろうと、そう申すのだな。小僧め、見上げた度胸よ。だがその方の言葉には、なぜだか心惹かれるものがある。余の魂に封じられていた深怨の念が長き眠りから目覚め、今また頭をもたげるようだ……。この心こそ、我が真なる心。太平の世など、余の望みではない。

よかろう。穏やかな時はこれまでだ。余を利用せんとするその方の計に乗ってやる。

今一度、戦の先陣を、切ってしんぜよう。

一

厳しい冬を乗り越えた五丁町《ごちょうまち》に、緩やかな風が吹き渡る。寒さが少し残ってはいるものの、万象は春めき、空気は澄んで明るい。大門から吉原《よしわら》の中心をまっすぐに貫《つらぬ》く仲之町《なかのちょう》には、今年も植木職人たちが呼ばれて桜の木を植えていた。人々は待ち望んでいた春の華やぎに心をときめかせ、自然と顔をほころばせている。

吉原で起きた火災により被害を受けていた妓楼《ぎろう》は、無事にすべての修繕が終わっていた。

「だはあぁ、これこれ。やっぱ慣れた風呂が一番だ。誰もいない朝風呂ってな、たまんないねえ」

江戸町一丁目にある大見世《おおみせ》「黒羽屋《くろばや》」の内湯にて。瑠璃《るり》は男のような野太い長息を漏らしながら、湯に体を沈めた。

「深川《ふかがわ》の湯屋も悪くなかったけど、あそこには地女《じおんな》も多かったからさあ。どうにも落ち着かなかったんだよね」

「そうやって脚をおっ広《ぴろ》げてるところを見られたら、花魁《おいらん》の評判はがた落ちじゃもんな」

浴槽《よくそう》の縁にはさび柄の雌猫、炎《えん》がいた。瑠璃が動く度にちゃぷちゃぷと迫る湯を厭《いと》うようにして、前足を小刻みに振っている。

行儀の悪さを指摘された瑠璃は、うっさいな、と口を尖らせた。

瑠璃には二つの顔がある。一つは比類なき美貌をもって江戸の男たちを魅了する、花魁としての顔。そしてもう一つが、鬼退治組織「黒雲《こくうん》」の頭領という顔である。瑠璃は黒羽屋のお内儀《かみ》であるお喜久《きく》から任務を伝えられ、四人の男衆、錠吉《じょうきち》、権三《ごんぞう》、双子の豊二郎《とよじろう》と栄二郎《えいじろう》を統率して、これまで数多くの鬼を斬《き》ってきた。

瑠璃は人の女子《おなご》として生を受けたが、その前世は龍神である。

古《いにしえ》より存在した三龍神、「廻炎《かいえん》」「蒼流《そうりゅう》」そして「飛雷《ひらい》」。飛雷は天変地異をもって世に混沌をきたす邪龍であった。龍神たちは互いに争い、均衡を保っていたが、廻炎はついに敗れてさび猫の死体に魂を転移した。それが今の炎である。炎は人間に知恵を授け、ようやく邪龍の暴虐《ぼうぎゃく》を止めることに成功した。すなわち飛雷を刀に封印するよう、助言したのである。

一方もう一体の龍神、蒼流は、苛烈《かれつ》な戦いに倒れて消滅してしまった。しかし蒼流は長い時を経て人の女子に転生する。その女子こそが瑠璃だ。

三龍神たちは現在、廻炎は猫に、飛雷は妖刀に、そして蒼流は瑠璃という女子として、浮世《うきよ》に存在しているのである。

「こうやってゆっくり湯に浸かれる日がまた来るなんて、ありがたいこった。地獄で戦ったのが遠い昔のことみたいだよ……こんな日が、ずっと続けばいいのにな」

瑠璃は独《ひと》り言《ご》ちるように言うと口元まで湯に浸かり、ぶくぶくと泡を作る。その横顔に物憂げな様子を感じ取ったのか、炎は黙って目を伏せた。

瑠璃は産まれてから五歳までの記憶がすっぽり抜けてしまっている。思い出せる最初の記憶は、大川を流れて瀕死状態にあったところを、惣右衛門《そうえもん》という男に拾われた時のこと。唯一覚えていたのは、「ミズナ」という実の親につけられたであろう名前だけだった。

惣右衛門は江戸で人気を博す芝居小屋「椿座《つばきざ》」の、先の座元である。瑠璃は快活な惣右衛門に育てられ、十歳になると「惣右助《そうすけ》」という役者名をもらい、立役《たちやく》として舞台に上がるようになった。だが役者としての生活は、決して順風満帆とは言えなかった。

惣右衛門にはもう一人、惣之丞《そうのじょう》という養子がいた。瑠璃とは五つ違いの惣之丞はなぜか義理の妹となった瑠璃を忌み嫌った。

瑠璃が十五になった年、酒の飲みすぎが祟《たた》って惣右衛門が死んだ。惣之丞は義父の死に乗じて瑠璃を吉原に売り飛ばしてしまった。かくして瑠璃は遊女として生きることを強いられ、かつ生まれながらに持っていた力を見出されて、黒雲の頭領となったのだった。

そして昨年の夏、瑠璃は惣之丞と再会した。

義兄にも裏の顔があった。それが「鳩飼《はとか》い」。黒雲と敵対する暗躍組織である。惣之丞は鬼を退治するのではなく「傀儡《くぐつ》」にした上で使役《しえき》し、彼女たちを「地獄」と呼ばれる売春施設に置いていた。すなわち男の性欲を吐き出させる受け皿にしていたのである。その目的は恥辱を与えることによって、傀儡の呪力を高めるためであった。

瑠璃たち黒雲はこれに激怒し、地獄へ乗りこむ計を立てた。結果、黒雲は傀儡たちの浄化に成功し、惣之丞を追い詰めることができた。ところが——。

「帝と将軍との戦いなんて、とんでもないことに巻きこまれちまったよ」

地獄で対面した惣之丞は瑠璃の動揺を誘おうとしてか、信じられない事実を明かしたのだった。

だらしなく縁に寄りかかっていた姿勢を起こす瑠璃の横で、炎は揺れる湯の波を、物思いにふけるようにして見つめていた。

「……そうじゃな。お前は前世でも戦、転生しても戦に身を投じる運命なのやもしれん」

「そんな運命、御免《ごめん》こうむりたいんだけど」

軽い調子で言ってみせた瑠璃だったが、心は反面、重く垂れこめる暗雲でふさがっていた。

黒雲に任務を命じ、裏で糸を引いていたのは徳川《とくがわ》幕府の第十代将軍、徳川家治《いえはる》であった。対する鳩飼いの裏にいたのは、世に現人神《あらひとがみ》と崇《あが》められる日《ひ》ノ本《もと》が最高権威、兼仁《ともひと》天皇。これが、惣之丞が明かした真実だった。

帝は幕府に政《まつりごと》を委任する立場にあり、権威は将軍より上とされている。ただあくまで表面上のことで、実際のところ、帝が有する政への発言権などなきに等しい。兼仁天皇はどうやらそれが気に食わず、幕府を倒して実権を取り返さんとしているようだった。

幕府転覆のためには、家治が抱える黒雲を排除せねばならない。黒雲は連綿と続く歴史にのっとり、今は幕府に忠誠を誓っているからだ。主である将軍に危害を加える者が現れたならば、必ずや反逆者に牙を剝《む》くだろうと、帝は考えているらしかった。

兼仁天皇は黒雲に対抗できる勢力を欲し、傀儡師としての力を持つ惣之丞に目をつけた。惣之丞は求めに応え、帝に忠誠を誓った。

同じ父親のもとで、義理の兄妹として育った瑠璃と惣之丞。瑠璃には義兄への個人的な怒りがある。惣之丞が鳩飼いとして戦いを挑んでくるのなら、瑠璃も黒雲の頭領として二の足を踏んではいられない。

が、瑠璃の心には新たな迷いが生じていた。

「あのさ、炎。わっちは……」

さび猫に向かって何事か言いかけた矢先、内湯の引き戸が威勢よく開けられた。

「ああっ、一番風呂だと思ったのにぃ。瑠璃ってば今日は随分《ずいぶん》と早起きじゃない。いつもぎりぎりまで寝てるくせに」

黒羽屋の遊女であり、瑠璃の数少ない友人、夕辻《ゆうつじ》であった。夕辻は浴槽の縁に座っているさび猫を見るや目元を和ませた。

「炎も一緒にお風呂？　珍しいね、猫って水を嫌がるんじゃなかったっけ」

手桶で掛け湯をしつつ話しかける。しかしながら、夕辻には炎の喋《しゃべ》る声が聞こえない。瑠璃を慕《した》って事あるごとに集まってくる妖《あやかし》たちの姿も、見ることができなかった。

人ならざる者たちを見ることができるのは、ごく限られた者だけだ。瑠璃も無闇に怖がらせるべきではなかろうと、炎が人語《じんご》を解することも、妖のことも夕辻には内緒にしていた。

「こいつも水が嫌いみたいだけど、何でか風呂には時たまついてくるんだよ。ちょっと湯がかかるだけでも嫌がるくせに、猫って変だよな。何考えてるかわかりゃしねえ」

すらすらと猫の特性を語る瑠璃を、炎はじとりと睨《にら》んでいた。

夕辻が手桶を置き、湯に足を浸ける。肉づきのよい豊満な体を、ゆっくり湯の中に沈めていく。たわわな胸が動きにあわせて揺れるのを見て、瑠璃は我知らず自分の胸を隠していた。

——相変わらず、でっけえな。

「何よ人の胸じろじろ見てっ。やだな瑠璃ってば、助平《すけべえ》なんだから」

「馬鹿を言うな、わっちだって女だぞ」

と、大声で鼻白む瑠璃の体を、夕辻は眺めまわすように見た。

「いいなあ、瑠璃は。手足が長くてすらっとしててさ。大食らいのくせに食べたものはどこに行っちゃうわけ？　わっちは太りやすいから、華奢《きゃしゃ》な体って憧れちゃう」

「いや、別にそんなことは」

「だから胸が平べったいのは、気にしなくていいと思うよ」

瑠璃は白目を剝いた。最も気にしていることをさも気遣わしげに慰められ、脳天に巨石を落とされたような心持ちがした。

自身が放った言葉が友の心を打ちのめしたことにも気づかず、夕辻はうっとりと肩に湯をかけている。

「ひ、ひ、平べ……」

「ねえ聞いて？　さっきね、ひまりが挨拶《あいさつ》してくれたんだ。〝夕辻さん、おはようございます〟って。嬉しかったなあ。瑠璃にひまりをお願いして本当によかったよ」

ひまりは昨年の冬から瑠璃が抱えることになった、妹女郎《じょうろ》の名だ。

いざ蓋《ふた》を開けてみると、ひまりは案外お喋りな子どもであった。日々の生活態度がだらしない姉女郎をたしなめ、てきぱきと雑事をこなす。今朝に至っては、部屋に飾られっぱなしの雛壇《ひなだん》を見て「早く片づけないとお嫁に行き遅れちゃいますよ」と言ってきた。おませな口調で諭《さと》してくる妹女郎に、瑠璃は思わずたじろいでいた。

「そ、そうか。あいつ、最近は自然に笑えるようになったみたいでわっちも一安心だよ。朝早くに叩き起こすのは勘弁してほしいけど」

夕辻の言葉になおも傷ついていた瑠璃は、妹女郎の話を出されてようやっと立ち直った。

「あはは、だからこんな早くお風呂に来てたんだ。津笠《つかさ》も早起きだったもんね。そうだ、わっち、気づいちゃったんだけどさあ。ひまりって豊二郎とできてない？」

「はあぁ？」

と、瑠璃はまたもや衝撃を受けた。豊二郎は黒雲でも瑠璃と行動をともにする、結界役の双子の兄である。

「何だそれ、どうしてそう思うんだよ」

「だって最近あの二人、よく一緒に話してるし、ひまりの顔がすっごく嬉しそうなんだもん。豊二郎もまんざらでないって感じだしさ」

ひまりは先の姉女郎、津笠に似て、慎《つつ》ましく思いやりにあふれる心根の持ち主だった。そして豊二郎の初恋の相手は、まさに津笠であった。津笠にどことなく似ているひまりと好《い》い仲になるのは自然とも言える。が、瑠璃はなぜだか複雑だった。

「何でえ豊の奴、色気づきやがってさ。女の〝お〟の字も知らねえ小童《こわっぱ》のくせに」

「あれ瑠璃、知らないの？　豊二郎も栄二郎も、もう初めてを終えたんだよ？」

「……え？」

鳩が豆鉄砲を食ったような顔になっている朋輩《ほうばい》を尻目に、夕辻は妓楼の中で持ちきりになっている話題を上げた。

どうやら双子は出入りの芸者に裏茶屋へ呼び出され、男としての初体験を済ませたらしい。以前から年上の芸者衆に「可愛い」と目をつけられていた双子は現在、十五歳。女を知るのに早すぎるということはないだろう。

しかし瑠璃は、弟分とも言える双子が大人になったと聞かされ、頭がくらくらするようだった。世の中の弟を持つ姉は皆こうした心持ちになるのだろうか。

「う、嘘ぉ」

「そうそう、栄二郎ってあの鳥文斎栄之《ちょうぶんさいえいし》先生に絵の弟子入りをしたんでしょ？　この前できかけの下絵を見せてもらったんだけどさ、すんごく上達しててびっくりしちゃったよ」

瑠璃が今や石になっているのも目に留めず、夕辻は喋々《ちょうちょう》と話し続ける。自由奔放なこの朋輩は、人の顔色をうかがうということを知らなかった。

「豊二郎も権三さんに教わって料理の腕前がぐんと上がってさ、わっちのお客も褒《ほ》めてたよ。二人とも偉いよねえ」

感心したように頷《うなず》く夕辻。瑠璃も密かに嘆息《たんそく》して、そうだな、と小声で返した。

――あいつら、つい最近まで洟垂《はなた》れ小僧だったくせに。でもきっと、あいつらなりに大人になろうと頑張ってるんだな。

弟分の成長を寂しく感じる一方、心の片隅で安堵もしていた。

「あっ、そうだ瑠璃、ちょいと聞いてほしいことがあるの。権三さんのことなんだけど」

「権さんのこと？」

見れば夕辻は珍しく考えこむような顔つきをしている。

「昨日ね、お水をもらおうと調理場に行って、権三さんと立ち話をしてたの。ほら最近わっちのお客にさ、すごく荒っぽいお侍《さむらい》が来たでしょ？　そのことを話してたらね、権三さんがまた変なことを聞くのよ」

「ああ、〝客の臍《へそ》まわりに十字の傷がないか〟ってやつだろ。わっちも新規の客が来る度に聞かれるよ。臍の形とか臍まわりを見る〝臍占い〟ってやつらしいな」

のぼせてきた瑠璃は軽く腰を上げると縁に座り、足だけを湯に浸した。

「それによると、十字の傷を持つ奴は乱暴な甚助《じんすけ》なんだとか」

甚助とは、精力が有り余る男をからかう廓《くるわ》言葉だ。せっかく高い金を払って登楼したのだから、閨《ねや》で元を取ってやろうと遊女を寝かせない者を指す。野暮《やぼ》だと妓《おんな》たちから嫌われる典型であった。

「臍占いだなんて可笑《おか》しいよねえ。権三さんがそういうこと気にするってちょっと意外だと思わない？」

「廓の妓たちが手荒に扱われないか心配してくれてるんだろ。何でも人相とか手相と同じ類《たぐい》のものらしいぞ？　信憑性は知らんけど、占いの全部が眉唾《まゆつば》モンとは思わないし、もしかしたら当たるのかもな」

「へえ、瑠璃っていかにも〝占いなんて馬鹿みてぇ〟とか言いそうなのに。女子っぽいっていうか、乙女っぽいところもあるんだね」

しれっと失礼なことを言ってから夕辻はふと、瑠璃の傍らに目をやった。縁の上では炎が波打つ湯に毛を逆立てている。

何を思ったか、夕辻は茶目っ気たっぷりの笑みを浮かべた。

「んもう、炎ったらやっぱりお湯に入りたいんじゃない。ほら、こっちおいで」

「あ、こら夕辻……」

瑠璃が止めるのも聞かず、夕辻は炎を素早く抱き上げると自身の胸元に引き寄せた。

「んにゃあああっ」

どっぷりと湯に浸かる羽目になったさび猫の、切ない悲鳴が内湯に響き渡った。

「炎の奴、それからずうっとご機嫌斜めでさあ。狂ったみたいに全身を舐《な》めまわしてて、見てるこっちが嫌になっちまうよ」

黒羽屋の一階にある調理場。木箱に腰かけ、調理台の上に肘《ひじ》をつきながら、瑠璃は権三が料理をするのを眺めていた。手には大きな徳利《とっくり》が握られている。徳利から直《じか》に酒をあおりつつ、舌っ足らずに管《くだ》を巻いた。

炎は無理やり湯に浸からされたことに立腹していたものの、夕辻に悪意がないことも理解していた。怒りのやりどころがないさび猫は新調したばかりの畳でがむしゃらに爪を研《と》ぎ、一方で同情した瑠璃も止めるに止められず、ほとほと困り果てていたのだった。

「はは、風呂嫌いの猫を湯に浸すなんて夕辻さんらしいというか。しかし炎も龍神のはずなのに、今はやっぱり猫としての性質が強いんだなあ」

権三は瑠璃の話に相槌《あいづち》を打ちつつ、ふきのとうや山うどについた泥《どろ》を丁寧に洗い、あく抜きをした筍《たけのこ》を櫛形《くしがた》切りにしていた。

「そういやさっき栄とすれ違ったんだけど、あいつも調理場に用があったのか?」

「ああ、明日の献立《こんだて》を書いた紙を楼主《おやじ》さまに持っていってもらったんですよ」

「ふうん、あいつも最近は忙しそうだよなあ。おまけに絵の修業まで始めて、ちゃんと寝てるのかね」

栄二郎と豊二郎は、今や若い衆として多様な仕事を任されるようになっていた。まだ他の若い衆の助けが必要な様子だが、見習いの域を脱するのもそう遠くはないだろう。

「栄も豊もいきいき働いてますよ。一人前の扱いをされるようになって張り切ってるんでしょうね」

権三は手際よく山菜に衣をつけ、油の中へと投下していく。天婦羅《てんぷら》が揚がる小気味よい音と食欲をそそる香りが、調理場に広がった。

「うーんいいねえ、何だか腹が減って……ん？」

恍惚《こうこつ》とした表情で鼻を上に向けていた瑠璃は、途端に渋面を作った。

「この匂い、まぁた雑穀入りの米を炊《た》いてるのか」

「近頃は米の値段がべらぼうに高くなっちまってますから、白米だけっていうのも難しいんですよ」

「うげぇ。わっち、雑穀は苦手なんだけど」

白米を食べたければ仕事に精を出せ。楼主の幸兵衛《こうべえ》、遣手《やりて》のお勢以《せい》はうんざりするほど遊女たちにこう発破をかけていた。口にする米が白米か雑穀まじりかは、稼ぎ具合によって分けるというのだ。

この原因は、三年ほど前に発生した飢饉《ききん》にある。陸奥《みちのく》における凶作のあおりを受け、江戸では米の価格が急騰《きゅうとう》していた。贅《ぜい》を尽くす吉原であっても影響は避けられない。黒羽屋で供される米も、まじりけのない白米ではなく雑穀まじりの米が主になっていた。

こういうご時世ですし仕方ないでしょうね、と権三が言うので、瑠璃は不満げな顔でぐびりと酒を飲み下した。酔いがまわり、耳が真っ赤になっている。

「花魁、ちと飲みすぎじゃないですか？」

権三が手を伸ばして徳利を奪い取ろうとする。

やだっ、と叫ぶなり瑠璃は徳利を抱え、亀のように丸くなった。幼子のような反応をされた権三はやれやれと手を引っこめた。

「夜見世もあるし、吉原に戻ってきたからには道中《どうちゅう》もあるんですから、少し控えないと」

柔和な口調で諭された瑠璃は、口をへの字に曲げている。何事か言い渋っている様子の花魁に、権三は優しく言葉を継いだ。

「飲みたくなるのもわかりますけどね。どうせ飲むならいっそのこと、溜まってるものも吐き出してみてはいかがです」

瑠璃は上目づかいで権三を見た。権三は天婦羅を揚げ終え、大きな手で器用に海老の殻を剝いている。

きびきびと料理をする権三の横顔は、話を急かすわけでもなく、自ずから話したくなるのを待ってくれているようだ。だからこそ瑠璃は調理場に来たのである。

徳利を台に置き、微《かす》かなため息を漏らす。

「このところ、同じことばかり考えちまうんだ。このまま将軍と帝の代理戦に参戦することにして、本当にいいのかって」

「もしや花魁、家治公の命を無視するおつもりなんですか？」

権三は些《いささ》か驚いたように顔を向けてきた。

つい先日のこと、瑠璃たちはお喜久に集められ、家治公から正式に命が下ったことを聞かされた。倒幕を目論《もくろ》む鳩飼いに応戦せよ、との命である。

「無視しようなんて思っちゃいないさ。でも鳩飼いが戦う動機を知ってから、何というか」

「迷っていらっしゃるんですね」

権三は即座に瑠璃の心中を察したようだった。

「……うん」

瑠璃はしばらく黙した後、自らの考えを整理しつつ心情を明かした。

黒雲の敵として現れた惣之丞には、悲願があった。すなわち「差別制度の撤廃《てっぱい》」である。

惣之丞の母親は、かつて吉原で太夫《たゆう》と賞賛された、朱崎《あけざき》という女だった。彼女は現在「楢紅《ならく》」という生き鬼の傀儡として、瑠璃と主従関係にある。

朱崎は呪術師の血族「姦巫《はとのかい》」の分家に生を受けた。

呪術師は古来、下層民と蔑まれる存在だ。姦巫の分家も、そして朱崎も、例に漏れず苛烈《かれつ》な差別を受けてきた。この事実を惣之丞は、わずか十歳の時に知った。

詰まるところ、惣之丞が帝に忠誠を誓ったのは、帝の権威をもって差別制度を撤廃してもらうためだったのだ。鬼を苦しめることに愉悦《ゆえつ》を感じていたのではなく、彼の行動には、然《しか》るべき目的があったのである。

「わからなくなったんだ。もし帝が差別撤廃を約束してくれるのなら、黒雲はそれを邪魔することになる。わっちらは正しいことをしているのか、ってさ」

思いの丈《たけ》を吐露《とろ》したことで、己の心が大きく揺れていることを、瑠璃はまざまざと痛感した。顔を伏せている花魁を見て権三は、悩みが思ったよりも深いと察したのだろう、料理の手を止めていた。

「花魁。戦う相手が誰になろうと、俺はあなたの判断に従います。これはあなたにだけ責任を押しつけるという意味じゃありませんよ。悩んでいらっしゃるなら、俺たちも一緒に悩みます。だから、どうか自信を持ってくださいね」

瑠璃は唇をきゅっと結んだ。

自分は一人ではない。頼りがいのある同志がいるのだ。権三の言葉は心に温かく染みるようだった。錠吉も、豊二郎も栄二郎もきっと、瑠璃とともに悩み、考えてくれることだろう。

「うん、わかったよ。帝と将軍のことはともかく、惣之丞のこれまでの行いをおいそれと許すつもりはないしな。あの悪党め、わっちが小さい頃も鴉《からす》を殺して笑ってたらしくてさ。何かの呪術を試してたのかも、って炎が言ってたけど……」

地獄を作ったことも然《しか》り、どうやら義兄は昔から多くの命と魂を、己が目的のために利用してきたらしかった。

「惣之丞の捨て台詞からして、地獄を潰されたからといって諦める気はないようでしたよね。鳩飼いはもう次の手札を考えているのかもしれません」

地獄での戦闘を思い返してか、権三は顔を曇らせていた。

「そういや権さん。あの時、柚月《ゆづき》ってガキだけでも取り返さねえとって焦ってたよな？　何か気になることでもあったのか」

「そりゃ焦りますよ。だって結界役を奪えたら、鳩飼いの戦力を大きく削《そ》ぐことができるでしょう」

確かに惜しいことをしちまったかもな、と合点がいったように頷いて、瑠璃は黙りこんだ。心では地獄で交わされた、惣之丞との会話を反芻《はんすう》していた。

「……どうやら迷っていらっしゃるのは、惣之丞のことだけが理由じゃないようですね」

はっと顔を上げると、権三の穏やかな瞳が瑠璃を見つめていた。

「好いた男が敵方だったと知ってしまえば、迷いが大きくなるのは当たり前ですよ。花魁は否定されるかもしれませんが、ここでは意地を張らなくていいですからね」

瑠璃が心を通わせていた男、酒井《さかい》忠以《ただざね》。播磨《はりま》姫路《ひめじ》藩の当主である彼もまた、黒雲に敵対する立場だったことが明らかになっていた。それを瑠璃が気に病んでいるに違いないと、権三は聞かずともわかっていたのだ。

案の定、瑠璃の面差しには憂いが漂っていた。

「ああ、そうだよ。忠《ちゅう》さんが敵だってことを、信じたくないって思っちまってる自分がいるんだ」

忠以への気持ちが切れてしまえばどんなにか楽になるだろう。敵だからと割り切ってしまえたら悩まなくて済むと、わかっているのに。

不思議と権三の前では素直な気持ちを口に出すことができた。相手の心を思いやれる権三は、凝り固まった思念を解きほぐす力を持っているのかもしれない。

「でも、できないんだ。わっちを身《み》請《う》けしたいって言ってくれたのも全部、嘘だったなんて、どうしても思いたくない」

「身請けを……そうでしたか。そこまでおっしゃるなら、酒井さまのお気持ちもまったくの嘘ではないかもしれませんね」

「え？」

権三の声に確信めいた響きを感じ、瑠璃の心に淡い光明が差した。

「あなたのようにはっきりとした性分の方が選んだお人だ、そう軽薄に嘘八百を並べるとは思えません」

それに、と権三はわずかに声の調子を落とした。

「男が女に一緒になろうと切り出すのは、何と言いますか、とても勇気がいることなんですよ」

ぼかすような言い方に、瑠璃はしげしげと権三の顔を凝視する。片や権三はさっと俎板《まないた》の上へ目をそらした。心なしか気恥ずかしそうな顔をしている。

と、思い当たることがあり、瑠璃は大仰に頷いてみせた。

「なるほどな。権さんも、嫁さんに一緒になってくれって言うの、緊張したのか？」

図らずも自分の話に持っていかれた権三は虚を衝《つ》かれていた。間を置いてためらい気味に、はい、と答える面立ちは、少し寂しそうにも見てとれた。

四代目の黒雲が結成された五年前、瑠璃は権三の過去を本人の口から聞かされていた。

今年で三十一になる権三は、以前は上野の料亭に勤める料理人であった。

権三には妻がいた。しかし妻は命を落とし、鬼になってしまったそうだ。権三が二十歳の時の話である。なりかけで膂力《りょりょく》が弱かった妻に止《とど》めを刺したのは、他でもない権三だった。その後、料亭で働き続け、六年後にお喜久に見出されて黒雲に加入することになった。

権三は五年前、仲間たちにこの話を包み隠さず明かしたものの、何ゆえ妻が鬼になってしまったのか、どういった怨恨を抱いて死したのかは話さなかった。

妻を喪《うしな》い、生き残った権三が、委細《いさい》を詳《つまび》らかにできないのは無理からぬことだ。ただでさえ暗澹《あんたん》たる思いを胸に抱えているはずなのだから、少しでも話してくれたならそれで十分ではないか。自身の過去を明かすことで、仲間との距離を縮めようとしてくれたのだと推した瑠璃たちは、無理に聞き出すことをしなかった。

「おっと、切れ味が悪くなってきたな。そろそろ研《と》いでおかないと」

権三は海老を粗《あら》みじんに叩いていた手を止め、調理台の下から砥石を取り出した。

「今晩はいちご汁を作るんです。花魁もお好きでしたよね」

「本当かっ。そりゃもう大好物だよ、仕事のことを思うと気が重いけど、何だか俄《が》然《ぜん》、楽しみになってきたね。明日の分までいっぱい作っといてくれよ」

海老のすり身を団子にしたいちご汁は、あっさりとした味つけながら権三が作ると抜群に味わい深くなる。口の中に広がる上品な旨味を想像して、瑠璃の心は弾むようだった。

鼻歌まじりに揚げたてのこごみの天婦羅をつまもうとする。ところが権三は慣れた様子で、天婦羅を載せた皿をひょいと瑠璃の手から遠ざけた。

「明日のお客は確か、阿久津《あくつ》さまでしたよね。花魁、阿久津さまは臍まわりに……」

遠ざけられた皿を物欲しそうに見ていた瑠璃は、権三が言わんとしていることを察して笑い声を上げた。

「十字の傷がないか、ってか？　権さんてば、ほんっとそれ聞くの好きだよなあ」

阿久津は最近になって瑠璃の馴染みになった新客である。加賀《かが》藩の屋敷に交代で勤める勤番侍で、物腰が柔らかく金の使い方もこなれている。客の選り好みが激しい瑠璃も、自身の客として認めた男だ。

「あ、そういえばあったな。臍にこう、大きめのばってんみたいな傷が。何でも子どもの頃に転んじまって縫《ぬ》ったんだとか」

権三の手がぴたりと止まった。だがそれは一瞬のこと、権三は包丁を研ぎつつ瑠璃を不安げに見やった。

「そりゃ大変だ、甚助かもしれない。よくよく気をつけておかないと」

「だぁいじょうぶだって。半可通な浅黄裏《あさぎうら》どもとは違って、阿久津さまは若い衆にも祝儀を弾んでるし、物言いも偉ぶってないしさ。もし何かあっても問答無用で叩き出すだけだ」

ほろ酔い気分が戻っていた瑠璃は、へへん、と胸をそらしてみせる。瑠璃にはいらぬ心配だと思い直したのだろう、権三も鷹揚《おうよう》に笑っていた。

塒《ねぐら》に帰る燕《つばめ》の賑々しいさえずりが聞こえてくる。調理場に差しこむ暖かな陽光が、徐々に移動して消え入ろうとしていた。

「お、そろそろ支度しないと道中に間にあわねえな。最近はひまりまでわっちを叱るようになってさ。どっちが姐《ねえ》さんかわからんよ、まったく」

廓内が騒がしくなってきたのに気づき、瑠璃は慌てて立ち上がった。

「じゃあ権さん、色々と聞いてくれてありがとな」

「お安いご用です。またいつでもどうぞ」

権三はにっこり微笑んで瑠璃に袖《そで》の梅《うめ》を差し出す。二日酔いに効くとされる代物であり、どうやら瑠璃が飲みすぎたことを心配したらしい。

瑠璃はしばらくきょとんとしてから、目尻を下げた。

「権さんは優しいね。権さんみたいな人がたくさんいたら、どんなに平和だろうとつくづく思うよ。浮世は嘘つきばっかりだから……って、わっちも客の前では嘘しかついてないけど」

黒雲の中で最年長の権三は、二つの意味で大人であった。いつも優しく受け入れてくれる懐の深い権三に、瑠璃は密かに甘えたかったのだ。

袖の梅を受け取りながら、来てよかった、と心の中で独り言ちる。

——錠さんとも双子とも腹を割って話せるけど、錠さんはちょっとした愚痴でも深刻に捉えちまうし、双子は逆に軽くしか考えねえからなあ。こういう時にいい塩梅《あんばい》なのはやっぱ権さんだよ。

調理場を出しなに瑠璃はふと、顔だけ見返った。権三が先ほどと同じようにして包丁を研いでいる。その背中に形容しがたい陰が差している気がして、瑠璃は奇妙な心持ちになった。

ずっ、ずっ、と包丁を研ぐ薄ら寒い音だけが、調理場の中に鳴る。

「花魁、こんなところにいたんですか」

「うわっ、びっくりした……って、何だ錠さんか」

いつの間にか入り口に錠吉が立っていた。軽く声をかけただけで驚かれるとは思わなかったのだろう、錠吉は凜々しい顔立ちを怪訝《けげん》そうにしている。

「錠さんも調理場に用があんのか？」

「え？　ええ、まあ。それより花魁、ひまりが探してましたよ」

「瑠璃姐さん、見つけたっ。早くしないと道中に遅れちゃいますよ。ほらほらっ」

首を伸ばして錠吉の後方を見ると、熨斗文様《のしもんよう》の衣裳に着替えた禿《かむろ》が腰に手を当て、廊下の向こうで仁王立ちをしていた。いつまでも油を売っている姉女郎を叱りに来たようだ。

傾いた日が、調理場を薄く照らし出している。微かな違和感を覚えつつも、瑠璃は錠吉と入れ違いになる形で調理場を後にした。

二

黒羽屋の一階にある引付座敷では、幇間《たいこもち》が三味線《しゃみせん》の音にあわせて手妻《てづま》を披露《ひろう》していた。

「さあさ阿久津の旦那、見ててくださいよ？　よっ、ほっ」

紙でできた二匹の蝶を、大きな扇子《せんす》でそよとあおぐ。あたかも本物の蝶が座敷に舞っているかのようだ。あおぐ力を徐々に緩めると、蝶は畳の上にひらひら落ちる。幇間はさっと蝶たちの上に扇子を被せ、また持ち上げてみせた。

「何と、消えてしまった」

「いんや、あっしにはわかるんでさ。蝶はそれ、旦那の懐がいいようで」

阿久津はごそごそと自らの懐を探った。すると中から、大きな紙の蝶が一つ出てきた。

「旦那に見つけてもらいたくて合体したようでござえやすな。いよっ、色男」

「これはたまげた。何とも愉快な男よ」

おどけてみせる幇間に阿久津は手を叩いた。年の頃は四十ほど、人当たりのよさそうな目元が楽しげに皺《しわ》を刻んでいる。

「そうだ、面白いものを見せてくれた礼をしよう」

言うと阿久津は袂《たもと》から紙花を取り出した。この紙花は小菊《こぎく》という懐紙でできたもので、金一分と取り換えることができる。廓でのみ通用する祝儀であった。

「さあ女衆も受け取ってくれ。見事な三味線の音色、天晴《あっぱれ》だぞ」

紙花の束を見るや、芸者衆は黄色い声を上げて阿久津のまわりに群がった。温厚な笑みを浮かべて一人ひとりに紙花を配っていた阿久津が、上座にも声をかける。

「瑠璃花魁も楽しんでいるかね？　あまり食が進んでいないようだが、具合でも悪いのかい」

瑠璃は紅を差した口元をほころばせ、ゆったりと首を振った。この日の衣裳は立涌《たてわく》取《ど》りをした萌葱《もえぎ》色の布地に、鼓《つづみ》や笙《しょう》、琵琶《びわ》などを散らした楽器尽くしの仕掛《しかけ》。前帯には石畳文に鮮やかな宝相華《ほうそうげ》が咲いている。

「わっちは小食なんでござんす。お優しいんですね、阿久津さま。お気遣いに感謝しいすよ」

素の瑠璃であれば夜食に丼めし五杯はいけるのだが、本当のことはもちろん言わなかった。大食漢ぶりを発揮すれば客をぎょっとさせてしまうだろう。目の前にある鯛《たい》の塩焼きにかぶりつきたい衝動をぐっと抑える。

花魁の言葉をそのまま受け取った阿久津は、頬を赤らめながら杯《さかずき》を傾けていた。

「この見世に来て本当によかったよ。皆が歓迎してくれて、こんなに美しい女子と巫《ふ》山《ざん》の夢を結べて。それに料理も、この上なくうまい」

箸《はし》を取り、すった豆腐と葛粉《くずこ》を味噌汁に加えたすり流し豆腐を口に運ぶ。酒粕《さけかす》をなじませた山葵漬《わさびづけ》に、三つ葉を添えた白魚飯《しらうおめし》。旬を彩る豪華な品々を見渡して、阿久津は幸せを噛《か》み締めるように破顔した。

「食い意地が張っているようで恥ずかしいのだが、某《それがし》はうまいものに目がなくてね。料理の評判を聞いて、だからここを選んだんだ。ここにはいい料理人《まなばし》がいるというじゃないか。あ、瑠璃花魁に会いたかったのが一番だが」

慌てたように付け足す阿久津に、瑠璃は楚々《そそ》と微笑んでみせた。

「そうそう、今日は料理番にも会ってみたいと思っていたんだ。すまんが呼んできてはくれないか」

頼まれた幇間が、喜んで、と勇んで座敷を出ていった。

酒肴を凝らした黒羽屋の料理は、吉原の通人の間で密かな話題となっていた。他の妓楼で供される料理といえば、喜《き》の字屋《じや》と呼ばれる仕出し屋から運ばれるものがほとんどである。どこの妓楼に行っても大して代わり映えせず、ちまちましたものばかりで腹も膨れない。黒羽屋では味よし、量よしの絶品が振舞われることを、阿久津もどこから聞いてきたようだ。

遊客の中にはこれまでも稀《まれ》に、権三と話をしてみたいと言う者がいた。美味なる料理を作るのがどんな男か、食通な遊び人たちは深い関心を寄せるものらしい。

「失礼いたしやす」

ややあって幇間に連れられてきた権三は、座敷に入室すると阿久津に丁寧な辞儀をした。

「おぬしが料理番なのか？　これは意外だ、こんな大男だったとは」

阿久津は権三の体軀《たいく》に圧倒されていた。

「ふふ、この大きな体でこんなにも細やかな料理を作るんですよ。驚いたでしょう、阿久津さま？」

袖で口元を隠しつつ笑う瑠璃の声は、どこか自慢げだ。

「とんでもない、俺の腕なんてまだまだですよ」

「謙虚な態度も立派だな。ほら遠慮はいらない、もっと近くに来なさい」

権三を呼んできた幇間は隣の座敷からも声がかかったため、三人の芸者を伴ってすでにそちらへ移動していた。

促された権三は、瑠璃と阿久津の中間に端座した。瑠璃の後ろには二人の芸者が三味線を手に控えている。

畏《かしこ》まっている料理番に、阿久津は興味津々の様子だ。

「噂ではおぬし、上野の〝鳳仙楼《ほうせんろう》〟で修業をしていたそうな。あそこは士分の者も通う一流店と聞く。某も常々行きたいと思っていてなあ。そこでは何年ほど腕を磨いていたんだい？」

「へい、十五から二十六までお世話になっていたので、およそ十一年でございます。鳳仙楼の主には本当によくしていただきました。黒羽屋に引き抜かれることになっても、快《こころよ》く送り出してくださいまして」

ほうほう、と阿久津はいたく感心している風だ。瑠璃は背後にいる二人の芸者へ目配せする。芸者衆が控えめな音量で三味線を弾き始めた。音色に乗り、二人が心地よく会話できるようにとの心配りである。

「この鰆《さわら》の南蛮漬《なんばんづけ》、どこで食べたものとも違って非常に滋味《じみ》深い。生臭さがまったくないのは生姜《しょうが》と鷹《たか》の爪が効いているからかな？　盛りつけも麗《うるわ》しいし、料亭の技が光っているね」

「あ、それは鳳仙楼で習ったんじゃあないんです」

饒舌《じょうぜつ》に批評を繰り広げていた阿久津は一転、はてと首をひねった。対する権三は困り顔で首筋を掻いている。客に無礼がないようにと、慎重に言葉を選んでいるのだろう。

「紺屋町《こんやちょう》に〝味㐂《みき》〟という一膳めし屋がありまして、仕事とは別によく通っていたんです。そこの親父さんが気さくな人で、味つけの秘訣を惜しげもなく教えてくれたんでさ」

どうやら権三は勤め先の料亭だけに止まらず、大小の関係なく様々な店で料理を学んできたらしい。そうとは知らなかった瑠璃は、熱心な権三の姿勢に改めて感嘆させられていた。

「おお、その一膳めし屋なら某も知っているよ。残念ながらすでに店を畳んでしまったようだが、あの親父は確かに腕がよかった。それにあそこには看板娘がいただろう。名前は何だったか、ううむ……そう、よし乃《の》だ」

ああすっきりした、と阿久津はつぶやいて杯を傾ける。権三も大きく頷いていた。

「よくご存知で。よし乃さんは親父さんの娘御ではなく、味㐂に通いで雇われていらっしゃったそうですが」

「ああ。器量よしで愛嬌のある、いい女だった。溌溂《はつらつ》と、よく働いてよく笑って。蝶の痣《あざ》がまた美しくてなあ」

「蝶の痣？」

「体にある痣が、翅《はね》を広げた蝶のような形をしているんだよ。ほらちょうどこんな風に。屈《かが》んだ時にちらっと見えただけなんだがね」

阿久津は横に置いていた紙の蝶を広げてみせた。同じ空間に敵娼《あいかた》がいるのも忘れてしまったのか、呆けたように女の容貌を思い浮かべ、現《うつつ》を抜かしている。瑠璃も特に気にするでなく二人の会話に耳を傾けた。

権三が楽しそうに昔話で盛り上がり、笑顔を見せているのが、何より嬉しく思えた。

──よかった。権さんの過去も、暗いものばかりじゃなかったんだな……。

と、阿久津が唐突に袂を探り始めた。

「いかんいかん、おぬしを呼んだのには理由があるんだ。さあこれを、受け取ってくれ」

取り出した紙花の束を権三へと差し出す。まだ紙花をごっそり袂に忍ばせているのを見てとり、瑠璃は目をしばたたいた。

——さっきあんだけ配ってたのに、どんだけ持ってるんだこの人は。

留守居役ならいざ知らず、阿久津は役づきでない一介の勤番侍だ。本来なら呼び出し昼三《ちゅうさん》の花魁に会うこともできぬはずで、部屋持を敵娼とするのがせいぜいだろう。にもかかわらず阿久津の頭は通人の間ではやっていた月代《さかやき》の広い本多《ほんだ》髷《まげ》、煙管《キセル》も銀煙管と垢抜けていた。馴染《なじ》みになった際も黒羽屋の一同に蕎麦《そば》をふるまい、敵娼の瑠璃へは最高級の三ツ布団に加賀友禅、象牙でできた櫛を贈る贅沢ぶりであった。

侍の中には有り金をすべて遊興に突っこむ者も少なくない。料理番にも祝儀をたんまり弾むくらい、権三の料理を気に入ったということなのだろう。瑠璃は半ば呆れながら二人のやり取りを見守った。

権三は焦ったように手を振り、畏《おそ》れ多いと断っている。だが一度出した紙花を引っこめるのは男の沽券《こけん》に関わると思ったのか、阿久津もなかなか退かない。

そのうち権三は根負けしたらしく、阿久津の前へと膝を進めた。

礼を尽くして祝儀を受け取る権三の背を、瑠璃は誇らしい気分で見つめていた。

「さすがですね権三さんは。通人の胃袋をがっちりつかんじゃうんですもの」

「ええ、権さんの料理は誰にも負けやしませんからね」

後ろから芸者にささやかれた瑠璃は、顔を向けるとさも自分のことのように鼻を高くした。芸者衆とも普段はあまり言葉を交わさないのだが、こういう時に限っては自然と話すことができた。

「これ、は」

阿久津が小さく言う声がして、瑠璃は前方へと目を戻した。

権三の広々とした背中が邪魔をして、阿久津は瑠璃たちの視界からすっぽり隠れてしまっている。

「阿久津さま、どうしなんした」

不思議に思って尋ねると、阿久津は咳払いをした。

「いや何でもないよ。待たせたね花魁、宴の続きをしようじゃないか」

権三が阿久津から離れて一礼する。片や阿久津は懐に手をやっていた。

「では阿久津の旦那、お楽しみを。俺はこれにて失礼いたしますんで」

瑠璃や芸者衆にも目礼して、権三は座敷を去っていった。入れ替わりに幇間が戻ってくる。

「あいすいやせん、隣のお座敷にも手妻を披露したらえらく気に入っていただけて、なかなか帰してもらえませんで」

言うと幇間はぺち、と額を打った。芸者衆がくすくすと笑い声を上げる。

瑠璃は襖《ふすま》の方を一瞥《いちべつ》した。権三が辞儀をする姿勢で、ゆっくりと襖を閉めていた。

カラカラと風車がまわる音がする。ひまりに買い与えた風車だ。こんな子どもっぽいものはいりません、と言いつつ、禿は嬉しそうに風車を窓辺に飾って眺めていた。

──へへ、何だかんだ言ってまだ子どもじゃねえか、ひまりの奴め。

何を思ったか、ひまりは風車を手に取ると瑠璃に駆け寄った。ぐいぐいと風車の羽根を頰に押しつけてくる。

──こら何すんだよ、痛いじゃねえか。まったくお前はよお……。

「おい、おい瑠璃っ。なぁにをニヤニヤしとるんじゃ？　こんなところで寝おってからに、だらしのない奴よのう」

頰に柔らかいものが押しつけられる感触がして、瑠璃はまぶたを開いた。

「あれ、炎……？」

畳の上で横向きに寝ていた瑠璃は視線を上げた。さび猫が瑠璃の頰にむにむにと肉球を押し当てている。

強風に激しく回転する風車が、やかましい音をさせていた。

「そりゃそう……ん？　ああっ」

「お前、前帯を着けているということは仕事だったんじゃないか？」

り、瑠璃は額を押さえた。

頭がひどく霞《かすみ》がかっていて、思考が働かない。飲みすぎた時とも異なる頭痛が広がろう。おまけにどうして、固い畳の上で横になっていたのか。

瑠璃はこめかみに痛みが走るのを感じてうめいた。いつの間に眠ってしまったのだ

「気持ち悪いは余計だぞ、いてて」

見ているに違いない。

ひまりは萌葱色の仕掛にくるまり、幸せそうに口角を上げていた。きっとよい夢をいる禿はその分、寝るのが早く、ひとたび目を閉じると揺り起こしても起きない。

ふと横を見ると、ひまりが座布団の上でぐっすり眠っていた。早起きが習慣づいては上半身を起こした。

炎はまだ機嫌が直っていないようだ。つっけんどんに答えるさび猫を尻目に、瑠璃い」

「知らん。散歩から帰ってきてみれば、気持ち悪いにやけ顔で寝とるから呆れたわ

「夢、か。おかしいな、何でわっちはこんなところで寝てるんだ」

瑠璃はようやく思い出した。一階の座敷での酒宴を終え、自室へと場所を移したのだ。阿久津と酒を酌《く》み交わすうち、舟をこぎ始めたひまりを横たえ、仕掛をかけてやった。

「その後は阿久津さまと二人きりで話をして、酒が足りなくなったから栄に追加分を持ってきてもらって、また飲んで……そしたら急に、眠くなったんだ」

言いながら、瑠璃はにわかに焦り始めた。

「いけねえ、わっちはどんだけ眠ってたんだ？　ていうか阿久津さまはっ？」

「そんなの儂《わし》が知るわけないじゃろ」

部屋に阿久津の姿はなかった。耳を澄ましてみても、周囲からは物音ひとつ聞こえてこない。どの部屋も床入りを終えて、皆が眠りについているのだ。ということは、すでに大引けを越えてしまったのかもしれない。

体が強張ったまま、瑠璃は急いで立ち上がった。いくら大見世の一番としてある程度の我儘《わがまま》を許されているとはいえ、客を放ったらかしにして眠りこけてしまうのはさすがによろしくない。しかも阿久津は馴染みになったばかりの上客だ。楼主の幸兵衛や遣手のお勢以にどれだけ叱咤《しった》されるか、考えただけでも憂鬱《ゆううつ》になった。

「ちょいと下に行ってくる。炎は寝ててくれ」

瑠璃はなおもぼうっとする頭を振ると、自室を後にした。

階段を下りる前に、もしやと思って二階の厠《かわや》をのぞきこむ。が、中には誰もいなかった。

「うわあ、怒って帰っちまったかな……一階にいてくれりゃいいんだが」

げっそりとした顔で一階に下り、先ほど酒宴が開かれていた座敷へ向かう。だが当然というべきか、座敷には灯りもなく、静まり返っていた。

どの座敷も同じ有り様で、瑠璃はくたびれたように肩を落とした。

「大広間も見てみるか。ああもう、お勢以どんにばれたら殺されちまうよ」

「瑠璃花魁、こんな時間にどうされたんです」

いきなり後ろから声をかけられて、瑠璃はわずかに飛び上がった。

恐る恐る振り向くと、黒羽屋の番頭、伊平《いへい》が訝《いぶか》しげに瑠璃を見ていた。

「い、伊平どん。こんな遅くまで起きてらしたんですか？」

「ええ、縁起棚の掃除をしていたんですよ」

廓には伊勢大神宮《いせだいじんぐう》の神棚の他に、金勢大明神《こんせいだいみようじん》を祀《まつ》った縁起棚も設置されている。要するに男根を縁起物として祀ってあるのだ。

「あのですね、その、お客が厠から戻ってこないものですから、様子を見に」

「阿久津さまなら四半刻ほど前に出ていかれましたよ？」

「げっ、本当ですか」

伊平はお勢以ほど口やかましくはないが、廓を仕切る一員として厳しい顔を見せることもある。うまい言い訳はないかとしどろもどろになっている花魁に、番頭は首を傾げていた。

「少し夜風に当たりたいからとおっしゃっていましたよ。きっと近くを散歩なさっているんでしょう」

「か、勘定は？」

「もちろんまだですよ。お財布は引手茶屋《ひきてぢゃや》ですし、刀はうちの内所で預かっています。なぜそんなことを聞くんです？　もう床入りを終えたんじゃないんですか？」

さて何と言ってこの場を切り抜けたものか。瑠璃が返しに詰まっていた、その時であった。

「きゃあああっ」

深夜の静寂を切り裂く、女の金切り声。

眉根を寄せて番頭と視線を交わす。伊平もまた、突然の悲鳴に顔色を変えていた。

瑠璃は無言で玄関へと足を向けた。

「あっ、いけません花魁、あなたはここにいてくださいっ」

伊平が慌てて止めるも、瑠璃は聞かなかった。

外には凄まじい春疾風《はるはやて》が吹き荒れていた。爛漫《らんまん》と咲く仲之町の桜が可憐《かれん》な花びらを散らし、江戸町一丁目の地面をもまばらに染めている。

胸が、いやに激しく動悸《どうき》する。理由はわからないが、瑠璃の心は何やら不吉な予感に襲われていた。

声は黒羽屋の裏手からしたようだった。衣裳の裾をひるがえして急ぎ声のした方へ走る。

悲鳴の出所に辿《たど》り着いた瞬間、瑠璃は瞠目《どうもく》した。

暗い小道に、一人の芸者が尻餅《しりもち》をついていた。芸者の前には横たわる人影。

阿久津が、仰向けに転がっていた。つい先刻まで瑠璃と酒を酌み交わしていた侍の腹には、深々と突き刺さる包丁。流れ出る血が羽織に染み、地面に大きな血だまりを成している。

芸者は背後に人が立ちすくんでいるのに気がつくと、錯乱したように再び叫び、瑠璃を突き飛ばして逃げ去った。

「おい危ねえだろっ。花魁、大丈夫で……」

間を置いて追ってきた伊平が、芸者に悪態をついてからすぐに立ち止まった。

「な、阿久津さま？　どうして、何が」

唖然《あぜん》とする番頭の横で、瑠璃は声も出せずにいた。乾ききった口からは一つも言葉が出てこない。風が砂を巻き上げ、ざらざらと体の中にまで入りこんでくるようだ。

動悸が止まらず、瑠璃はひたすら無言で阿久津の死骸《おろく》を凝視した。

ふと、目を見開いて絶命している阿久津の懐に、白いものがのぞいているのに気がついた。

他の者に見られてはならない。なぜだかそう直感した。

「伊平どん、面番所《めんばんしょ》から人を呼んできてください、急いでっ」

瑠璃の大声で体が動くようになったのか、伊平はこくりと頷いて、大門の方へ駆けていった。

周囲に人目がなくなったのを確認してから、瑠璃は阿久津の懐へ手を伸ばす。

白くのぞいていたのは折り畳まれた小さな紙であった。

《お前の秘密を知っている　瑠璃花魁に眠り薬を盛るゆえ見世の裏手まで来られたし話したきことあり》

走り書きでしたためられた字に、瑠璃は見覚えがあった。紙を持つ手がひどく震えた。

死体へとまた視線を走らせる。阿久津は包丁の柄を握り締めるようにして息絶えていた。

とその時、複数の足音がこちらへと向かってきた。

「こっちです、早く、うちのお客が刺し殺されてるんですよっ」

伊平が面番所の役人を連れてきたのだ。瑠璃は素早く紙切れを帯に潜ませると、阿久津の腹から包丁を引き抜こうとする。だが足音はすでに瑠璃の背後まで来ていた。

「何てこった、こりゃひでえ。もっと人を呼んでくるぞ、死骸を検分できる医者もだっ」

矢継ぎ早に騒ぎ立てる役人たちに、瑠璃は唇を噛んだ。

──くそ、人がいたんじゃ包丁を取れねえ。これから野次馬も集まってくるだろうし、どうするか……。

「瑠璃、上じゃ」

頭上で猫の鳴き声がした。見上げると、炎が庇《ひさし》の上に座っている。どうやら騒ぎを聞いて、瑠璃の部屋にある窓から屋根を伝ってきたらしい。

瑠璃は意味深な面持ちで炎を見つめると、阿久津の腹へと視線を転じた。もう一度さび猫へと視線を戻し、瞬《まばた》きをする。

老獪《ろうかい》なさび猫は瑠璃の意図を瞬時に汲《く》み取ったようで、黙って立ち上がった。屋根を伝い、阿久津の死体がある地面へと軽やかに降り立つ。

「おい、何だこの猫、やめねえかっ。大事な証拠だぞ」

炎は死体を囲む役人たちの手を目にも留まらぬ速さで引っ掻くと、阿久津の腹に刺さっている包丁をくわえ、引き抜いた。そのまま包丁を引きずるようにして走り去る。役人の一人が大慌てでさび猫を追いかけていくのを見届けてから、瑠璃はふらふらとした足取りで番頭に近寄った。

「伊平どん、何だかわっち、眩暈《めまい》がして……もう、部屋に戻ります」

凄惨《せいさん》な現場を見て気分が悪くなったと信じているのだろう、もちろんです、と伊平は大きく首肯《しゆこう》した。

「待て、まだ詳しく話を聞かねばならん。ここに残れ」

そう怒鳴ったのは役人である。廓内では位の高い花魁とはいえ、死骸を発見した瑠璃を疑っているようだ。これに伊平が盾突いた。

「最初に死骸を見つけたのは瑠璃花魁ではなく芸者です。見番《けんばん》に行って聞いてごらんなさい。花魁は廓の中で私と話していて、そこで芸者の悲鳴を聞いたんです。この方は下手人《げしゅにん》ではございませんよ」

「ふん……まあいい、朝になったらたっぷり話を聞かせてもらうからな」

真っ青な顔になっている花魁を見て、役人も渋々といった風に引き下がった。

しかし瑠璃が顔面蒼白になっているのは、阿久津の死に様に恐怖しているからではなかった。

「花魁、外の騒ぎは何なんです？　それにさっき、悲鳴が聞こえた気がしたんですが」

玄関まで戻ってくると、錠吉が整った眉をひそめて瑠璃を迎えた。

「何だか顔色が……お加減でも悪いのですか」

「錠さん、こっちに来てくれ」

説明する間すら惜しく、瑠璃は大股で一階の廊下を進んだ。穏やかならぬ様子を悟り、錠吉も黙ってついてくる。

瑠璃が向かったのは調理場だった。ほのかな灯りがついている。気づけば瑠璃は、廊下を走りだしていた。

――頼む、いつもみたいにいてくれよ。どうしたんですか、って、いつもみたいに笑って……お願いだから……。

「権さんっ」

「うおっ、瑠璃？　錠さんまで、どうしたんだよこんな遅くに血相変えて」

祈りも空しく、調理場にいたのは豊二郎ただ一人だった。木箱に座り、朝餉《あさげ》の下拵《したごしら》えであろうか、里芋の皮を剝いている。

「豊、権さんは？」

「日本橋の朝市に買い出しに行くからって、出てったぞ？　四半刻前くらいに」

瑠璃は衝動的に豊二郎の手首をひっつかんでいた。

「この包丁は？　権さんのか？」

まくし立てるような剣幕にひるみ、豊二郎は身をそらした。

「何だよ急に、これは俺んだよ。権さんのは……あれ、いつも調理台の上に置いてあるんだけどな」

「瑠璃、持ってきたぞ」

勢いよく振り返る。炎が血にまみれた包丁をくわえていた。役人たちの手を逃れて無事に包丁を持ってきたのだ。

さび猫がくわえる包丁を、豊二郎が指差した。

「あ、それだよ権さんの包丁は。って、何で血がついてるんだ」

わけがわからず包丁を眺める豊二郎。一方で瑠璃は、錠吉と目をあわせていた。

「まさか、外の騒ぎと関係が？」

錠吉は只ならぬ事態であると察したようだった。

「炎、包丁をこっちへ」

瑠璃は問いかけに答えず、炎の口から包丁を受け取った。調理場を薄ぼんやりと照らす行灯《あんどん》の灯に、包丁の柄をかざす。

外を吹き抜ける強風が荒々しさを増して、瑠璃の胸中に波風を立てた。

「そんな、どうして……」

包丁の柄には「権三」と名が彫《ほ》られていた。

その後、夜が明け太陽がのぼる時刻になっても、権三は黒羽屋に戻ってこなかった。

三

「頭《かしら》、また聴取を受けたんですか？　お疲れのようですが」

「ああ。面番所のへぼ役人ども、阿久津さまを殺したのはわっちじゃねえって言ってるのに、毎日のように来やがって」

黒の着流しに身を包み、長い黒髪を一つに束ねた瑠璃は、疲弊《ひへい》した声で錠吉に答えた。右手には滔々《とうとう》と流れる飯田川《いいだがわ》が、朧月《おぼろづき》を映して白銀の光を帯びていた。

ここは日本橋の南、小網町《こあみちょう》である。鎧《よろい》の渡しで結ばれる対岸には、山王御旅所《さんのうおたびしょ》を擁《よう》する茅場町《かやばちょう》が望める。川岸には塩や醬油、白絹など様々な物資が収まる白壁の土蔵が立ち並んでいた。

瑠璃は役人から聞きかじった話を錠吉に伝えた。

最初に阿久津の死体を見つけた芸者は、下手人の姿を見ていないと言っているそうだ。目撃者がおらず、凶器となった包丁もない現状で、役人たちは苛《いら》ついているのだろう。瑠璃に対して当たり散らすような態度を取っていた。

役人への不満を一通りぶちまけてから、瑠璃はぼそりと言い足した。

「まあ、権さんの姿が見られてなかったのは、運がよかったけどさ」

「まさか頭、阿久津さまを殺したのは権さんだって思ってるの？　そんなの絶対あるわけない。何かの間違いだよ」

声を大にして言い募ったのは栄二郎だ。着流しの袖を強くつかまれ、瑠璃は黙って泥眼《でいがん》の面をつけた顔をそらした。

「だが腹に刺さっていた包丁は権のものだった。下手人でないなら戻ってくるはずだろう。なのに今も、帰ってこない」

錠吉にもっともな意見で返された栄二郎は、異を唱えようとしてしかし、ぐっと押し黙ってしまった。

「権さん、どこ行っちまったんだろう。煮つけのコツを教えてくれるって約束してたのに、俺にも何も言わないで……」

豊二郎が哀しげにこぼす。彼にとって権三は料理の師匠でもある。一日の中で最も長い時間をともにしており、いなくなった侘《わび》しさを誰よりも切実に感じているようだった。

答えの出ない会話を耳にしながら、瑠璃は地面に目を落とした。

黒雲の四人は今、権三を欠いた状態のまま新たな任務に出向いてきていた。

任務を命じられたということは、鬼が出没したということである。生者への被害を防ぎ、かつ鬼を救済することを共通の目的とする瑠璃たちは、不安を抱えながらも任務を受ける以外になかった。四人を送り出したお喜久もまた、心苦しそうな面持ちをしていた。

権三はあれから十日あまりが経っても黒羽屋に姿を見せなかった。何事もなく帰ってくるのでは、と内心で期待していた瑠璃たちは、日を追うごとに焦燥感《しょうそうかん》を募らせていた。

阿久津を殺した下手人は権三なのか。否、権三が下手人なはずがない。顔を突きあわせる度、四人は堂々巡りの議論を交わしてきたのである。

だが残念なことに、残された物証がすべてを物語っていた。阿久津に刺さっていた包丁は権三のもので間違いない。残された凶器と、凶器の所有者の失踪は、まるで目をそらすなと言わんばかりに、瑠璃たちの胸に現実を突きつけてきた。

「ねえ、頭。頭だって本当は信じてるんだよね？　権さんが人殺しなんかするはずないって。そうでしょ？」

視線を上げて見ると、栄二郎が泣きそうな顔で瑠璃の意見を待っている。

瑠璃は歩みを止め、能面の内側で小さく息を吐いた。

「信じたいと、思ってるよ」

「何でそんな曖昧《あいまい》なこと言うのさ」

いつも朗《ほが》らかな栄二郎が、珍しく怒りを滲《にじ》ませている。それだけ権三を慕《した》っていたのだろう。瑠璃とて気持ちは同じだった。しかしながら感情だけで判断することは、今はできなかった。

「お前にもあの紙切れを見せただろう。阿久津さまを見世の裏に呼び出したのは権さんだ」

栄二郎はまたも言葉を呑みこんだ。反論したくとも、あの紙切れにあった字が権三のものであることは、男衆も認めざるを得なかった。

瑠璃が咄嗟《とっさ》に紙を持ち出せたのはもっけの幸い。炎が凶器の包丁を取り返してくれたこともあって、疑いの目が権三に向くのは防ぐことができた。包丁は丁寧に血を洗い落として元の場所に置いておき、さらにお喜久の機転で、権三は遠方へ付け馬に行ったことにされた。

妓楼のすぐそばで人殺しが起きたとあって当然、黒羽屋は騒然となった。が、遊女も若い衆も皆、権三に厚い信頼を寄せていたため、誰も権三が阿久津殺しをしたなどとは思いつきもしないようであった。

「この間、仲之町で松葉屋《まつば》の瀬川《せがわ》に会ってさ。権さんの言ってた臍占いについて聞いてみたらよ……」

極めて真剣に尋ねたつもりだったのだが、瀬川からは「臍で人の性分がわかるなんて聞いたことないわよ、瑠璃花魁って変わってるのねえ」と笑われてしまった。

変人の瀬川に一笑に付されたことを思い返して、瑠璃は苦い表情を浮かべた。

易学に明るい瀬川が言うのなら、臍占いは権三の作り話だったということになる。臍まわりに十字の傷がある男、つまり阿久津を探すための方便だったのだ。

「権はあの包丁を持って阿久津さまに会いに行った。殺意があったと考えた方が……自然だと、言わざるを得ん」

普段なら滅多なことで動じない錠吉も歯切れが悪い。

「瑠璃も錠さんも、何でそんなに冷たいんだよっ。権さんは仲間だろ、俺たちが信じないでどうすんだ」

豊二郎は道沿いの白壁に拳を叩きつけた。瑠璃は鬱々とした気分で双子を見やる。

「権さんはわっちに一服盛ったんだ。害の少ない眠り薬とはいえ、仲間がそんなことするのかよ」

この言い分に双子は息巻いた。

「何だよそれ、権さんがもう仲間じゃないって言いたいのか？」

「ひどいよ頭、きっと権さんにも何か事情があって……」

「豊、栄っ。頭も、これ以上はやめましょう」

錠吉にきつく言われ、瑠璃と双子は口を引き結んだ。制した錠吉も二の句が継げないようで、黙してしまった。

いつもなら、諍《いさか》いが起こった時には決まって権三が仲裁をしてくれた。優しく互いの意見を聞き出してくれる役は、権三だからこそ務まっていたとも言えよう。

瑠璃は荒く息を吐いて三人から顔を背《そむ》けた。平常心なら美しく見えるであろう白壁の土蔵が、やたらと寒々しく見える。

権三は阿久津とどんな話をしたのだろうか。直前まで権三の穏やかな笑顔を見ていた瑠璃は、考えれば考えるほど混乱するばかりであった。

横目でちらと男衆を見ると、三人は消沈した顔つきで互いを見ようともしていない。瑠璃は能面をつけた頭をわずかに振り、前方へと向きなおった。

――こんな時に仲違いなんかしてる場合じゃない。わっちが頭領として、しっかりしないと。

「わっちらがどれだけ話し合いをしたところで、本人に聞いてみんことにゃ何もわからねえ。大丈夫だ、権さんはきっと戻ってくる。今はわっちらがやるべきことを……」

と、瑠璃の肩を何かが掠《かす》めた。はたと視線を転じる。

髪の束であった。意思を持つように先端が瑠璃の喉を向く。

「頭っ」

錠吉が瑠璃の腕をつかんで引き寄せる。あわや瑠璃は髪の束をよけ、錠吉にもたれかかる格好になった。標的を仕留め損ねた髪が、そろそろと瑠璃たちの後方へ引っこんでいく。

四人は一斉に振り返った。

いつからそこにいたのだろう、人影が二つ、瑠璃たちを見ていた。一つは双子より低い背丈、幼い子どもである。だがもう一つの人影を見た瑠璃は、背筋に悪寒が走るのを感じた。

「首が、二つ……」

女人の体に、男と女の双頭《そうとう》。それぞれの額に生えた角は全長が四寸ほどで、先端が丸まり、空を指している。瑠璃を襲った長髪は徐々に収縮し、女の頭に収まろうとしていた。

双頭には眼球がない。眼窩《がんか》と口元からはこの世の一切を呑みこんでしまいそうな、ほの暗い闇がのぞいている。

「融合鬼《ゆうごうき》だ」

錠吉がつぶやいた。

融合鬼。単体で出現する鬼とは異なり、何者かと共鳴し、融合した鬼のことを黒雲ではこう呼んだ。同じ恨みを持った者同士で融合する者、犬と融合する者。時には生者や妖を取りこむ者もある。融合鬼は並ならぬ怨嗟《えんさ》を内包しており、ただの鬼とは比べ物にならぬ力を持つ。通常なら滅多に生まれないはずの存在だが、昨今は日増しに出現率が高くなっていた。

瑠璃は舌打ちをした。権三がいない時に融合鬼と出くわすのは、できれば避けたかった。が、そうも言ってはいられまい。

「全員、構えっ。豊、栄、檻の結界を」

鬼の出現に固まっていた双子が黒扇子を開いた。特殊な経文を唱える。上空に白い光を放つ注連縄《しめなわ》が浮かび、紙垂《しで》が地面へと伸びていく。

双頭の鬼が一歩、また一歩と近づいてきた。瑠璃は急いで自身の指を噛んで傷をつけ、浮かんだ血を地面に滴《したた》らせた。

「栖紅、力を貸してくれ」

血の落ちた地面が渦を巻き始める。やがて渦の中心から、白髪の遊女が姿を現した。

楓樹《ふうじゅ》の仕掛をまとい、目元に「封」の血文字が浮かぶ白布を巻く遊女。瑠璃と主従関係にある傀儡、栖紅である。

錠吉が錫杖《しやくじよう》を手に、鬼の前に立ちふさがる。瑠璃は栖紅に近寄って楓樹の仕掛を脱がせると、双子へ手渡した。

「お前たち、悪いが今回は守ってやる余裕がなさそうだ。それを被ってどこかに隠れてろ」

「は、はいっ」

女の毛髪がゆらゆらと波打ちだす。

仕掛を被って双子の姿が見えなくなったのを確認するや、瑠璃と錠吉は駆けだした。

髪の束が急速に伸びてくる。二人の首に先端を向ける。瑠璃は妖刀を抜きざま、髪を薙《な》ぎ払った。斬り落とされた髪が力を失って地面に落ちる。

瑠璃は双頭鬼の後方に目をやった。双頭鬼と同時に現れた子どもの鬼。何を仕掛けてくるでもなく、不気味な笑顔を浮かべて事を静観しているだけだ。

——あれは後まわしにしよう。まずはこっちが先だ。

錠吉は軽い身のこなしで双頭鬼の目の前まで到達していた。両腕をかざして錫杖を止めようとする鬼。錠吉が素早く錫杖をまわす。鬼の両腕を振り払う。無防備になった胸元へ、尖った先端を突き立てる。

が、双頭鬼は腰をひねると、右脚をかざして錫杖の先端を蹴《け》り払った。体勢を崩した錠吉が思わず膝をつく。鬼は勢いをつけたまま素早く一回転する。今度は錠吉の顔面めがけて蹴りを繰り出す。

「錠さんっ」

間一髪、助走をつけてきた瑠璃が、鬼の腹に向かって飛雷を振る。鬼は切っ先が当たるすれすれで跳びのいた。

「思ったよりすばしっこいな……怪我《けが》はないか?」

「はい、助かりました」

立ち上がった錠吉の顔には焦りが浮かんでいる。これまでは権三と二人で立ちまわることで鬼を押さえていたのだ。剛力を持つ権三が大振りの打撃を食らわせ、錠吉が隙を見て錫杖で突く。だが権三がいない今は、いつもの手順を使えない。

鬼が地を蹴る気配がした。跳躍《ちょうやく》して瞬く間《またた》に頭上へ迫ってくる。

瑠璃と錠吉は左右に分かれ、すんでのところで鬼のかざした爪をよけた。

「仕方ねえ、二人で追い詰めるぞっ」

錠吉が錫杖の輪を鳴らしながら鬼の胴体、頭に向かって打撃を畳みかける。瑠璃も身をひるがえして飛雷を振るった。

しかし鬼は左右からの攻撃をすべていなした。両腕で錫杖を払い、両脚で妖刀の軌道をそらす。鬼の素早さは瑠璃たちの予想を遥かに上まわっていた。

鬼が不満げなうなり声を漏らした。防御は飽きたとでも言いたげな声。と、錠吉が体勢を整える一瞬を突いて、腕をまわす。鬼の固い拳が錠吉の肩に直撃した。

地面に横倒しになる錠吉。鬼は軽快に体をひねると、今度は瑠璃の脇腹に重い蹴りを食らわせた。瑠璃はその場でうずくまった。

――しまった、内臓のどっかに入っちまったか。

咳《せ》きこむと、口の中で血の味がした。視線を上げる。鬼は瑠璃を見下ろすようにして立ち、苦しむ様子にほくそ笑んでいた。

次の瞬間、拳を天に向かって高々と上げ、瑠璃の脳天に向かって振り下ろした。

空を切る拳。だが瑠璃は、口の片端を上げた。

──やっと見えた。

両の腿《もも》にぐっと力をこめる。飛雷を握り締め、拳をよけつつ勢いよく立ち上がる。

地面から天に向かい、一気に妖刀を振り抜いた。

飛雷は見事、油断した鬼の体を縦に両断した。

女の頭を有する半身と、男の頭を有する半身が離れ、地面にゆっくりと倒れこむ。

「よし、後はあの子鬼を……」

脇腹を押さえ、肩で息をしていた瑠璃はふと、背後から迫り寄る気配を感じた。

「頭、危ないっ」

叫ぶが早いか、錠吉が瑠璃に覆い被さった。地面に倒れこんだ瑠璃は、先ほど斬ったはずの髪の束が、上空を通り過ぎていくのを目に留めた。

「ぐっ」

「痛ってえ……錠さん、もしかして今のを食らったのか？」

急いで身を起こし、横に倒れた錠吉へと目を凝らす。瑠璃を庇《かば》った錠吉は、鋭利になった髪の束で左腕を裂かれていた。黒い着流しに血が伝う。

ずきん、と右手の甲に痛みが走った。瑠璃の手の甲には、鎌鼬《かまいたち》にでもあったかのような切り傷ができていた。血が多く通っている部位を裂かれ、大量の血が流れ始める。

途端、強烈な鬼哭《きこく》が瑠璃たちを襲った。鬼の怨念が凝縮された衝撃波。檻の結界により威力は弱められているが、それでも鬼哭は瑠璃たちの心を破壊せんとばかりに、絶え間なく押し寄せてくる。

鬼哭に脳が揺さぶられるような感覚。瑠璃は定まらない視点を這《は》わせ、両断した鬼を見やった。そして驚愕《きょうがく》した。

二つに分かたれた体が立ち上がり、元どおりに繋がっていくのだ。あたかも鬼哭に号令をかけられているかのようだった。

双頭鬼の体が完全にくっついたところで、鬼哭はやんだ。

「何で……」

双頭鬼はニヤリと悪意に満ちた笑みをたたえるや、瑠璃と錠吉に躍りかかり、鋭い爪を振りかざした。

瑠璃は錠吉を引きずるようにして立ち上がり、辛うじて攻撃をかわす。距離を取るべく後退する。

「復活するなんて、これじゃ退治できねえじゃねえかっ。おい錠さん、大丈夫か？」

「はい……何とか」

幸いなことに、錠吉が負った左腕の傷はそこまで深くないらしい。殴られた肩もどうにか動かせるようだ。

「やり方を変えた方がいいかもしれません。頭、飛雷の力を引き出せますか？　俺が時間を稼ぎます」

言うと両手で素早く印《いん》を結ぶ。真言《しんごん》を唱えるうち、錫杖に金色の光が宿り始めた。

双頭鬼が再び髪を振り乱しながら襲いかかってくる。錠吉が強化した錫杖を手に迎え撃つ。

──くそ、初めからやり直しかよ。細切れにするしかねえのか？　速さについてくだけで息切れしてるのに……。

瑠璃はぐらぐら揺れる気持ちを静め、胸元に手をかざした。心の臓が鼓動する感覚に、神経を集中させる。体内に棲《す》む飛雷へ心の中で呼びかける。

すると瑠璃の立つ場所から青みを帯びた旋風が立ちのぼった。胸元にある三点の印が、数を増して唇までせり上がってくる。

妖刀の柄に、刃に、瑠璃の鮮血が伝っていった。

「頭、錠さんっ」

瑠璃は後方を見返った。土蔵の陰に身を隠していた双子が、通りに飛び出してきていた。

「その鬼を斬っても駄目、また復活するだけだよっ」

「じゃあどうしろって言うんだ」

「鬼哭を発したのはその鬼じゃない、後ろにいる子どもの鬼だ」

豊二郎に言われ、直ちに瑠璃は前方へ目を眇《すが》めた。

錠吉が双頭鬼と衝突している、そのさらに後ろ。子どもの鬼が、ニタニタと歪《いびつ》な笑みを深めていた。

——あいつが、本体……。

「お前ら、鎖の結界を出せるか？」

「わかった」

双子が新たな経文を唱えだす。すると子鬼の体に、白い鎖が巻きつき始めた。薄ら笑みが苦悶《くもん》に歪《ゆが》み、子鬼は悲鳴を発する。

双頭鬼がそれを察してか、錠吉の攻撃をかわして駆けだした。眼窩は双子へと向けられていた。

瑠璃が双子を守るようにして立ち、かざされた双頭鬼の爪を受け止める。錠吉も加勢して錫杖を振る。双頭鬼は気が立った獣のように唾液《だえき》をまき散らしながら猛攻を続けた。

「頭、俺が食い止めている間に本体を」

瑠璃は錠吉に双頭鬼を任せ、子鬼へと足を向ける。しかし双頭鬼は錠吉を錫杖ごと押し飛ばし、瑠璃に拳を振り上げる。行く手を阻まれた瑠璃は進むことができない。

「無理だ、一人で押さえられる相手じゃねえ」

やむなくその場に止まり、双頭鬼に応戦する。錠吉と立ち位置を変えつつ子鬼がいる方へ向かおうとするも、双頭鬼の素早さには隙がなかった。

「権さんがいれば、こんなことには」

自ずと口をついて出た言葉に、瑠璃は胸を衝かれた。

権三がいない。その事実に、内臓を握られるような心持ちがした。権三さえいればここまで苦労はしないはずだ。錫杖と金剛杵《こんごうしょ》で双頭鬼を押さえている間に本体を叩けるに違いない。

途端、瑠璃の右側から蹴りが迫ってきた。心が不如意になったほんの一瞬のことだった。

肋骨《ろっこつ》に鬼の蹴りがまともに入る。防げなかった瑠璃は双子の目の前まで吹き飛ばされた。

双頭鬼は続けざまに錠吉を殴りつけると瑠璃たちの方へ向かってきた。

「瑠璃、早く起きろ、瑠璃っ」

「駄目だ、間にあわない」

暗い笑みをたたえて走り来る双頭鬼を見て、栄二郎が瑠璃の前に飛び出す。庇うようにして両腕を広げる。

「危ない、栄二郎っ」

豊二郎の叫びを聞いた瑠璃はわずかに頭をもたげた。

髪を振り乱して迫る双頭鬼。栄二郎はぎゅっと両目をつむった。

その時、白壁に叩きつけられていた錠吉が、ふらつきつつ懐から飛び道具を取り出した。魔を打ち破る法具、輪宝《りんぽう》。双頭鬼の背中に向かって投擲《とうてき》する。

輪宝が宙を滑空《かっくう》し、双頭鬼の背中に命中した。双頭鬼は地面に突っ伏すようにして倒れる。栄二郎に爪が当たる寸前のことであった。

瑠璃は体の痛みをこらえて起き上がった。

「栄、ありがとな。でもあんまり無茶すんなよ」

「……うん」

栄二郎は真っ青になっていた。瑠璃は少年の肩を叩くと前方に向きなおり、地を蹴った。

双頭鬼を通り過ぎ、飛雷をかまえる。子鬼に切っ先を向ける。

——嫌だ。怖い、怖い、死にたくないよ。お父っつぁん、おっ母さん、助けて……。

鬼哭を上げる子鬼。再び双頭鬼を復活させようとしているのだろう。瑠璃は歯嚙みして妖刀の峰《みね》をなぞった。

飛雷の切っ先が一匹の大蛇と化した。がばと口を開け、子鬼に獰猛《どうもう》な牙を剝く。

「ごめんな。もうあんたらは、死んでるんだよ……」

大蛇は子鬼の頭に嚙みつくと、強靱《きょうじん》な顎《あご》で頭蓋骨《ずがいこつ》を砕《くだ》いた。

鬼哭が薄らいでいく。大蛇が元の刃に戻る。

瑠璃は子鬼の眼前まで走り寄り、飛雷を横に振るった。嚙み砕かれた頭が斬り落とされ、胴体から離れる。

子鬼の頭部が地面に落下するのと同時に、鬼哭が完全にやんだ。

全身の筋がへなへなと弛緩《しかん》していく。瑠璃は片膝を地につき、乱れた呼吸を整えるべく目をつむった。

「頭、無事ですかっ」

錠吉と双子が駆け寄ってくる。瑠璃は昂《たかぶ》る気を抑えながら首肯した。

四人は揃《そろ》って子鬼の残骸《ざんがい》を見つめた。首から上を失った小さな鬼は、黒い砂へと姿を変じつつあった。東風《こち》に吹かれ、緩やかな飯田川の流れに溶けるようにして消えていく。後方に目を向けると、双頭鬼もまた、黒砂となり浄化されていくところであった。

「……早いとこ帰ろう。楢紅もご苦労さん、もう戻ってくれ」

双子の後ろで美しい微笑を浮かべる傀儡を目に、瑠璃はどことなく妙な雰囲気を感じた。楢紅が何やらもの言いたげな面差しをしている気がしたのだ。

「どうした楢紅。何かわっちに、訴えたいことがあるのか？」

以前、瑠璃は楢紅の記憶へと誘《いざな》われたことがあった。ひょっとすると血の契約を超える意思が、段々と表に出始めているのかもしれない。

しかし尋ねてみても、傀儡が答えることはなかった。


小網町を後にした四人は根岸《ねぎし》へと向かっていた。根岸と今戸《いまど》には黒羽屋の寮がある。遊女が出養生《でようじょう》するためにと作られたものだが、地下には通路があり、吉原にある瑠璃の部屋へと一直線に繋がっていた。

四人の足取りは見るからに重い。無尽蔵な体力を有する鬼の退治は、時間をかければかけるほど黒雲にとっては不利になる。融合鬼の本体を見抜けなかったこともあって余計に時間がかかり、疲労は著しく四人の体に溜まっていた。

帰路にある神田川《かんだがわ》が見えた辺りで、瑠璃は口を開いた。

「あの鬼、親子だったんだな。誰かに殺されたのかもしれない。子どもは死んだことにすら気づいてないみたいだった」

誰にともなく言って、鬼へと思いを馳《は》せる。

死を受け入れられなかった子どもは鬼になった。子の強い負の力に影響され、両親までもが異形と化してしまったのだろう。そして我が子に操られるようにして、小網町をさまよっていたのだ。

「すみません頭。俺だけでは力不足で手こずってしまいました。本当はもっとしっかり、鬼を押さえこまねばならなかったのに」

錠吉が口惜しそうな表情を浮かべるのを見て、瑠璃は思わず声を大きくした。

「そんなことない、錠さんがいてくれたから倒せたんだ。でも、やっぱり……」

胸や脇腹に痛みが走り、苦いものを噛んだような顔で拳を作った。右手に巻かれた晒《さら》しには血が薄く滲んでいる。錠吉の左腕にも同じ応急処置が施《ほどこ》されていた。

権三を欠いたままの任務は、難儀したと言わざるを得ない。とりわけ錠吉は今まで、権三との連携を前提として戦闘に当たっていたため、一人ではうまく力を出せなかった。鬼を押さえこむ手順も権三ありきで、彼がいなければ今までどおりにいかないのは当然であった。

もし三人で攻撃に当たっていたならば、鬼を観察する余裕が生まれ、もっと早く融合鬼の本体に気づけていただろう。鬼の押さえこみに苦労することも、怪我をすることもなかったかもしれない。力士のような体つきの権三は、いつも己を盾にして瑠璃たちを庇ってくれていた。彼がいたからこそ、瑠璃も錠吉も思いどおりに戦うことが可能だったのだ。少なくとも――戦闘中に、心が不安定になることはなかったに違いない。

「今回は錠さんとわっちの軽傷で済んだけど、単に運がよかっただけかもしれないな」

錠吉が首を垂れているのが横目にもわかった。彼もまた権三の不在に、改めて心許《こころもと》なさを感じてしまったのだろう。

「なあ瑠璃、権さんを探そう」

豊二郎がぽつりと言った。弱い口調から察するに、複数の結界を同時に、かつ長時間も保持するのは、双子にとっても厳しかったようだ。

「権さんに早く戻ってきてもらわないと、この先の任務も思いやられちゃうよ」

栄二郎も兄に同調する。

双子に言われるまでもなく、瑠璃も錠吉もそのつもりであった。わかってるさ、と返した瑠璃だったが、いかにして権三を探すかは思いついていなかった。表と裏の仕事をしながら江戸の八百八町を虱潰《しらみ》しに探すのは、決して良案とは言えまい。

「権の足取りをつかむ方法を、何とかして考えないといけませんね。権にしてた相談だって、まだ途中でしたし」

ぶつぶつとつぶやく錠吉に、瑠璃は片眉を上げた。

「相談？　って、何のことだよ」

「ああ、今後の戦闘についてですよ。鳩飼いと対決するのには、まだまだ修行が必要だと思いまして」

前に調理場に来ていたのはそのためだったのかと問うと、錠吉は首肯した。

「あとは大したことじゃありませんが、黒羽屋での身の振り方についても権に相談してたんです」

さらに怪しむ瑠璃とは反対に、錠吉は表情も変えず続けた。

「最近、遊女の皆さんや芸者衆から言い寄られることが増えたんですよ。火傷《やけど》を負ったら減ると思ってたのに、なぜか逆効果で」

額にある大きな火傷の痕《あと》を示し、悩ましげなため息をつく。廓で働いているくせに女心をまるでわかっていないのかと、瑠璃は少し呆れてしまった。

「逆効果って、そりゃ当たり前だよ。錠さんみたいな優男《やさおとこ》の顔に傷ができたら、色気が増しちまうだろ」

「そういうものなんですか？」

困ったな、と錠吉は手を唇に当てて考えこむ。女っ気がないことでますます人気が出てしまうのだろうが、彼にはとんと理解できないようだった。きっと権三もどう説明していいか困っていたことだろう。

「つうか女のことならわっちに聞けばいいじゃん。髪結いで毎朝、顔をあわせてるのに。何を遠慮してんだよ」

「遠慮なんてしてませんよ。頭は女心よりどちらかというと男心の方が近いので、聞くのはどうかなと思っただけです」

「……錠さんて、さらっと失礼なこと言うよな」

半目で恨み節を聞かせながら、瑠璃はよもやと考えて豊二郎に目を向けた。

「豊、もしかしてお前も権さんに何か相談してたのか？　調理場で一緒にいることも多かったろうしさ」

豊二郎はもじもじと指をいじくっている。頬がうっすら赤くなっているのを見て、瑠璃は得心がいった。

「なるほどな、どうせひまりのことだろ」

「う、うるせえやいっ」

「そういう反応するってことは当たりだな」

鎌かけのつもりで言ってみたのだが、豊二郎は耳まで真っ赤にしていた。ひまりのことが気になっているという夕辻の話は、どうも本当らしい。

「栄っ。お前だって俺のいない時によく調理場に来てたじゃねえか。権さんと何を話してたんだよ」

兄から八つ当たりも同然に話を振られ、栄二郎はまごついた。

「そ、それは」

「たった二人の兄弟なのに俺には相談してくれないなんて、兄さんは寂しいぞっ」

「兄弟だからこそ言えないことってあるでしょっ？」

「お前ら喧嘩すんな。栄、わっちや錠さんにも言えないことなのか？」

瑠璃の真剣な眼差しを受け、栄二郎は固く口を噤《つぐ》んでしまった。頑《かたく》なな表情から想像するに、権三にしか明かしていない悩みがあるらしい。

「まあ、ここで無理に話せとは言わねえが……どうもわっちらは、皆して権さんを頼ってたみたいだな。鬼退治だけじゃなく、心の面でも」

事は戦闘員の一人が抜けた、という単純なものに止まらなかった。瑠璃を任務の要《かなめ》とするならば、権三は他の四人にとっての精神的な支柱だったのだ。我の強い面々が時に衝突しつつもまとまっていたのは、権三がいたからとも言える。常に仲間のことを思いやり、寄り添ってくれる権三がいなくなってしまった今、四人は胸の奥に大きな穴を穿《うが》たれたようであった。

神田川に架かる和泉橋《いずみばし》を渡りきったところで、瑠璃は大きく息を吐き出し、歩みを止めた。

「権さんを探す策を立てるのは、黒羽屋に戻ってからにしよう。今日はここで解散。いいな」

寮の地下通路は瑠璃だけが使うものだ。遊女の身では大門から出入りできないからである。そのため任務の後は別々の道を行き、男衆は大門から帰るのが常であった。

錠吉が力なく俯《うつむ》いている双子を促し、方向を変える。

と、その時、橋の下から犬の鳴き声が聞こえた。

男衆は立ち止まった。根岸に向かって歩きだそうとしていた瑠璃も、鳴き声がした方を見て顔をしかめる。

悲痛な犬の鳴き声。四人には聞き覚えがあった。

「もしかして……」

声の主に思い至った瑠璃が河岸《かし》に向かって踵《きびす》を返し、土手を滑り降りる。男衆も急いで後を追った。

暗い橋の下にあった輪郭《りんかく》を目に留めるや、瑠璃は自ずと怒声を張っていた。

「おいお前、何をしてるっ」

橋の下にいたのは一人の童子と一匹の犬であった。童子は犬に向かって匕首《あいくち》を振り上げている。

「な、何であんたがここに」

泡を食ったように瑠璃たちを見るのは、惣之丞と行動をともにしていた結界役の童子、柚月だった。横にいるのは狛犬の付喪神《つくもがみ》、こま。どちらも鳩飼いの一員である。

しかし何やら、様子がおかしかった。

「お前、今何をしようとしてた?」

瑠璃は足を止めて柚月を睨みつける。柚月にしてもここで黒雲と出くわすとは思ってもみなかったのだろう、うろたえたように目を泳がせていた。

「あんたには関係ねえだろ。教えてやる義理なんかない」

「しゃらくせえこと抜かしてんじゃねえっ」

凄まじい語気で怒鳴られた柚月は、微かに身をすくめていた。

「う、うるせえ女だな。こいつを殺そうとしてたんだよ、文句あんのか」

悪びれることもなく放たれた言葉に、瑠璃は怒りをあらわにした。

「殺すだと。そいつはお前ら鳩飼いの仲間なんだろ？　わざわざ黒雲の密偵として送りこんできたくらいなんだから……なのに、どうして」

見ればこまは、尻尾を丸めて地面に伏せている。抵抗する気力もないのだろうか。

「お前に、情ってモンはねえのか」

瑠璃の声音は我知らず低くなっていた。仲間であるはずの存在をこうも簡単に捨てるなど、いくらこまが自分を裏切った存在であるとはいえ、許せなかった。

対する柚月は瑠璃の問いかけを受けて口の端を歪めていた。

「情だの何だのって、ばっかじゃねえの。畜生《ちくしょう》なんぞに情なんか湧くかよ」

言うが早いか、再び匕首を振りかぶった。

「やめろっ」

瑠璃は発作的に手を伸ばしていた。匕首の切っ先が狛犬に当たるすんでのところで、柚月を突き飛ばす。

小さな童子が瑠璃の力に勝てるはずもない。柚月は地面に横向きに倒れた。

「くそが、何すんだよっ。どうしてあんたがこいつを助ける？　こいつはあんたを裏切って……」

──こまちゃんを、怒らないであげてください。

「行け、こま。言っとくがもうわっちの前にも現れるなよ。お前の行いを許したわけじゃねえ、ただ、こんなチビが犬殺しをするのを見るのが嫌なだけだからな」

──こまちゃんはいい子です、私の大事なお友達なんです。

向けられた言葉はこまに対してのものだったが、瑠璃の目は、狛犬を見てはいなかった。

「花魁どの……」

「黙って去《い》ね。助けるのはこれっきりだ」

狛犬は結んだ口元を震わせていた。地面を見つめながら、ふらふらと覚束《おぼつか》ない足で立ち上がる。

やがて思いを断ち切るようにして、狛犬は土手を駆け上がり、夜闇の中に走り去っていった。

柚月が追いかけんとする素振りを見せる。瑠璃は童子の腕をつかむべく手を伸ばす。

と、柚月は唐突に腰を屈め、瑠璃の手を勢いよく払った。

ぴりりとした痛みを感じて見ると、瑠璃の掌からは血が浮き出ていた。

「そう簡単につかまるかよっ。俺が子どもだからって舐めるな」

瑠璃から後ずさった柚月の手には矢じりが握られていた。地獄で作られていた矢じりはすべて回収してきたはずだったが、まだどこかに隠していたのかもしれない。

瑠璃はふと柚月の風貌《ふうぼう》を眺めた。小柄な柚月はまだ前髪も落としておらず、髪が伸び放題になっている。幼さが色濃く残る顔立ちに、太い眉毛。威嚇《いかく》するような表情には、年齢に似つかわしくない暗い陰が漂っていた。

「お前、随分と痩《や》せてるが、ちゃんと食ったり飲んだりできてるのか」

出し抜けに問いかけられた柚月は、余計に警戒を強めていた。

「惣之丞の奴が子どもの面倒を見られるわけがない。大人しくこっちに来れば、廓で育ててやることもできる。決めるのはお前だが」

「……はん、惣之丞さまが言ってたとおりだ。あんたって奴は、真性の偽善者だな」

侮蔑《ぶべつ》するような言葉が、瑠璃の胸をえぐった。

瑠璃は険しい眼差しで童子をねめつける。隙を見て逃げようとしているのか、柚月はじりじりと草履《ぞうり》で地面を擦《こす》っていた。

「そう言うお前は、真性のうつけだな。惣之丞みたいな下衆《げす》の言いなりになって。可哀相なガキだよ」

瞬間、柚月の顔つきがさっと変わった。

「もういっぺん、言ってみろ」

「お前は惣之丞に毒されてる哀れな子どもだ。あいつは不要なものなら何だって捨てちまう人でなしさ。今は結界役として重視してるみたいだが、お前のことだって、いらないと思ったら容赦《ようしゃ》なく捨てるに決まってる。お前がこまを切ろうとしたのと同じようにな」

「あんたなんかに何がわかるっ」

柚月は喉《のど》を潰さんばかりに叫んだ。全身が、怒りで小刻みに震えている。

「惣之丞さまが俺を捨てるはずはない。だって惣之丞さまは、俺を救ってくれたんだ。夜鷹《よたか》に使われてぼろぼろになってた俺を」

「夜鷹……？　惣之丞を仲間に引き入れた奴のことか」

瑠璃は脳裏でお喜久に聞かされた話を思い出した。

かつて鳩飼いには他に二人の構成員、夜鷹と女衒《ぜげん》がいた。夜鷹は川沿いで客を取る者が多い。件《くだん》の夜鷹もこの近辺に居を構え、縄張りにしていたのだろう。しかし夜鷹も女衒も惣之丞に鬱陶《うっとう》しがられ、鬼に襲われるがまま見殺しにされていた。

「お前は、その夜鷹の子どもなのか。だから結界のいろはを知っているんだな？」

錠吉に尋ねられた柚月は忌々《いまいま》しげに地面へ唾《つば》を吐いた。視線を宙に這わせ、草履を忙《せわ》しなく地面に擦りつける。面持ちは、何やら逡巡《しゅんじゅん》しているようにも見受けられた。

「……ああ、そうさ。あんな変態《へんたい》女が母親だなんて、生まれてきたことを呪いたくなるよ」

「親が死んでしまったのに何も思わないのか？　惣之丞はお前にとって仇《かたき》みたいなものだろう」

「無能な奴は見殺しにされて当然だ。それにあの女、俺の体を物みたいに扱ったんだ。自分と同じ苦しみを教えてやると言って、毎日、毎日」

言い草からして、柚月は愛情らしきものを受けることなく育ったらしい。曲がりなりにも母親だった存在をここまで悪し様《あしざま》に言うということは、単に酷使《こくし》されていただけに止まらないのかもしれない。

——夜鷹の苦しみ……まさか、我が子の体で鬱憤《うっぷん》を晴らしてたんじゃ……。

瑠璃は想像するだけで吐き気を催《もよお》すようだった。

「でも惣之丞さまが、あの女の呪縛から俺を解放してくれたんだ。そして結界役として、相棒としておそばに置いてくれた。役立たずなんて必要ねえ、俺と惣之丞さまさえいれば鳩飼いは十分なんだ」

柚月が話すのを聞くうち、瑠璃は内にこみ上げた憤りが自然に治まっていくのを感じていた。目の前にいる小さな童子が、心底から不憫《ふびん》に思えてきたのだ。

錠吉も同じ心境らしく、閉口していた。

「でも惣之丞は、その夜鷹に代わってお前をこき使ってるだけだろ。相棒と言うよりかは使いやすい下っ端として見てるだけだ」

そう発言したのは豊二郎だった。

「あの男、今まで一回も自分の手を汚してねえじゃねえか。こまを使って、傀儡を使って、お前のことも使って。自分は高みの見物をしてるだけの卑怯者だ」

栄二郎も次いで同調を示す。

「ねえ、惣之丞がしてることがいいことだって、本当にそう思ってるの？　無理やり生き鬼を作ったり、地獄で商売したり、はっきり言って正気の沙汰じゃないよ」

「惣之丞さまのことを悪く言うな」

柚月は遮るように怒鳴ると、双子を睨みつける視線を瑠璃へと戻した。

「じゃあ聞くけど、あんたは遊女として、黒雲の頭領として利用されることに疑問を感じないのか？　自由を求めることもしないで言いなりになってばかりでよ、俺と何が違う？」

「何が、って」

唐突に問われた瑠璃は、返答に窮《きゅう》してしまった。

——〝自由〟を、求める……？

これまで瑠璃は、花魁の職も黒雲の頭領としての立場も、不本意な面もあれ最終的には納得して引き受けたものだと自覚していた。遊女の身では通常ありえないほどの我儘を許され、吉原の外にも気ままに出向くことができる。頭領の役とて、力を持つ自分なら引き受けるのが当然だと思っていた。

——わっちは自由だ、何にも縛られてなんかいない。自分で選んで、自分で決めた道を進んでいるんだから。

だが第三者の目には、瑠璃が不自由であるかのように映っているのだろうか。胸の奥深くが、激しく狼狽《ろうばい》するのを感じた。

言葉に詰まっている頭領を錠吉が見やり、代わりに答えた。

「この人は惣之丞のせいで吉原に身を置くことになったんだ。義理とはいえ、兄妹だったのに」

「んなこた知ってるよ。あんたの道中を見たことあるけど、何だあれ？　流し目が見事だとか言われてるけど全部、惣之丞さまの真似っこじゃねえか」

瑠璃は黙っていた。

花魁として振る舞う所作。道中での表情や指先に至るまでの全身の使い方、視線の角度も、どうすれば最も美しく見せられるか、瑠璃はすべて理解していた。廓で教わったわけではない。舞いも道中での流し目も、どれもが女形《おやま》として活躍する義兄の影響だったのだ。

瑠璃が言い返さないと見るや、柚月は勝ち誇ったかのように鼻で笑っていた。

この童子にはきっと何を言っても反発されるだけで、埒《らち》が明かないだろう。瑠璃はひっそりと嘆息して柚月に目を据えた。

「随分と惣之丞に入れこんでるみたいだが、いずれお前にも、あいつがどれだけあくどい野郎かわかる時が来るだろうよ。ま、黒雲が鳩飼いを潰す方が先かもしれんが」

「へえ、余裕なんだな。お仲間が一人いなくなっちまったってのに」

含むような発言に、瑠璃は眉を吊り上げた。

「待て。お前、なぜ〝いなくなった〟と思うんだ?」

今、黒雲が四人しかいないのは見ればわかる。しかし柚月の口ぶりはまるで、欠けている一人が失踪したのを知っているかのように聞こえた。

「さあな。そのお仲間に聞いてみれば?　ま、あんたらのところには戻らないだろうけど」

「何だってそんな、知った風な口を……」

不機嫌そうにそっぽを向く柚月に、瑠璃は声を荒らげた。

「このガキ、大概にしとけよ。さしずめ地獄を壊滅させられて焦ってるんだろうが。わっちらの心を揺さぶろうとしたって無駄だ」

「よくそんなでかい口が叩けるな。地獄で〝四君子《しくんし》〟にやられ放題だったくせに」

ふてぶてしい柚月の様相は惣之丞とそっくりだ。瑠璃は義兄と話しているような気分にさせられ、眉間に皺を刻んだ。

四君子と称される生き鬼の傀儡、花扇《はなおうぎ》、花紫《はなむらさき》、そして瑠璃を友と呼んでくれた雛鶴《ひなづる》。彼女たちへの対処法は今なお見つからないままである。瑠璃は錠吉やお喜久に、次に四君子と対面した際にどうすべきか相談した。だが議論の甲斐《かい》も空しく、鎖の結界で体を押さえこみ、惣之丞が操れぬようにするくらいしかできないだろう、という結論に至っていた。

——でも、それで十分だ。雛鶴を救う方法は、惣之丞との主従関係を断ってから必ず見つけ出してみせる。

「お前は気絶してたから詳しく知らんだろうが、四君子は双子の結界で動けなくなってたんだ。四君子の動きさえ止めればわっちらの勝ち。地獄の傀儡たちがいなくなった今、お前らが切れる手札は他にないんだから」

途端、柚月はなぜか吹き出していた。

「あんた、何で俺たちが地獄で傀儡を集めてたか、本当の狙いに気づいてないんだな」

「どういう意味だ。傀儡たちの怨念を高めて手駒にするためだったんだろう」

柚月は少しずつ動かしていた足を止め、腹を抱えた。

「あははっ、せいぜいそう信じこんでりゃいいさ。お気楽な奴らめ」

夜闇に甲高い笑い声が反響する。

瑠璃は声を詰まらせて柚月を注視した。裾の短い着物から、細い足首がのぞいている。

童子の足首には入れ墨《ずみ》があった。惣之丞とまったく同じ、鳩の入れ墨が。

四

眠気を催すような陽光が長閑《のどか》に昼の五丁町を照らし出す。昼見世を終えた遊女たちは皆、欠伸《あくび》をしながら大広間にたむろしていた。

一方、瑠璃の座敷には栄二郎がやってきていた。

「花魁、お客への文《ふみ》が溜まってるみたいだけど、捌《さば》ききれないなら代筆屋に……」

「いいんだ。字を書いてると少しは気晴らしになるからな。ほら、その束、今日届いたやつだろ？」

栄二郎は文机《ふづくえ》の上にどっさり重なっている山を見てためらっていたが、瑠璃に促され、この日に届いた文をそろそろと手渡した。

送り主を確認してから、瑠璃は文机に向かって座りなおす。

「昔、父さまが言ってたんだ。面倒でも自分の手で、自分の言葉で文を書けって。文字には人の想いがこもるからなんだと」

亡き義父の面影を思い浮かべつつ筆を握る。

惣右衛門は瑠璃に輪をかけてずぼらな男だったが、贔屓《ひいき》にしてくれる者たちへの心遣いだけは欠かさなかった。椿座が一代で世間の耳目を集める芝居小屋になれたのは、惣右衛門のこうした人柄に拠《よ》るところが大きい。瑠璃が客に送る文は大半が上っ面の内容であるものの、義父の教えに従い、必ず自筆にしようと当初から決めていたのだった。

と、瑠璃は筆を動かす手を止めた。

「そうだ栄、あの親子の鬼について何かわかったか？」

小網町に現れた双頭鬼と子鬼。本体が子どもの方であったことが気になった瑠璃は、親子がなぜ死に至ったのか、栄二郎に調べを頼んでいた。

どうやら栄二郎は調査を済ませたらしい。が、何やら腑《ふ》に落ちないような顔をしていた。

「あの親子、近所で変な噂を立てられてたみたいでね。人殺しとか、祟りを受けてる、とか」

「祟り？」

「そう、何でも小網町には家移りしてきたらしくてさ、前に住んでた鎌倉町《かまくら》で誰かを殺して、その亡霊から祟られてるって言われてたんだって」

「鎌倉町から家移りって……まさか」

瑠璃はとある出来事を思い出して眉をひそめた。

「なあ、双頭鬼になっちまったあの親、もしかして錺職人《かざり》じゃなかったか？」

「何でわかったの？」

栄二郎は驚いたように目を丸くした。一方で瑠璃は、必死に頭の中にある記憶や会話を引っ張り出していた。

「やっぱりそうだ。あの親子、鎌倉町にいた〝祟り堂〟の鬼と関係があったんだよ」

昨年の春頃、黒雲は任務を命じられて鎌倉町で鬼退治をした。そこに出現したのは「祟り堂」の鬼。根も葉もない噂を立てられて心中をした、飾屋一家の融合鬼である。

彼らを陥《おとしい》れた同業の錺職人のうち、一人は鬼に殺害され、残る一人は家移りをした。しかし家移りをした先で殺した者に呪われているとささやかれ――この噂を流したのは惣之丞である――、真に受けた者が怨霊退治の名目で夫婦、幼い子どもを刺し殺してしまった。

「祟り堂の鬼を生む元凶になった人たちが殺されて、新しい鬼になっちゃったってこと？」

「おそらくな。惣之丞の奴、元凶を断たないとまた鬼が生まれるって偉そうに言ってたくせに。あいつが噂を流さなけりゃ、あの親子の鬼は生まれなかったんじゃねえか」

「でもさ、何で本体が子どもの方だったのかな」

栄二郎とまったく同じ疑問をこの時、瑠璃も抱いていた。

今思い返してみると、瑠璃たちが聞いたのは子鬼の呪詛《じゅそ》だけで、双頭鬼の呪詛は一切聞こえなかった。詰まるところ双頭鬼は、子鬼に操られていただけだったのだ。

あの子どもが己の死、そして両親の死を受け入れられずに鬼になったと考えれば、むしろ子どもがいなくば両親が鬼の姿になることすらなかったかもしれない。双頭鬼の額《ひたい》にあった角は、子どもの強い怨念が具現化したものだったのではなかろうか。そう仮定するならば、なぜ、鬼になる要素が子どもにのみあったのだろう。

思案にふけって難しい顔をしている瑠璃を、栄二郎は心配そうにうかがった。

「花魁、鬼退治とか鳩飼いのことで気を張っちゃうのはわかるけど、たまには息抜きしてね？　任務の疲れもまだ残ってるでしょ」

「……任務よりも、あの柚月ってガキと話したことの方が問題だ」

横顔に深刻な陰が差しているのを見てとり、栄二郎は小さくため息をこぼした。

「そうだね。まだおいらたちの知らない、地獄の存在理由があっただなんて」

結局、柚月から詳しい話を聞き出すことはかなわなかった。瑠璃たちが問い質《ただ》そうとするや、柚月の体まわりに奇妙な靄《もや》が漂い、たちまちにして姿を消してしまったのだ。柚月が立っていた地面には不可思議な印のようなものが描かれていた。童子が忙しなく足を動かしていたのは、瑠璃たちから距離を取るためではない。悟られぬよう少しずつ印を描き、目くらましの呪術を発動するためだったのだ。

「柚月が言ってたことをお内儀さんにも話したけど、心当たりはないみたいでな。ただ、惣之丞のうなじにあった痣みたいなモンと関係があるかも、とは言ってたが」

地獄で惣之丞のうなじに見た四つ足の痣は、何かの術を発動するための呪印であり、それが地獄の存在理由に繋がっていたのだろうとお喜久は推していた。だが呪術に詳しいお喜久も、惣之丞がどんな術を使おうとしているかはわからないそうだ。姦巫一族に伝えられる中でも特に古い術なのかもしれない。ゆえにお喜久は今、いかなる呪術なのかを突き止めるべく、一族の歴史が記された書物を遡《さかのぼ》っている最中であった。

「……あの柚月って子は何で、権さんがいなくなったのを知ってたんだろうね」

俯き加減に栄二郎がつぶやいた。

「それも聞けずじまいになっちまったな。きっとあの場に権さんがいないのを見て、はったりで言ったんだろ。わっちらを混乱させるために」

「そう、だよね。うん、そうに決まってる」

栄二郎は何度も頷いてみせたが、やはり表情は暗かった。言葉とは裏腹に、心に兆《きざ》した困惑をぬぐいきれないのだろう。

瑠璃は筆を置くと、煙草盆《たばこ》から長煙管を取り出した。刻み煙草を詰めて火をつける。吐き出す煙は、あたかも胸中に立ちこめる靄そのものであるかのようだった。

なぜ柚月は権三が逐電《ちくでん》したと知っていたのか。瑠璃たち四人とお喜久しか知らぬはずなのに。栄二郎を安心させるために強がったものの、柚月の発言は瑠璃自身も解せなかった。

——ああ、このままじゃ駄目だ。くよくよしてねえで、わっちが皆をまとめ上げないと……。

己に活《かっ》を入れようとするも、任務の疲労に加え、心を惑《まど》わす様々な問題が邪魔をして気力は萎《な》えるばかりだった。権三に弱音を聞いてもらうことができたなら、いくらか気持ちが楽になるかもしれない。が、肝心の権三はいない。

瑠璃は八方ふさがりの気分になった。権三に打ち明けることができないのをこれほどまでに苦しく感じるとは、自分でも驚きであった。

——わっちはいつも権さんに聞いてもらってたけど、権さんは、誰かに悩みを相談したいと思わなかったのかな。

「わっちらは、権さんの何を知ってたんだろう」

不意に芽生えた疑問を煙に乗せて吐く。栄二郎が紫煙《しえん》をくゆらせる瑠璃を伏し目がちに見やった。

「殺したかどうかは別として、権さんと阿久津さまの間に何かしら関係性があったのは間違いない。でも料理人とお侍に、どんな繋がりがあるって言うんだ？　阿久津さまが紙切れ一つで呼び出しに応じたのだって妙だ。普通なら無礼だって怒ったり、無視したりするはずなのに」

あの紙に記されていた「秘密」とは一体、何を指していたのだろうか。そこに権三が瑠璃たちにも隠していたことのすべてが、含まれているのではないか。

と、瑠璃の心にある種の閃《ひらめ》きが生まれた。

「栄、また頼みがあるんだ。今度は権さんの過去を洗ってほしい」

「権さんの過去を？」

瑠璃はこくりと頷いた。

「阿久津さまと権さんの接点を知りたいんだ。あの二人、きっと過去に何かあったはず。昔のことを勝手に調べるのはよくないかもしれないけど、権さんの名誉のためにも調べる必要がある」

お喜久にも権三の過去について尋ねてみたのだが、お内儀も瑠璃たちが明かされたのと同じ程度のことしか知らないらしかった。

権三を黒雲に引き入れた当時、お喜久は護衛役を確保することのみに躍起《やっき》になっており、鬼と対峙した経験さえあれば十分だと考えていたそうだ。過程をさほど重視していなかったのを、お内儀はいたく悔やんでいた。

「わかったよ。で、どう調べる？」

「錠さんや豊の手も借りたいからな、ここに呼んできてくれねえか」

栄二郎はすぐさま請けあい、踵を返そうとした。と、瑠璃は手を伸ばして栄二郎の袂をつかんだ。

「ちょい待った。その前に、お前と二人で話をしておきたい」

「え？」

首をひねる栄二郎に、瑠璃は座るよう告げた。

「お前さ、権さんに何を相談してたんだ？」

正座した栄二郎は目を見開いた。

「豊や錠さんには言いにくいことなんだろ？　わっちが相談相手になれるかはわからんけど、権さんがいない今、誰か話せる奴がいないと辛いと思ってさ」

「いや、おいらは平気だから……」

栄二郎はぱっと瑠璃から目をそらした。

やはり自分では頼りにならないのか。瑠璃は物寂しい心持ちになった。その心情が顔に出ていたのだろう、栄二郎は花魁の沈んだ様子を見てぼそりと口を切った。

「実は花魁のことで、権さんに相談してたんだ」

「は？　わっちのこと？」

思いがけぬ答えに瑠璃は眉を上げた。

「い、いやいいよ、やっぱり何でもない。もう解決したことだから」

栄二郎はあたふたと両手を振って話を終わらせようとする。

瑠璃がさらに問い詰めようとした矢先、襖の向こうから誰かが近づいてくる気配がした。

「瑠璃花魁、こちらにおいでですか」

訪《おとな》いを入れたのは伊平の声だった。道中の予定を相談しに来たのだろうか。瑠璃は栄二郎から目を離して襖の方へと顔を向けた。

「あい、何でしょう」

返答を聞いて襖が開かれていく。伊平は一人ではなかった。

伊平の後ろにいる人物を目にするや否や、栄二郎は弾かれたように立ち上がっていた。

「な、何だ栄二郎じゃないか。お前さん、こんなところにいたのか」

部屋にいるのは瑠璃だけだと思っていたのだろう、伊平は警戒心を剝き出しにする栄二郎に面食らっていた。

「お客さまがいらっしゃったんだ、早く出なさい」

「番頭はん、別にええで。俺が時間外やのに無理を言うて通してもろたんやから」

伊平の後ろについて座敷に入ってきたのは、酒井忠以であった。以前に登楼してきた時と同じく少年の従者を連れている。

栄二郎は立ち上がったまま瑠璃へと視線を走らせた。瑠璃は無表情に忠以を見据えている。だが、瞳に静かな怒りと戸惑いが交差しているのを、栄二郎は見逃さなかった。

「さ、左様ですか？　しかし酒井さま……」

「ええて、ええて。ちぃとだけ花魁と話したかっただけやし気にせんといてや。あ、茶も酒も何もいらんで？　すぐに帰るさかい」

営業の時間外であるとはいえ、もてなしを欠かすわけにはいかない。伊平はなおも食い下がろうとしたものの、上客である忠以にこれ以上を言わせるべきでないと判断したらしい。深々と一礼をして襖を閉めた。

「はあ、疑り深い番頭やな。吉原はホンマに堅苦しいとこやで。女子と少し話したいて言うただけでこれなんやから」

忠以はわざとらしくため息をついてみせる。片や栄二郎は、未だ張り詰めた空気を漂わせていた。

「敵陣にのこのこ赴《おもむ》いてくるなんて、どんな神経をしておいでで？」

冷たく言い放つと、瑠璃は荒々しく煙草盆に煙管の雁首《がんくび》を打ちつけた。

酒井忠以は鳩飼いの裏で糸を引く者、したがって黒雲の敵である。姫路藩の当主として幕閣《ばっかく》の中でも高位に就いているが、それは外面の話。腹の内では帝とともに幕府を討たんと謀略を立てているのだ。

「敵陣って……物騒なこと言いなや。ここは廓やろ」

「まあ、それでは妓と情を交わすために吉原へ？　能天気なお殿様ですこと、ここがただの廓じゃないことはご存知でしょうに。番頭に声をかけるなんて卑怯ですよ」

伊平は黒雲のことも、ましてや忠以が瑠璃の敵であることも何も知らない。大名の上客は無下《むげ》にできぬと、頼まれるがまま通してしまったのであろう。

あくまで態度を変えない忠以に、瑠璃は沸々《ふつふつ》と苛立ちがこみ上げてくるのを感じていた。

「話をしたいだなんて白々しいことこの上ない。今さら会いに来てくだすったって、わっちは話すことなんかありませんよ。命が惜しくばさっさとお帰りなんし」

「惣之丞から聞いたんやな。俺のことを」

すげなく突き放された忠以は、薄いなで肩をすぼめていた。こほ、と乾いた咳をして声を落とす。

「ミズナ、どうか話を聞いてほしい。お前は俺の顔なんてもう見たあないと思ってたんやろうが、俺は違う。お前に対する気持ちは今も変わらへんし、この先会えなくなるのなんて絶対に嫌や」

瑠璃は思わず閉口した。人前で堂々と女への想いを明かすなど、本当にこの男は何を考えているのか。

「……栄、悪いが外してくれるか」

「駄目だよ花魁っ。一人になんてできるわけない」

栄二郎は気色《けしき》ばんだ。

「心配するな。こんな未練がましいひょろ男、妙なことをしてきたら即座にひねり上げてやるから」

「でも」

栄二郎と会話しているはずなのに、瑠璃の瞳は忠以に向けられている。栄二郎は花魁の表情に思うところがあったらしく、覇気《はき》を失ったようにうなだれた。

「お前さん、栄二郎やったっけ。張見世の絵を見たで、なるほど立派な龍やった。修業の方も順調か？」

「恩着せがましく言わないでください」

吐き捨てるような物言いは、およそ楽天的な栄二郎のものとは思えぬほど刺々《とげとげ》しかった。絵の師匠を紹介してもらった恩があるとはいえ、どうも忠以への敵意が勝るらしい。

襖を閉める際、栄二郎は含みのある目で忠以を睨みつけていた。

花魁に手を出したら許さない。栄二郎の目は、あたかもそう言っているかのようだった。

「……あいつやっぱ、お前のことが好きなんやなあ」

「またそれですか。違うと前にも申しましたでしょう」

「まあええわ。しかしひょろ男って、さすがに傷つくで？　未練がましいのは否定せんけど」

がっくりと潮垂《しおた》れて、忠以は瑠璃の前に腰を下ろした。従者の少年も忠以の横に黙って端座している。

「話とは何でござんしょう。手短に願います」

「なあ、その他人行儀な感じはやめへん？　前みたいに普通に話してぇや」

「手短に、願います」

頑なな様子に忠以はまたもや嘆息した。

「ほんなら単刀直入に言うわ。今日はお前に会わせたい人がおってな」

瑠璃はまなじりを吊り上げた。

「まさか、惣之丞を連れてきてるんじゃないでしょうね？　もしそうだったらここで戦闘を始め……」

「惣之丞やない、帝や」

瑠璃はまくし立てようとしていた口を半開きにした。奇妙な間の後、我に返って鼻を鳴らす。

「酒井さま、寝ぼけたことを言うのはよしてください。そんな意味のわからない冗談を言うためだけに黒羽屋へ来たんですか」

「ま、いきなり言われても信じられへんよな」

はは、と空笑いをして、忠以は隣にいる従者へ掌を向けた。

「こちら兼仁さま。驚くなかれ、日ノ本の現人神はんやでぇ。ほれほれ、頭《ず》が高ぁい」

度を越した忠以の道化っぷりに、瑠璃は呆れ果ててものも言えなかった。ひょっとするとこの男は、冗談めかすことで自分の気を引こうとしているのだろうか。だとしたら悪手にも程がある。こんな男に心を寄せていたのかと、瑠璃は自身への落胆を禁じ得なかった。頬が引きつるのを抑えながら、何とか平静を保つ。

「無礼を承知で申し上げますが、もうお帰りになってくださいません？　今はそんなことで笑う気にもなれませんし、まったく、ひとっつも、面白くありませんから」

「えっ何で？　別に笑うとこやないやん」

「あのですね……」

「忠以、どうも話がちゃうようやな」

黙していた少年が突如として声を発した。従者らしからぬ口ぶりに、瑠璃は違和感を感じ取った。

薄い眉に、細く怜悧《れいり》な目元。以前に来ていた従者と顔立ちは似ているのだが、どことなく声質が違う気がしたのだ。

「正体を明かしたら歓迎してもらえるて言うてたやろう。あの顔を見てみ。嫌われとるようにしか見えへんぞ」

「いやあ堪忍《かんにん》。江戸モンは西と違うて、初対面の人には大抵こうなんですわ」

「ちょ、ちょっと待って、こんがらがってきた」

瑠璃は手を伸ばして二人の会話を遮った。頭の中がぐるぐると回転する。これも惣之丞の差し金だろうか。瑠璃を混乱させ、戦意を喪失させる心積もりとも捉えられる。しかし義兄の策にしては、粗すぎるような。

馬鹿げた問いとわかりつつ、瑠璃は恐る恐る尋ねてみた。

「じょ、冗談ですよね。そんなガキんちょが、帝だなんて」

「ほう。この女子、顔がいくらか綺麗やからて、言うてええことと悪いことがあるのもわからんらしいな」

少年は顎をそらして瑠璃をねめつけた。まあまあ、と忠以が困り顔でなだめる。

「ミズナ、兼仁さまは十五歳や。見た目だけで人を判断するのはようないぞ」

予想とはまったく違う反応が返ってきて、瑠璃は卒倒してしまいそうだった。言われてみれば新帝は十歳で即位し、まだ五年しか経っていない。目の前にいる少年の年頃と――一致する。

「はあああああっ？」

言葉にならず、廓中に響き渡る大声で叫んだ。うるさそうに耳をふさぐ少年の横で、忠以は愉快げに笑っていた。

「そら驚くわなぁ。天子さまは内裏から出られんっちゅうのが世間の常識や。けどな、兼仁さまに常識なんてモンは通用せえへん」

いわく、若き帝はどうしても江戸を視察したいと、三年ほど前から忠以に協力をあおいでいたらしい。入念に準備をした上でとうとう内裏から抜け出し、従者のふりをしてはるばる江戸へ赴いてきたのだ。

「いや、いやいや、そんなことしたら、内裏はてんやわんやの騒ぎになるでしょっ？　帝ですよ帝、日ノ本の、最、高、権、威っ」

「口うるさい女子やの。朕《ちん》に瓜二つの影武者を置いておるから平気や、そちに心配されるまでもない」

何でも忠以が以前に従えていた童子が今、兼仁天皇の代わりに内裏に座っているという。

「た、確かに顔は似てたけど、でもそんなことはありえな……」

「朕の顔をまじまじ見るのは失礼とされとるさけ、側仕えの奴らでも案外と気づかんものよ」

「江戸を見てまわりたいっちゅうからお供しとったんやけど、何かあったらと思うと肩が凝ってしゃあなかったわ」

兼仁天皇はもう直に京《みやこ》へ戻るそうだ。視察の最後に瑠璃と話をしたいからと、忠以に頼んで今日ここに来たのである。年齢ゆえの思考と言うべきか、はたまた。

敵方の黒幕が帝というだけでも呑みこむのに時間を要したのに、よもやこんなにも大胆不敵な童子だったとは、と瑠璃は頭を抱えたくなった。

「……意味わかんねえ」

ようやく絞《しぼ》り出せたのは、たったこれだけだった。忠以は意地悪にも瑠璃の動転っぷりを見てしたり顔をしている。慌てる様子を見て楽しんでいるようだ。さながら悪戯《いたずら》好きな子どもである。

「ほな、紹介はこれくらいにして、本題に入ろか」

忠以と兼仁天皇は足を崩して胡坐《あぐら》をかいている。瑠璃は忠以のまとう気が変化したことに気がついた。おどけているのではない、真面目な話をする時の神妙な面立ち。部屋の空気がにわかに改まったのを感じ、ぶんぶんと頭を振って表情を引き締めた。

二人は花魁を驚かせるために黒羽屋へ来たのではないはずだ。未だ混乱は残ったままだったが、どんな話を切り出されるのかと自然に身がまえていた。

「まずはそうやな、俺と兼仁さまがどうして手を組むことになったか、そこから話そか」

「そんな話をわっちにして、あなた方に何の得が？」

「まぁええから聞き。俺らを繋げたのは兼仁さまの即位式でな。俺は将軍の補佐役やさかい、家治公の名代《みょうだい》として式に参列するよう命じられとった。けど江戸の屋敷から京に向かおうとした時、ちと困ったことが起きてな」

飼っていた犬の狆《ちん》が、どうしても忠以から離れなかったというのである。

「まるが？」

「せや。あいつは俺を守るんが自分の仕事やて思うとる節があったからな。さすがに犬を京まで連れていくわけにはいかんし、屋敷で待っとるよう説得したんやけど、これが聞かんでなあ。まあ犬に説得ちゅうんもおかしな話やけど」

へらへらと笑ってみせた忠以だったが、突如、激しく咳きこみ始めた。どうも以前より容態が悪くなっているようだ。瑠璃はつい気遣う言葉をかけそうになって思い止まる。敵である男を案じるなど、と己を戒めた。

忠以は昔から病弱であった。忠犬だったまるは、主が遠出をすると悟ってより心配を募らせたのだろう。

忠以は仕方なくまるを伴《ともな》って京に向かった。すると予期せずして狆の行動が話題となって広まり、ついには兼仁天皇の耳にも入ることになった。帝はまるの心意気を褒め、何と六位の位を下賜《かし》すると決めた。要するに一匹の犬を貴族として認めたのである。もちろん形式だけのことではあるが、人でも犬でも忠誠心があるものを称《たた》える行動は、帝の思慮深さがあってこそだろう。

この一連の出来事が、忠以と帝の親交を深めるきっかけになった。

「そら初めから現人神に軽口を叩いとったわけやないで？　兼仁さまも犬好きでなあ、それらしい理由をつけては俺を呼び出して、側仕えの目を忍んでまると遊んどったんや。そうこうするうち〝友人として接するように〟て言われて、まあびっくりしたわ」

「禁裏《きんり》は融通の利かへん堅物ぞろいやよって、お前のような奴が物珍しかったんや」

兼仁天皇は涼しげに言ってのけた。年の近い友人と気ままに遊ぶことを許されない帝が、飄逸《ひょういつ》とした性分《しょうぶん》の忠以を気に入ったのは、ごく自然な成り行きだったのかもしれない。

「兼仁さまも俺も風流事が好きやさけ、初めはそういう話ばっかりやった。けどそのうち、互いの生い立ちについても話すようになってな」

瑠璃がわずかに首を傾げているのを見てか、兼仁天皇が厳《おごそ》かに咳払いをした。

「ああ、朕の母上は庶民の出でな。父上は公家《くげ》やけど、言うたら何やが公家の中では下の家柄。そやよって朕は、帝に即位するはずがなかったのや」

兼仁天皇は粛然《しゆくぜん》と続けた。

「けど先の後桃園《ごももぞの》天皇が亡くならはった時、後継には産まれて十月《とつき》の女子しかおらんかった。そこで朕に白羽の矢が立ったんや。傍流の生まれやが、血筋を見れば後桃園天皇に近かったさかいに」

兼仁天皇はこの時すでに、出家して聖護院《しようごいん》の門跡を継ぐことが決まっていたという。しかし先の帝が崩御《ほうぎよ》されたことで運命が大きく変わった。突如として現人神になるよう求められたのである。

「降って湧いたような話やけど、朕は天の導きと受け取ったのよ」

「天の導き、ですか」

幼くしてかような運命を受け入れることができるとは、何とも聡明な帝である。瑠璃は敵ながら些か感心させられた。

「そち、帝とは日ノ本にとって、どういう存在やと捉えるか」

「どういう存在って……日ノ本の安寧《あんねい》を司《つかさど》る現人神でしょう。だから幕府に政を委託して、祭祀《さいし》に専念されているのでは」

「ふん、それが世間の認識やろう。やけど実際の禁裏は幕府の丸抱えも同じ、権限なぞあってないようなものよ。何をするにもしちめんどくさい手続きを踏んで幕府に伺いを立てなあかんし、金の都合もいちいち請わんといかん。まあ今までそうやって、互いに折りあいをつけてやってきたんやろうけどな……」

幕府が帝を現人神として担ぐのは、聖なる権威を委託された自らの評価を上げるためだ。帝の神威を笠に着て、傘下の大名や民草の心を巧妙に操ってきた、という見方もできよう。

十歳で即位した兼仁天皇は、幕府に従属を強いられる禁裏の実態に深い疑問を抱いた。とはいえ、禁裏は遠い昔に実権を失ってからというもの、現状を維持すること以外の行動を起こしてはこなかった。幕府に素直に従い、必要な時に頼みごとをするだけで十分ではないか。兼仁天皇も釈然としないながら、周囲の考えを受け入れようと自身に言い聞かせ、神事や禁裏の政務につとめてきた。

ところが間もなくして、兼仁天皇の心を大きく動かす出来事が起こる。約三年前に起こった大飢饉である。

折から気候が安定せず作物が育ちにくくなっていたところに、追い打ちをかけるようにして発生した津軽《つがる》の岩木山《いわきさん》、次いで信濃《しなの》の浅間山《あさまやま》の噴火。度重なる火山の大噴火によって各地で深刻な冷害が発生し、京にも灰が降り注いだ。

凶作の憂き目にあった農民は人の死肉を奪いあうほど困窮《こんきゅう》した。加えて疫病も蔓延《まんえん》し、死者の数は十万とも二十万とも噂される。陸奥の農村では田畑を捨てて逃亡する者が相次ぎ、米の生産のほとんどを陸奥に頼っていた江戸でも米の値段が高騰。世情は極めて不安定であると言わざるを得ない。

兼仁天皇はこの事態にひどく胸を痛めた。されど肝心の幕府の動きは緩慢で、今もって飢餓《きが》が絶えない状態が続いている。

「視察の間、血気に逸《はや》った者たちが暴動を企《くわだ》てとるゆう噂を、あちらこちらで聞いた。将軍の膝元や言われる江戸でさえこの有り様やのに、幕府は何をしておるのやら。鈍間《のろま》で民のことを考えとるかどうかもわからん者どもにはもう任せておれん。朕は傍流の生まれやが、せやからこそ帝として正しいことをしたいと、切に思うた」

――正しいこと……。

「そうは言うても今の朕が持つ力じゃ民を救うことができひん。だから禁裏の権威を復興しようと決めたのよ」

「俺は兼仁さまの考えを聞いて、目が覚めるような思いがした。飢饉の被害を受けとるんは姫路藩も同じや。なのに姫路の城や江戸の上屋敷にどっかり座っとるだけで、一国の城主としてホンマにそれでええんかってな」

忠以もまた、藩の財政が逼迫《ひっぱく》していくのをどうすべきかと頭を悩ませていたそうだ。帝の志を聞いて苦悩が徐々に、飢饉に面しても大した措置を取らぬ幕府への、不信感に変わっていったのだ。

天変地異によってもたらされた未曾有《みぞう》の事態。これは日ノ本の全域を脅かす危機だ。生温《なまぬる》い改革では到底、足りないだろう。世の体制を根底から引っくり返すくらいでなければ、改革は半端なものになりかねない。

政の実権を、今こそ幕府から禁裏へ戻す時。破壊と再生によって民の心を一つに束ねる、変革を起こさねば。

こうして兼仁天皇と忠以は、幕府転覆に向けて結託した。実権を取り戻そうとするのは実のところ、民のためであったのだ。

「……それで、惣之丞に声をかけたんですか」

苦りきった口調で問う瑠璃に、帝は、そうや、と答えた。

「禁裏は軍を持たへん。人馬を使《つこ》た戦は起こせへんから、他の手段を探すことにしたのや。禁裏の書庫で何や妙案が浮かばんものかと頭をひねっておったら、棚の隙間に黴《かび》臭い巻物が挟まっとるんを見つけてな」

巻物に記されていたのはとある呪術師集団の存在だった。元は帝に仕える一族であった、姦巫の記録である。

常人ではおよそ歯が立たぬほどの力を持つ鬼。その鬼を使役できる姦巫を味方につけることができれば、幕府の脅威たる戦力として申し分ないのではないか。兼仁天皇はそう思い至った。

しかし巻物の記録は、鎌倉幕府が発足した辺りで途切れていたらしい。つまりは姦巫が帝でなく、征夷大将軍《せいいたいしょうぐん》に従属するようになった頃である。

「せやから探索役を使て姦巫の現状を調べさせたんや。そしたら分家が、今は幕府の庇護《ひご》から外れてるて言うやないか。これもきっと天の導きなんやと朕は思うた」

かくして兼仁天皇は分家の末裔《まつえい》であり、傀儡師としての力を有する惣之丞に目をつけた。だが惣之丞という男は、そう従順に権威に頭《こうべ》を垂れる男ではない。不敬にも帝の下知《げち》を断ってきたそうだ。

兼仁天皇は諦めず交渉を重ねる中で、惣之丞が差別の歴史を憎んでいるのだと悟った。そこで彼の望みを叶えるべく「差別撤廃」の案を伝えると、惣之丞は態度を一変させたという。

「禁裏の権威が戻り次第、差別制度を速やかに撤廃する。下層民の身分を引き上げることを、あまねく民に周知する。朕は惣之丞とそう約束したのや。約束ゆうか交換条件みたいなものやが、あやつの望みは真っ当やったからな」

「それ自体は、立派な理念だと受け止めています」

瑠璃は目を伏せ、静かに述べた。が、再び顔を上げた時に宿っていたのは、二人を非難するかのような鋭い眼差しであった。

「僭越《せんえつ》ながらあなた方は、惣之丞という男を真に理解できていらっしゃいますか？　あれには人の情というものが欠落しています。奴が傀儡を使って何をしていたか、あなた方は容認していたとおっしゃるのですか」

「……ふむ。そち、惣之丞の義理の妹だそうな」

兼仁天皇はちらと忠以を見やった。どうやら忠以に、瑠璃と惣之丞の関係を聞いていたようだ。

「地獄とやらの経営は、手放しで褒められたものやあらへん。そちの言いたいこともわかる。わかってはおるが、あれも大義のためや。仕方ないやろう」

この冷淡な物言いは、瑠璃の逆鱗《げきりん》に触れるものだった。

「何が大義だ、ふざけるなっ」

瑠璃は自分でも気づかぬうちに立ち上がっていた。抑えようとしていた怒りが爆発し、権威に対する適切な言葉づかいすら、かなぐり捨ててしまっていた。

「あんたらはなぜ鬼が生まれるか知ってるか？　心ない者どもに踏《ふ》みにじられ、死んじまって、無念を捨てきれずに鬼になるんだ。本当は誰も傷つけたくない、安らかに眠りたいのに、怨念に支配されてそれすらかなわない。鬼っていうのはそういう存在なんだよ」

　これまで触れてきた鬼たちの心を思うと、瑠璃は涙が出そうだった。だがここで泣くわけにはいかない。顔を力ませ、腹の底から声を絞った。

「惣之丞はそんな鬼を利用して魂を弄《もてあそ》ぶ狂人だ。大義のためか何だか知らんが、あいつの行いを許すことはわっちには絶対にできない。鬼のことを何も知らねえで、安直に惣之丞の肩を持つあんたらも同類だ」

「ふん、綺麗事だけ並べたとて意味のないこと。政のことを何も知らん女子のくせに、いっぱしの口を利くんやない」

　兼仁天皇から言下に反論され、瑠璃はますます頭に血がのぼるようだった。

「政が鬼を利用していい理由にはならねえって言ってんだよっ。視察に来たってんなら鬼をいっぺんでも見てこい、安全なところで命令するだけじゃなくてな」

「……そち、誰に向かってものを言うておるんや」

　兼仁天皇の怜悧な目元が、危うげに引きつった。

「ミズナ、落ち着け。兼仁さまはこういうお歳やから、売り言葉に買い言葉をしてはるだけや。ひとまず座りや、な？」

忠以が慌てて仲立ちをする。瑠璃は兼仁天皇を睨んでいた目を、ぎろりと忠以に向けた。

「知ってますよ。あんたらが黒雲を排除するよう惣之丞に命じたのを。わっちらを殺そうとしといて、よくもいけしゃあしゃあと落ち着けだなんて」

「まさか惣之丞の奴、お前まで殺そうとしたんか？」

忠以は奥二重の目を見開き、心底から驚いた声を発した。

「そら誤解や。俺らは確かに惣之丞に頼みごとをしたけど、お前には手を出すなって言うといたんに」

「わっちにはって……じゃあうちの男衆は殺そうとしてたんですか」

「まあ、そういうことになるか」

瑠璃は絶句した。

どうやら惣之丞は瑠璃、そして黒雲への個人的な恨みから、わざと命令を無視していたようだ。しかしそのこと自体は瑠璃にとって問題ではなかった。忠以が当たり前のように男衆を排除の対象にしていたことが、とても信じられぬ思いだった。

対する忠以は瑠璃の心中に気づいていないようだ。

「できることならお前と交渉してほしいて頼んだんやけど、やっぱ無理やったか。お前と惣之丞、昔から仲が悪かったもんな」

芝居好きな忠以は、惣右衛門が存命していた頃からずっと椿座を贔屓してきた。そのため惣之丞の気質も、瑠璃と惣之丞の不仲も昔から承知していた。二人の間にあるのが黒雲と鳩飼いの敵愾心《てきがいしん》のみではないと察したのだろう、深々とため息をついている。

「……交渉って、何のことですか」

瑠璃はやるせない心持ちで声を漏らした。怒りをぶつける気にもなれない。臓腑《ぞうふ》が重く沈みこんでいくようだ。それほど忠以の思考に、自分と相容《あいい》れぬものを感じてしまっていた。

疑問を投げられた忠以は瑠璃の瞳をのぞきこむように見つめ、黙っている。

代わりに問いを引き取ったのは兼仁天皇であった。

「それが今日ここに来た本題よ。黒雲にも、朕の力になってもらおうと思うてな。最初はそちだけ引き抜ければよいと考えておったが、地獄での働きぶりを聞いたところ、男衆にも見込みがあるようや。五人そろってこちら側につけ。これはそちにとっても利のあることぞ」

されてきた。朕の考えは、間違うておるか？」

「な……幕府と手を切れと？」

「そちとて差別の対象やろう。そもそも吉原は、徳川に不平を持つ勢力を骨抜きにするために認可された地や。各国から訪れる男たちに国元では味わえへん歓楽を与え、金を落とさせれば、江戸の繁栄に繋がるからとな。そちら遊女は幕府の金稼ぎに利用されてきた。朕の考えは、間違うておるか？」

瑠璃は反論できなかった。なぜなら遊郭の内側で過ごすうち、吉原という存在そのものが、浮世から切り離されたものだと感じるようになっていたからだ。

吉原からほど近く、浅草《あさくさ》から山谷《さんや》にかけては寺が点在しており、火葬の煙が毎日のように立ちのぼっている。小塚原《こづかっぱら》には罪人の処刑場もある。吉原がこうした僻地《へきち》に設置されたのは、江戸の「外」として隔離するためだった。よって火災が起きても、火消し隊が救援に来ることはない。江戸の華と例えられる遊女たちも、裏では男に身を売る穢《けが》れた存在とみなされている。衣紋坂《えもんざか》に植えられた見返り柳も然り、柳は古くから邪《よこしま》なものを払う力があるとされ、境界の目印にされていた。吉原の四方に巡らされた黒板塀もお歯黒《はぐろ》どぶも、遊女という穢れを水で囲いこんで外へ出さないようにするという、俗信から作られたものであった。

天下の花魁と讃《たた》えられる瑠璃とて例外ではない。人々は美しさと気高さを褒めそやす一方、心の深層では、瑠璃を汚らわしい売女《ばいた》として見ているのだ。

「ミズナ。差別制度がなくなればお前は自由になれる。惣之丞と志を一緒にするんは癪《しゃく》かもしれんけど、よく考えてほしい」

——自由に……。

はた、と瑠璃は忠以に目を留めた。

「あなたの目にも、わっちが縛られているように映っているんですね」

沈んだ声で問うと、忠以はわずかに視線を落とした。

「ああ。だからこそ、こっち側に来てほしいんや」

言って、瑠璃の手を取ろうとする。

しかし。

「触らないでっ」

瑠璃は凄まじい勢いで忠以の手を払いのけた。瞬間、忠以の顔に悲愴な色が差す。

だが瑠璃は、提案を受ける気にはどうしてもなれなかった。

「もう話は終わりでしょう。お帰りください」

「ミズナ、わかってくれ。俺はお前のことが……」

「人を呼びますよ。騒ぎにしたくなかったら、早く行ってください」

忠以に背を向け、ぞんざいに言い捨てる。忠以が二の句を継ごうとしているのが背中に伝わったが、頑《がん》として振り向こうとしなかった。

「まあええ、朕の言いたいことは以上や、帰るとしよか。どちら側に身を置くべきかじっくり考えておけ。そちが賢明な女子なら、正しいことは何なのか、答えはすぐに出るやろうけどな」

兼仁天皇の念を押す声がしてからしばらくして、襖が開けられ、二人が部屋を出ていく気配がした。

窓の外からは雲雀《ひばり》のさえずりや、冗談を交わしあう遊女たちの上機嫌な声が聞こえてくる。反対に、一人になった部屋はうら寂しいほど静かであった。春の陽気に浮かれる人々の声がいやに煩《わずら》わしく感じられる。

長い間、瑠璃は同じ場所に佇《たたず》み、窓の外を睨んでいた。

その夜は一睡もすることができなかった。

瑠璃は出窓に寄りかかり、しらじらと明けていく吉原の景色を眺める。三ツ布団の上ではこの日の客、仁蔵《にぞう》が何やら寝言を言っていた。

本当なら身揚がりをして誰とも話したくなかった。さりとて遣手への言い訳を考えるのも億劫《おっくう》になり、やむなく客を取ったのである。だが瑠璃が上の空であるのを見て仁蔵は早々にふて寝をしてしまった。

若造である仁蔵はきっと瑠璃の態度を告げ口するだろうし、お勢以からはきつく叱られることだろう。それでもかまわなかった。瑠璃の心は荒《すさ》む一方であった。

帝が幕府転覆を目論む理由は、よくよく理解できた。浅間山が噴火したことで江戸にも灰が降る日があった。吉原ですら白米を掻き集めねばならない現状が火急であるのは、誰も否めないことだ。兼仁天皇や忠以の言い分は、日ノ本を守るための正論であり、支持すべきものとも思われた。

とはいえ瑠璃は、どうしても彼らのやり方を受け入れられなかった。瑠璃にとって鬼退治はもはや仕事とは別の次元にあるものだ。鬼になった者たちの魂を思えば、それを利用して苦しめるようなやり方にどうして賛同できようか。

何よりも、黒雲の男衆が死んでもかまわないと考えられていたことが到底、許容できなかった。帝はともかく、忠以まで瑠璃の大切な存在を排除しようとしていたのである。

——それでわっちが納得して帝側につくと、本当に思っていたのか。忠さんは、立場が違ってもわっちを理解してくれてるって、信じてたのに。

――あんたって奴は、真性の偽善者だな。

不意に柚月の言葉が、胸に突き刺さった。

偽善者。かつて友になった雛鶴にも同じことを言われた。おそらくは瑠璃への嫌悪感を抱かせようと、惣之丞が吹きこんだ言葉に違いない。口の減らない柚月もまた、義兄に影響されている様子だった。

鳩飼いの最終目標である差別撤廃の大志は、なるほど世のためとなるだろう。遊女への蔑視《べっし》を肌で感じている以上、義兄に共感しないわけではない。しかしながら、すべてを呑みこんだ上でもなお、瑠璃は惣之丞の行いを容認できなかった。

「どうすればいいんだ、これから」

吹き渡る風が緩やかに瑠璃の頬をくすぐる。と、横にあった文机から、何かが落ちる音がした。

見るとぐしゃぐしゃに丸めた紙であった。瑠璃は紙を拾い、中を開く。

忠以が帰り際、花魁に渡してほしいと番頭に預けた文だった。

そこには短く、

《身請けの話は本心》

と書いてあった。

どうやら瑠璃が話を聞く様子でないと踏んで、文にしたらしかった。瑠璃を想う気持ちは嘘でないと伝えたかったのかもしれない。

帝の側につくという提案を断れば当然、忠以と一緒になることは叶わぬ夢となろう。瑠璃とて忠以への想いを断ち切ることは未だできなかった。

いっそのこと、頭で悶々《もんもん》と考えるのをやめて、己の感情に従ってしまおうか。ふと浮かんだ思念に瑠璃はかぶりを振った。再び文を丸めようとする。が、今度は手に力を入れることができなかった。

――〝正しいこと〟って何だ？　何が正しくて、何が間違ってるのか、もうわからねえよ……。

頭領である自分がふらついているようでは、支えてくれる男衆に申し訳が立たない。そう自らを鼓舞《こぶ》しようとするも、迷いは大きくなるばかりだった。暗鬱《あんうつ》たる苦悩に、瑠璃は身も心も擦り切れていく感覚を味わった。

日光に照らされていく吉原をぼんやり見つめる。と、瑠璃の目は眼下の通りへ注がれた。

散切《ざんぎ》り頭の老人が、道の端に身を屈めていた。目を凝らして見ると、道に落ちた塵《ちり》芥《あくた》を拾っているようであった。

吉原の早朝、こうして道を清掃するのはかわたという名称で蔑まれる者たちだ。彼らは月代を剃っても髷を結うことを許されていない。一目で身分がわかるようにと、髪型すらも厳しく定められていた。

お歯黒どぶの周囲に広がる空き地に粗末な小屋を構え、昼間は馬や牛の捨て場をまわり、解体をして皮革を作る。死穢《しえ》に触れる下層民として虐《しいた》げられ、誰もやりたがらない仕事を押しつけられている。にもかかわらず、彼らに与えられる報酬は、雀《すずめ》の涙であった。

——どう見たって同じ人間なのにな。身分で区別することに、何の意味があるんだろう。

暗い気分で老人を見つめる瑠璃。老人は紙くずを拾うと立ち上がり、通りの端を沿って進む。すると老人の前から、遊客らしき若い男が歩いてきた。

「あっ」

俯いて歩いていた老人は客と正面からぶつかってしまった。尻餅をつく老人に対し、若い男は酒に嗄《か》れた声を張り上げた。

「どこ見て歩いてやがる、この薄汚ねえ下郎がっ」

――あの男、自分からぶつかりに行ったくせに……。

上から一部始終を眺めていた瑠璃は、遊客がわざと老人に当て身を食らわせたのを見ていたのだ。

老人は慌てたように起き上がり、地面に手をついてひれ伏している。若い男はというと、口汚く老人を罵《のの》って唾を吐きかけ、下駄《げた》を打ち鳴らすようにして大股で立ち去っていった。男がいなくなった後も、老人は同じ場所でうずくまったままだった。

吉原には掃《は》きだめがない。美しい風景が保たれているのは、間違いなく彼らのおかげである。だが下層民と位置づけられた彼らに感謝する者など、誰一人としていないのが現実であった。

やがて老人は、よろよろと立ち上がった。背中を丸め、また紙くずを拾い始める。

老人はあえて道の端を選んで歩いていた。故意にぶつかられたと気づいていたことだろう。しかし何も言わなかった。何も言えなかったのか、それとも言おうという気持ちすら、湧かなかったのか。

老人の丸まった背中を見た瑠璃は、胸がきりきりと締めつけられるような思いに駆られた。

とそこに、今度は一人の虚無僧《こむそう》がやってきた。藍色の着物に袈裟《けさ》をかけ、左手に尺八《しゃくはち》、頭には天蓋《てんがい》という深編笠を被っている。

虚無僧も遊客と同様、段々と老人に近づいていく。先ほど何もできなかった瑠璃は、次こそ怒鳴りつけてやろうと出窓から身を乗り出した。

ところが虚無僧は老人の目の前で立ち止まった。首にかけた袋を探り、老人に何かを手渡している。受け取った老人は地につかんばかりに頭を下げていた。

どうやら虚無僧は老人に施しをしたらしい。

老人の背中を優しく、慈《いつく》しむようにさすると、虚無僧は大門の方へと歩きだした。

――あれって……。

虚無僧の姿形や歩き方に、瑠璃は思い当たる節があった。

五

薄絹をまとったような穏やかな夕べ。

「いいのよひまり、大した用じゃないから……でもじゃあ、少しだけお邪魔させてもらうわね」

禿に誘われて黒羽屋の遊女、汐音《しおん》が瑠璃の座敷へ入ってきた。汐音は入るなり、畳の上に寝そべっている瑠璃を見て咎《とが》めるように声を上げた。

「あら、まだ道中の支度をしていないのですか？」

だらしない格好を朋輩に見られ、瑠璃は慌てて半身を起こす。

「え、汐音さん？　どうかなさったんですか」

「三味線の修理が終わったので、お借りしてたのを返そうと思いまして」

「ああ、もう一つあるから急がなくてもよかったのに」

瑠璃は三味線を受け取りつつ、汐音をうかがうように見た。

「どうしたんです？　わっちの顔に何か？」

「あ、いえ、別に」

取り繕うような口ぶりに、汐音は怪しげな眼差しを向けてきた。

「つかぬことをお聞きしますが今、誰かと話していませんでした？」

「はいっ？　いや、見てのとおり誰もいませんよ。きっと空耳でしょう、怖いこと言わないでくださいよね」

そうですか、と言って汐音は瑠璃から目を離す。片や瑠璃は汐音の視線から解放されて内心で胸を撫《な》で下ろした。

部屋の隅では禿がいそいそと茶の準備をしている。瑠璃が教えたわけではないが、ひまりは元から気配りができる子どもで、座敷に誰かが来るとすぐに茶を出すのが身についているようだった。

「はい汐音さん、熱いので気をつけてくださいね」

「ひまりは本当に気が利くわね。それじゃ遠慮なくいただくわ」

「気が利くだなんて、そんなそんな。あ、瑠璃姐さんてばもう、座布団くらい敷いて差し上げたらどうですか？」

ぼけっとしている姉女郎に膨れながら、ひまりは納戸《なんど》へ向かい、座布団を引っ張り出していた。

「ふっ、これじゃ姐さんも形無しですね」

汐音は口元に薄い笑みをたたえて瑠璃に一瞥をくれる。ひまりが敷いた座布団に座りなおし、澄まし顔で茶をすする朋輩に、瑠璃はふてくされた表情を見せていた。

「皆してそう言うんだから、参っちまいますよ。ったく」

「いいじゃありませんか。花魁が早起きして少しは真面目に働くようになったって、お勢以どんも楼主さまも喜んでますよ。今後はひまりのことを〝ひまり姐さん〟と呼んで見習った方がいいかもしれませんね」

「ひまり、姐さん……」

「う、うるさいなあ。こらひまり、〝それも悪くない〟みたいな顔してんじゃないよお前も」

むきになる瑠璃の一方で、汐音は口に手を当てて笑いを嚙み殺していた。

嫌味と言えば嫌味なのだが、心底から意地悪をしようとしているのではない。そう感じた瑠璃は、口を尖らせて朋輩の顔を眺めた。

黒羽屋で二番人気を張る汐音は元々、瑠璃に対して辛辣《しんらつ》な態度を取り続けていた。瑠璃も嫌われているとわかっていたものの、歌舞伎《かぶき》という男社会しか知らず育ったため、妓たちとの接し方がいまいちわからない。花魁は嫌われ稼業でもあるのだろうと無理やり自分を納得させ、半ば諦めてしまっていた。その態度は朋輩たちからすれば高慢に見えたのだろう、頻繁に身揚がりするのも相まって、ますます瑠璃への不満は高まっていった。

だが汐音は昨年の冬頃から、瑠璃の心根が態度とは異なることに気づいたらしい。二人は冬の間に少しずつ和解し、まだぎこちなさが残るものの、今では物の貸し借りをできるくらいの仲になっていた。

汐音はひまりの愛くるしい笑顔に目を転じ、口元を和ませている。

「安心しました。津笠さんが亡くなられて、ひまりが喋らなくなってしまっても、わっちは何もできませんでしたから。瑠璃さんは人の心をつかむ神通力でもお持ちなのかしら」

「特別なことなんてしてませんよ。大体そんな力があったら、黒羽屋の妓たちとも仲よくやってけるはずでしょう」

「……それもそうですね。今のは失言だったわ」

瑠璃の声に棘《とげ》を感じたのだろうか、汐音は一転して顔を強張らせてしまった。

——ああもう、またぶっきらぼうな言い方をしちまった。何だってわっちはいつもこうなんだ。

せっかく険悪な関係を解消できかけていたのに、これでは元の木阿弥《もくあみ》だ。慌てて二の句を探す瑠璃に対し、汐音は嘆息していた。

「本当はずっと、わかっていたんですけどね。あの津笠さんがあれだけ親身になっていたのだから、態度はどうあれ、悪い人じゃないかもしれないって」

「えっ？」

出し抜けな述懐に瑠璃は目を瞬いた。

「あなたは津笠さんと仲よくしてるのを隠したかったみたいですけど。それはわっちから津笠さんを守るためだったんでしょう」

「いや、その……」

汐音の予想は図星であった。嫌われている自分と懇意にしているのを悟られれば、津笠にまで敵意が向けられるのではないか。そう思って、瑠璃は他の朋輩がいる場では津笠と距離を取っていた。

「津笠さん、わっちと喋る時はいつもあなたのことを話していたんですよ。仲よくしろなんて野暮なことは言わなかったけど、でもあなたがどれだけ気のいい人柄か、本当は高飛車な女なんかじゃないって、伝えたかったみたいで」

亡き親友の思いやりに予期せず触れ、瑠璃は目頭が熱くなるのを感じた。

自分の知らぬところで津笠が朋輩たちに働きかけてくれていたことを、瑠璃はまったく気づかなかった。当時の瑠璃にとって、友と呼べる存在は津笠と夕辻の二人のみ。一方の津笠は、瑠璃を嫌う朋輩たちとも親しくしていた。自分とは違ってなかなか遊女たちの輪に入れない瑠璃を、どうにかしてやりたいと心を砕いていたのである。それを言わなかったのは瑠璃の頑固さと、素直になりきれない不器用さを斟酌《しんしゃく》していたからに違いない。

「わっちは禿時代から津笠さんのことを知っていますから、あの人がいかに優しくて皆に愛されていたか、あなたを大切に思っていた気持ちも、よくわかっていました」

汐音のつんとした面立ちはいつもどおりだ。が、気のせいだろうか、わずかに声を湿らせているように瑠璃には聞こえた。

「わかっていたけど、わっちはあなたに辛く当たってしまった。花魁の座を奪われたのが悔しくて、どうしても認めたくなかった。だってあなたときたら、同じ苦界《くがい》にいるのにしんどさを微塵《みじん》も見せないで、いつだって眩《まぶ》しくて……」

きっと羨《うらや》ましかったんだわ、と汐音はこみ上げるものをこらえるかのように口を真一文字に結んだ。

初めて聞かされた朋輩の本音に、瑠璃は天地が引っくり返るほど驚いた。いつも居丈高に見えていた汐音がかように弱い姿を見せるとは、思いもしていなかったのだ。

「し、汐音さん、ちょいと、泣かないでくださいよ」

「泣いてませんけどっ」

瑠璃はあたふたと周囲を見まわし、近くに落ちていた懐紙《かいし》を手渡す。汐音は懐紙を見て束の間、目を点にしていた。

「瑠璃姐さん、それ……お饅頭《まんじゅう》を包んでた紙ですよ？」

「やべ、そうだった」

禿からため息まじりに言われ、瑠璃は慌てて懐紙を取り返そうとする。だが汐音は懐紙をさっと胸に抱えた。

「構いません。鼻がむずむずしてたからちょうどいいわ」

瑠璃が見ている前でちん、と洟をかんでみせる。そして極めて小さな声で、ありがとう、と言った。

五歳で吉原に売られた汐音にとっては、廓の世界こそがすべてであった。遊女としての意気と張りを保つことしか生きる術《すべ》を知らない。そんな遊女には常に不安が、影のごとくつきまとう。年を取って廓から追い出される時期を迎えたら、その後はどう生きればよいのか。年季が明ける前に病に罹《かか》ってしまったら。そうなってしまっても、誰も手を差し伸べてくれないかもしれない。

たとえ大見世で売れっ妓《こ》になっても、不安はなおも消えない。誰が自分を身請けしてくれるのだろう。遊女あがりだと罵倒され、身請け先で迫害されてしまうのではないか。そもそも、誰も身請けしてくれなかったら。

不安をひた隠して過ごしていた汐音は、瑠璃と出会い、あまりに自分と感覚がかけ離れていることに驚愕した。浮川竹《うきかわたけ》の身であるという条件は同じなはずなのに、なぜこの女子はこうも胸を張って、自分を貫いていられるのか。

汐音にも間夫《まぶ》がいた。遊女たちが間夫を作るのは、客との空虚な夫婦茶番から、苦界にたゆたう己の身の侘しさから、逃避するためとも言える。だからこそ甘い言葉をささやいて慰めてくれる男に、そばにいてほしいのだ。たとえ悪い男とわかっていても、自分にかけてくれる言葉に、真心など欠片《かけら》もないと知っていても。ところが瑠璃は間夫を作るどころか、そういった存在は面倒だとすら思っている風に汐音の目に映っていた。

どうして不安と無縁でいられるのだろう。未来を思えば辛いはずだ。辛くて空しくて、拠り所が欲しくて仕方ないはずだ。それなのに、どうして。

汐音の心に兆した嫉妬と羨望の念が、瑠璃に対する態度を歪めていたのである。

「汐音さん、もうお互い水に流しましょう。わっちだってあなたのことをずっと誤解してたんですから。すみませんでした」

肩を落として詫《わ》びる瑠璃を見て、汐音は首を振っていた。

「時々、考えてしまうんです。もしもっと前からあなたや津笠さん、夕辻さんと輪になって、くだらない話をして笑っていたら、心が軽くなったのかしらって」

汐音の権高な振る舞いは、弱さを隠すためだったのかもしれない。客に嘘をつき、己にも嘘をつかねばやっていけない商売が、瑠璃はつくづく阿漕《あこぎ》なものに思えた。

「夕辻は基本のほほんとしかしてないけど、いい奴ですよ。わっちも汐音さんの手練手管に興味あるし、だからその、今からだって遅くないんじゃないですかね、なあんて……はは」

何やら不自然な笑い方をしている瑠璃に、汐音は意表を突かれたようだった。頰を緩めたかと思いきや無言で瑠璃の手を取り、ぎゅっと握る。

目尻に差した紅《べに》が、淡く滲んでいた。

「ではそろそろ戻ります。お望みならわっちの手練手管でも床技でもびしばし教えて差し上げましょう。廓のことならわっちの方が先輩ですから」

流暢《りゅうちょう》に言うと汐音は腰を上げた。凜然とした佇まいはやはり変わらないが、面立ちがどことなく晴れやかになったような気がして、瑠璃は黙って汐音を見送る。

姉女郎の顔にも汐音と同じ柔和な笑みが浮かんでいるのを見てか、ひまりは嬉しそうにしていた。

妹女郎の幼気《いたいけ》な面差しが、瑠璃の心にささやかな安らぎをもたらす。二人はしばし視線を交わしあい、ふふ、と同時に微笑んだ。

「もう瑠璃ってば、よかったじゃないのおっ」

「お前も成長したんだなあ。俺、泣いちゃうっ」

「次からは堅苦しい言葉づかいなんかやめて、もっと気楽に喋ってみろよ」

涙声を耳にした瑠璃はたちまち真顔になった。

見返ると、奇《き》っ怪《かい》な者たちがぞろぞろと出窓から座敷に入ってくるところであった。

薄茶の髪を胸元で束ねる美女、露葉《つゆは》は、見た目は二十代。しかし正体は数百年もの時を生きてきた山姥《やまんば》だ。全身が骨の髑髏《がしゃどくろ》、がしゃに、精悍《せいかん》な顔立ちをした山伏《やまぶし》姿の油すまし、油坊《あぶらぼう》。いずれも妖であり、瑠璃の飲み仲間でもあった。

妖たちは部屋に誰かが来るのを察した瑠璃によって出窓から追い出され、屋根の上で待機していたのだ。どうやら汐音との会話をすべて聞いていたらしい。露葉はしんみりと目尻をぬぐっていた。

「盗み聞きとはお前ら、趣味が悪いぞ」

瑠璃は面映《おもは》ゆさを隠すかのようにそっぽを向いた。

「照れちゃってよう、可愛いところもあんじゃねえか。うりうり」

「何でえ照れてなんかねえよ、どんな顔していいかわからんだけ……ってこの助平髑髏、いつまで二の腕触ってるんだ、金取るぞっ」

頭蓋骨に手刀を叩きこむ瑠璃の横で、油坊は先ほどまで行われていた酒宴を再開せんと猪口《ちょこ》を並べなおしている。まわりには油坊の操る怪火が楽しげに浮遊していた。

「お手伝いしますよ、油坊どん」

「おう、ありがとなひまり。もう火の玉は怖くないか？」

頑是《がんぜ》ない面持ちで頷く禿の頭を、油坊はにかっと笑って撫でてやった。

ひまりには妖の姿が見えている。以前は人ならざる彼らにおびえきっていたが、今ではすっかり打ち解けていた。

「……なあ、あいつら、もう帰ったの？」

瑠璃が妖たちを見渡して尋ねるや否や、感極まっていた露葉が目を輝かせた。

「やっと話を聞いてやる気になったんだねっ？」

「いや違うけど、その辺をうろちょろされたら困……」

「あんたたち、話を聞くってさ。ほら入っておいで」

瑠璃が大声で止めるのも聞かず、露葉は出窓から身を乗り出し、屋根に向かって手招きをした。

するとそれを待ってましたとばかりに信楽焼《しがらきやき》の付喪神、お恋《れん》が座敷に飛びこんできた。

「ほ、ほほ、本当に話を聞いてくれるんですかっ」

茶色く丸みを帯びたふさふさの尻尾《しっぽ》を揺らして、お恋は瑠璃にずいと迫る。瑠璃が違うと口を開くよりも早く、外に向かって嬉しそうに呼びかけた。

「こまちゃん、早く早くっ」

妖という存在は人の話を聞かないのが常である。瑠璃は諦めて窓の方を見やった。

今度は狛犬の付喪神が、おずおずと窓から入ってきた。瑠璃の刺すような視線を感じてか、ばつが悪そうに足をすくませている。

「なあ瑠璃、いつまでも意地なんか張ってねえでさ。一度は酒を酌み交わした仲だろう」

油坊が瑠璃の猪口に自作の酒を注いでやった。

「強情つくな奴だぜ。ほれ、飲め飲め。飲んで昔のことなんかさっぱり流しちまえ」

がしゃがカタカタと笑って猪口をあおる。髑髏の口から流しこまれた酒は、不可思議なことに喉元を通るうち消えていった。

瑠璃は仏頂面《ぶっちょうづら》で猪口に唇をつけた。いつもなら油坊の作った酒ですぐに気分が上向きになるのだが、今日ばかりは少しも酔うことができなかった。

厳しい顔つきで酒をあおる瑠璃を見て、妖たちが視線を交わす。お恋は口をきゅっと結び、小さな拳をぷるぷると震わせていた。

と、お恋は窓の方に走り寄ってこまの体を引っ張った。狛犬がよろけながらお恋とともに瑠璃の前までやってくる。

「お願いです花魁、こまちゃんを許してあげてくださいっ」

洟をすりながら懇願《こんがん》するお恋の横で、こまは首を垂れていた。

瑠璃は付喪神たちから顔を背けた。

「もういい、頭を上げな。人ならともかく、妖がそんな風にしてるのを見ると酒がまずくならあ」

二体の付喪神は顔を上げた。狸《たぬき》に至っては両の鼻から鼻水を垂らしている。

「じゃ、じゃあ、許してくれるんですねっ?」

「んなこと言ってねえだろ。まったく、頼んでもないのに連れてくるなんて、勝手なことを」

喜びも束の間、にべもなく返された狸は目に涙を溜めた。

お恋は瑠璃に逃がされ、吉原の近辺を徘徊《はいかい》していたこまを見つけ出してきたのだった。同じ付喪神として仲よくしていた狛犬。お恋は友をどうしても放っておけなかったようだ。そして汐音が来る直前まで、瑠璃に許しを請《こ》うていたのである。

実体のある付喪神は確実に人の目に触れてしまう。本当はお恋とこまだけ追い出せば事足りたのだが、慌てていた瑠璃はつい山姥たちまで追い立ててしまったのだった。

「瑠璃ったら、お恋がこまを見つけてきてほっとしてるくせに。素直におなりよ」

やれやれといった調子で諭された瑠璃は、口をすぼめて露葉からも顔を背けた。

露葉の言うとおり、瑠璃は安堵していた。口には出さなかったが、内心で狛犬が野垂れ死んでいやしないかと気がかりだったのだ。しかし手放しで無事を喜んでやれるほど、甘くはなれなかった。

「お前らにも話しただろう、こいつが裏切り者だってことを。こいつに黒雲の情報を流されたせいで、鳩飼いに隙をつかれる羽目になった。吉原の妓楼が燃えちまったのだって鳩飼いの仕業だ。お前らも仮宅の狭さにぶう垂れてたじゃねえか」

黒羽屋が深川に構えていた仮宅は、大人数が伸び伸び酒宴を開けるほど広くはなかった。ようやっと吉原の妓楼に戻れたのを、妖たちとて喜んでいたはずだ。

「それに、こいつは飛雷を盗み出したんだ。飛雷がなけりゃわっちが困るとわかっていたのにな」

「盗みを働いたのは命令されたからだろ？　こまが進んでやってたわけじゃないんだから、堪忍してやれよ」

油坊の意見に、そうだそうだ、とがしゃが野次を飛ばす。

瑠璃はぎろりと髑髏に睨みを利かせた。

「嫌だね。妖にはない概念かもしれんが、人は悪いことをすると落とし前ってモンをつける必要がある。そう簡単に〝はい許しましょう〟とはならねえんだよ」

ボンッ。

途端、座敷の中心に五つの狐火が出現した。妖たちが目を白黒させる。

瑠璃はといえば、うんざりした顔で舌打ちをしていた。こうなることをすでに予測していたのだ。

「何と心の狭い女子ぞおっ」

五つの狐火が瑠璃たちの目の前で形を変えていく。しばらくして狐火は赤い前掛けをした五体の狐に変じ、瑠璃に向かって一挙にわめき始めた。

「こんなに謝ってるんだから許してあげなよ」

「人の概念なんぞ、妖にも神にも関係ないこった」

「花魁だったらもっと度量を広く持ちなさいな」

「犬いじめ、反対っ」

この狐たちは吉原にある五つの社《やしろ》に祀られし玄徳《よしとく》、明石《あかし》、開運《かいうん》、榎本《えのもと》、九郎助《くろすけ》と呼ばれる稲荷神《いなりのかみ》である。黒雲の密偵として暗躍《あんやく》している間、こまは稲荷神たちの社を寝床にしていた。その縁があって、稲荷神たちはこまを贔屓していたのだった。

「お恋よ、案ずるな。我らが必ずこの女子を説得してみせるからな」

どうやら稲荷神たちはこま探しをしていたお恋に手を貸していたらしい。彼らの神通力があったからこそ、狛犬の居所を突き止めることができたのだろう。

稲荷神たちはきりりとした顔つきで瑠璃を見据える。一斉に口を開きかけた時、瑠璃は素早く手を上げた。

「はい、そこまで。いっぺんに話すのはやめろって前も言っただろ。誰か代表者を決めろ」

「……ぐぬぬ、神たる我らに向かって、何という無礼者かっ」

稲荷神たちはうなり声を上げるも、押し黙ってしまった。瑠璃の気迫に龍神の圧を感じたのかもしれない。悔しげに円陣を組み、話し合いを始める。

「ねえ花魁さん、こま坊の体をよく見てあげてよ」

代表に選ばれたのは九郎助という稲荷神だった。京町二丁目の隅にある九郎助稲荷には、恋が成就するとの言い伝えがある。

女たちの恋の悩みを日々聞いているからだろうか、血気盛んな他の狐たちとは違い、九郎助の口調は至って穏やかだ。九郎助は背後にいる狛犬を目で示した。

こまの体はひどく汚れていた。豊かだった灰色の毛並みが泥や雑草にまみれ、まるで嵐に巻きこまれたかのようだ。おそらくは江戸を当てもなく放浪するうちにこうなってしまったのだろう。

「こま坊にはさ、帰るところがないんだよ。だからこんなにぼろぼろになっちゃったんだ。可哀相だと、おいらは思う。花魁さんはどう？」

「そこまで肩入れすんなら、あんたらのお社に置いてやりゃいいだろ。わっちが面倒を見てやるまでもねえ」

「そういう問題じゃないっ」

一体の狐が声を荒らげる。九郎助は静かに首を振って仲間をなだめた。

「こま坊は、花魁さんの元に戻りたいんだって。だから吉原の近くをさまよってたんだよ。遊女の仕事がある時はおいらたちの社にいればいいけど、花魁さんとも仲直りしたいらしくてさ。考えてあげてくれないかな？」

　瑠璃はこまを一瞥した。狛犬はしょんぼりとうなだれ、一切の覇気を失っている。

　本音を言えば、瑠璃とて心の底からこまが憎いわけではない。されどこまは雛鶴が生き鬼にされるのも、豊二郎と栄二郎の母親が苦痛を強いられている姿も、惣之丞のそばで見ていたはずである。そう思うと、どうしても首を縦に振ることができなかった。

「無理だ。悪いが気持ちは変わらないよ」

「こ、この、分からず屋め……っ」

　稲荷神たちは切れ長の目を怒らせた。と、九郎助を除く四体の全身が、見る間に巨大化していく。むくむくと天井に耳がつくまで大きくなった狐たちに、ひまりが小さな悲鳴を上げて隣の油坊にしがみついた。

　稲荷神は五芒星《ごぼうせい》の結界で吉原を守る守護神だと、以前に話していた。加えて体の寸法も自在に変えられるらしい。

　ひまりだけでなく、妖たちも突然の事態に震え上がっていた。神たる存在は陽気な妖たちにとっても畏《おそ》るべきものなのかもしれない。

瑠璃を見下ろすように目に据えるや、内の一体が怒りに満ちた咆哮《ほうこう》を響かせた。

「こんな泥だらけの姿になってしまったのを見て、主として責任を感じんのか？　話を聞いてやろうともしないなぞ、どこまで器が小さいのだっ」

「ついでに胸も小さいぞっ」

がしゃがどさくさに紛れて野次ったので、瑠璃は物凄まじい目で髑髏を見た。

「今、何か言ったか？　骨野郎」

「すいません何でもないです」

瑠璃は苛々とした面持ちで立ち上がった。巨大になった狐たちを冷ややかな目に留める。

「そういう脅しはわっちには効かねえよ。そんなのより恐ろしいモンを、今まで嫌と言うほど見てきたんだからな」

そっけなく告げられた稲荷神たちは恨めしげにうなっていたが、徐々に体をしぼませていった。巨大化して凄んでみたところで、瑠璃の胆力には効かないと判断したようだ。

小さくなった狐たちを反対に見下ろす格好になってから、瑠璃は倦《う》み果てたようにため息をこぼした。

「忘れちまったようだからもう一回言うけど、わっちはこいつの主なんかじゃない。とにかく無理なものは無理、いくら言われたって同じだよ。さあ、お社に戻んな」

稲荷神たちを追い立てようと手を伸ばす。すると瑠璃の前に九郎助が立ちふさがった。

「待って。花魁さんは龍神の生まれ変わりなんだよね。前に言ってたの、ちゃんと覚えてるよ」

「それが何だ」

「どうして神さまが人に崇められているか、わかる？」

質問の意図を測りかね、瑠璃は鼻に皺を作った。対する九郎助は瑠璃の瞳の、さらに奥にあるものを見据えているようだった。

「怖いからだろ。神さまの機嫌を損ねたら何されるかわからねえもん、さっきみたいにな」

「それも確かにあるかもね。でも、別の理由もあると思うんだ」

拗《す》ねた様子の狐たちをちらと見て、九郎助は視線を戻した。

「人っていうのは弱いから、誰かに救いを求めてるんだ。ううん、心に溜まったものを、聞いてもらいたいだけなのかも。だから神さまに祈るんだよ。妖も同じさ」

明晰な九郎助の言葉に、瑠璃はどこか感じ入るものがあった。龍神も神。さればこそ、救いを求める者の声を聞き、手を差し伸べてやるべきだと、そう言われている気がした。

「あの、瑠璃姐さん。わっちね、ずっと考えてたことがあるんです」

張り詰めた雰囲気の中、小さく声を上げたのはひまりだった。一同の注目を浴びた幼い禿は居心地の悪そうな顔をしている。

「考えてたって、何を？」

「妖さんたちの姿が見えるようになった理由です」

妖たちは全員が首をひねっていた。ひまりは自身の考えを整理するように、ゆっくりと話し始めた。

「わっちが見えるようになったのは、津笠姐さんがいなくなってからと前に言いましたよね。その、津笠姐さんが、鬼になってしまってからだと」

瑠璃は眉尻を下げて妹女郎の声に耳を傾けた。妖を見る力があるひまりには黒雲のことも、津笠の死の真相も伝えていた。ひまりの驚きぶりは言わずもがなであったが、利発な禿がすべてを呑みこむのにはあまり時間を要さなかった。

「わっち、津笠姐さんがいなくなったことを受け入れられなくてずっと、心で呼びかけてたんです。姐さん早く戻ってきて、寂しいよ、わっちのそばにいてよ、って」

ひまりは長い間、津笠の影を追い求めていた。そうするうち、珍妙な者たちを見かけるようになったというのだ。

「鬼になった津笠を思い続けてたら、妖が見えるようになったと？　てえことは……」

瑠璃は腕組みをして思案した。

陰陽の観念から考えてみると、人は陽、妖は陰の存在だ。そして神や鬼も、陰の世界に住まうものとして区分できる。陰と陽は互いに作用しあいながらも交わることがない。

しかしながら、陰陽の境界は曖昧なものでもある。実体がある付喪神も、元は人である鬼も、「見る力」を持たぬ者の目に映る。言うなれば陰陽の狭間にいる者たちだ。そうした者たちの持つ気に強く触れ、あるいは心を配っていると、見えるはずがない者たちまで見えるようになるのではないか。

要するにひまりは鬼になった津笠を思い続けることによって、陰の世界に片足を突っこむことになったのだ。

「じゃあ津笠は？　津笠だって見る力を持ってなかったのに、急に見えるようになったじゃねえか」

がしゃが不思議そうに頭蓋骨を傾ける。

考えこむように俯いてから、瑠璃はひっそりと声を漏らした。

「津笠が見える体質になったのは多分……わっちが原因だ」

胸の内に、亡き親友の優しい笑顔が思い浮かんだ。

津笠はいつも瑠璃を支えてくれていた。瑠璃の心に寄り添おうと、自らの心を砕いてくれていた。

瑠璃は人だが、魂は龍神、すなわち陰の存在である。津笠は瑠璃を慮《おもんぱか》り、心の深くまで寄り添おうとする中で陰の気に強く触れた。だからこそ妖たちを認識するようになったのではないか。そう考えればすべてに説明がつく気がした。

「あのね瑠璃姐さん。わっちは初め、妖さんたちが怖かった。何か悪戯されるんじゃないかって、近寄るべきじゃないって思ってたんです」

しょぼくれる妖たちに、ひまりは申し訳なさそうな顔をしていた。

「でもお話しして一緒に遊ぶうちに、勘違いをしてたんだって気づいたんです。だって皆、すごく気さくで明るくて、ちっとも怖くないんだもん」

言って、妖へとにこやかに笑いかける。妖たちは感激したように満面の笑みを浮かべた。

妖に悪意という感情がないのは瑠璃も承知していることだ。だが哀しいかな、人という生き物は総じて、己の理解を超えた存在を断固として認めない。それどころか勝手に被害妄想を膨らませ、妖は人に害なす者と決めつけがちだ。彼らの姿を見ることができないのは、存在を否定しているからではなかろうか。

妖は底抜けに明るい性分とは反対に、すぐそこにいるのに気づいてもらえぬ、孤独な者たちでもあった。

――だからわっちは、妖と飲みたかったんだな。

本質からはかけ離れた評価をされ、一線を引かれてしまう妖たちが、自身と重なるように思われた。怠け者だと陰口を叩かれても妖たちとの酒宴を開いていたのは、妖と触れあうことで、己の孤独を和らげたかったから。瑠璃は自分でも気づかぬうちに妖たちに癒《いや》されていたのである。

瑠璃の顔から険がなくなりつつあるのを察してか、九郎助はこまへと視線を送っていた。

「ほら、こま坊。惣之丞って奴の言いなりになっていた、理由があるんだよね？　話してごらん」

狛犬がためらいがちに四方へ視線を漂わせる。が、妖や稲荷神たちに促され、ようやく重い口を割った。

「拙者《せっしゃ》は……脅されていたのだ、惣之丞に。従わなければ、大事なものを殺すと」

瑠璃と出会う前のこまは、神田明神《かんだみょうじん》に鎮座する名もなき狛犬であった。境内にはこま以外にも数体の狛犬が据えられており、いずれも付喪神に転化していたらしい。狛犬たちは人気《ひとけ》の絶えた真夜中になると動きだし、皆で鬼事《おにごと》や相撲《すもう》の真似ごとをして遊んでいた。

そんなある日の夜、惣之丞が神田明神にやってきた。惣之丞はかくれんぼをして境内の裏にいたこまを見つけ、付喪神だと見抜いた。そしてこう脅したのである。

「一緒に来い、逆らえば他の狛犬たちを粉々に砕いてやる、蠱毒《こどく》の術で犬神にしてやるのもいいな、と。惣之丞は笑って拙者にそう言ったのだ」

蠱毒とは、忌まわしき呪法の一種である。犬を首だけ地上に出した状態で生き埋めにし、飢え死にする寸前まで餌《えさ》を与えないでおく。限界まで達したところで目の前に餌を置き、食いついた瞬間に首を切り落とすのだ。希望の光が差した途端に惨殺された犬は、強い呪力を宿して術者に従うようになる。

瑠璃は反吐《へど》が出そうだった。

「その後は知ってのとおりだ。祟り堂の鬼に同化させられ、鎌倉町で花魁どのと出会った。何のためかはわからなかったけど、惣之丞はそれで拙者を解放してくれると言っていたんだ」

だが惣之丞はこまを騙《だま》したのだ。

解放されたこまは、神田明神へと急ぎ戻った。仲間の狛犬たちは無事であった。ところが狛犬たちはこまに向かって牙を剝き、出ていけと吠えかかった。お前は鬼と同化したことで穢れを受けた、神聖な神田明神にいるべき存在ではもはやない、と。仲間を守るためにした行動が、仲間から疎外されることに繫がってしまったのである。すべては惣之丞が描いた筋書きどおりに。

他に行き場がなかった狛犬は惣之丞のもとへ行く以外、選択肢を持たなかった。そうして黒雲への密偵を命じられたのだ。

しかし瑠璃とともに過ごすうち、狛犬は新たに苦悩することになる。瑠璃は横暴な女ではあれ、「こま」という名を与えてくれた。名前を持たなかった狛犬は一気に世界が開けたような、新鮮な感覚を味わった。道具のように扱う惣之丞と瑠璃とは根本から違っていた。まわりに集う妖たちも、こまを温かく迎え入れてくれた。だがこまは瑠璃を裏切らねばならない。忠義に厚い狛犬は、一度「主」と呼んで仕えるようになった惣之丞に、逆らえなくなっていたのだ。

瑠璃は頭を垂れる狛犬へと瞳を凝らした。

仲間を守ったがゆえに忌避されてしまったこま。脅されても、貶《けな》されても惣之丞から離れられなかったのは、妖の性《さが》でもあった。

こまには付喪神としての実体があれど、動いているのを人に見られれば怖がられるだけだ。おそらくはその経験もあったのだろう。だからこそ、存在を認めてくれる者のそばから離れられなくなる。たとえそれが、自分を利用せんとする者であっても。

こまは罪悪感と忠義心の板挟みになりながら、惣之丞の命令をこなしてきたのであった。

「花魁どの、ごめんなさい……ごめんなさい」

しゃくり上げつつ謝罪する狛犬の、心の痛みが垣間見えた気がして、瑠璃は唇を噛んだ。

居場所のない辛さ。居場所とは、ただ衣食住を保証してくれるだけのものではない。自分が何者であるかを証明してくれる、言わば心の帰る場所だ。

居場所を求めて生きてきたのは瑠璃も同じであった。記憶を失くし、大川を漂流していた瑠璃に居場所を与えてくれたのは亡き義父、惣右衛門。そして義理の兄に迫害され空っぽになっていた瑠璃の、帰る場所となってくれたのは、黒雲の仲間たちであった。

――そうか。きっと人でも妖でも、神でも、帰る場所を必要としてるのは変わらない。そんでこいつは、わっちを拠り所に選んでくれたんだな。

「こま、こっちに来い」

不安げに上目づかいをする狛犬に向かい、瑠璃はぽんぽんと膝を叩いてみせる。

「ほら、おいでっつってんの。いいから」

恐る恐る歩み寄ってきたこまを、ふわりと抱き上げて膝の上に乗せた。

「お前の気持ちはよくわかった。鳩飼いの悪事の片棒を担がされるのは、お前にしてみりゃきつかったよな……意地を張ってて悪かった、もう仲直りしよう」

明日は早起きして内湯に行き、元のふわふわになるまで綺麗に体を洗ってやろう。そう思いながら汚れてしまった毛並みをなぞると、こまは目に涙を浮かべた。そして大声で泣き始めた。

「花魁どの、かたじけない、この恩は一生……」

「忘れてもいいよ。お前が暑苦しいのって、芝居じゃなかったんだな」

おどけたように笑ってみせる。こまは瑠璃の胸に顔をうずめて泣きじゃくっていた。

「いいかこま、わっちはお前の主にはならない。だってお前とは対等だからな。まあ何だ、友だち？　ってやつさ」

ぎこちなく言いよどんでいる瑠璃の横で、露葉はまた目尻をぬぐっていた。油坊は口元をほころばせて酒をあおり、がしゃはカタカタと笑っている。

「うわあああん、花魁、こまちゃあああんっ」

長らく発言を我慢していたのだろう、お恋はいきなり叫ぶと跳び上がり、瑠璃の顔にへばりついた。

「ぐふっ」

「よかったなこま坊、これで我らも一安心ぞ」

稲荷神たちも部屋中を跳びまわって歓喜している。

瑠璃は狸をようよう顔から引きはがし、膝上のこまを改めて見つめた。

「にしても、お前が柚月のガキに殺されそうになってた時は正直ひやひやしたよ」

「うむ、助けてもらえて感謝の極みっ。花魁どのは命の恩人なのだ」

こまは生温かい舌で瑠璃の顔をぺろぺろ舐める。

「うおぉ、あ、ありがとな、もういいよ。しかし何だって殺されかけてたんだ？　柚月の怒りを買うようなことでもやらかしちまったのか？」

と、こまは舌をしまい、消沈した表情に戻ってしまった。

「柚月は拙者が邪魔になったのだ。命令もろくに聞けない馬鹿犬だと、もうそばに置いておく価値もないと」

聞けばこまは昨秋に起きた丁字屋《ちょうじや》での火災の折、気絶した瑠璃に惣之丞が止めを刺そうとしたのを妨害したらしい。鳩飼いはこまに折檻《せっかん》を加え、次なる命令を下した。それが、飛雷を盗むことである。狛犬は命じられたとおり飛雷を盗み出すことに成功したが、信楽焼の付喪神、お恋に目撃され、制止にあった。

地獄を潰される羽目になったのはお前のせいだ。惣之丞さまのご厚意で置いてやってたのに、使えない奴め。柚月は八つ当たりも同然にこまを罵った。

さらには口封じにお恋を殺せばよかったのに、とまで言っていたそうだ。

「ひぇっ？」

よもや自分に殺意が向けられていたとは思ってもみなかったのだろう、狸は身震いして目を剝いた。

「じゃあ柚月の奴、独断でお前を殺そうとしてたのか？」

瑠璃の問いに、こまはしおしおと首肯した。

「拙者を切り刻んで、妓楼の前にばらまくつもりだったのだ。黒雲へのいい見せしめになるからと柚月は笑っていた」

邪魔になった者は排除する。年端も行かない柚月の残酷な思考が、義兄を彷彿《ほうふつ》とさせるようで、瑠璃はうら寒い感覚を禁じ得なかった。

一方で匕首を向けられていた時のことを思い出してしまったのか、狛犬は微かに震えていた。

「……お前、火事の時にわっちを庇ってくれたんだな。お前も命の恩人、いや恩犬だよ。今度はわっちがお前を守ってやるから、もうおびえなくていい」

力強く言って体を撫でると、こまは少し落ち着いたようだった。

「ひでえ奴らだな鳩飼いってのは。なあ瑠璃、こまのためにもぎゃふんと言わせてやってくれよ」

油坊が手にしていた酒瓶をドン、と畳の上に置く。酷な話に稲荷神たちも怒りに震えていた。

「そうだっ。こま、そいつらの情報を瑠璃に教えてやれよ。内々にしか話してないこと、何かねえのか？」

がしゃもやんやと囃《はや》し立てる。元は鳩飼いの密偵だったこまが、立場を変えて黒雲の密偵となったなら、惣之丞にとっては筆舌に尽くしがたい屈辱だろう。

「お前も結構、悪いことを考えるな。ええ？　がしゃさんよぉ」

「そうかあ？　かっかっか」

不敵な笑みを交わす瑠璃とがしゃの顔は、悪巧みをする役人さながらである。

一方でこまは目を閉じ、懸命に何かを思い出そうとしている様子だった。

と、まぶたを開き、キラキラした瞳で瑠璃を見つめた。

「情報、あるぞっ。惣之丞たちが次に狙っている鬼の話を聞いた」

「何、そりゃ本当か」

瑠璃は狛犬の体をがっしとつかんだ。

「惣之丞は、〝一つ目鬼〟とやらの封印を何ちゃらするとか、話していたのだ」

「一つ目鬼だって？」

素《す》っ頓狂《とんきょう》な声を上げたのは油坊だ。どうやら聞き覚えがある名らしい。一同の視線が油坊に注がれた。

「一つ目鬼ってのはな、ずうっと昔に封印された悪鬼だ。確か、当時の密教僧に封じられたと聞いたことがある」

山姥と同じく見た目の割に老齢な油すましは、古来の噂話にも明るかった。

話を聞いた瑠璃は一転して表情を険しくした。

「悪鬼、一つ目鬼、ね。惣之丞はそいつを呼び起こして新しい傀儡にしようとしてるのか」

「うむ。拙者には何のことかよくわからなかったが、鳩飼いは〝切り札〟なるものを準備していたのだ。もしかすると一つ目鬼に関係していたのかも」

「切り札？」

眉根を寄せる瑠璃。こまは頷いて言葉を継いだ。

「惣之丞が地獄を作ったのも切り札のためだったのだ。ただの傀儡よりもっと強い怨念の力があるらしくて、地獄女たちを、その切り札に与える餌と言っていた」

「餌って……鳩飼いは、そのために今まで鬼狩りを……？」

瑠璃は愕然とした。

地獄を作った真の目的。嘲笑《あざわら》う柚月の声が頭にこだまするようであった。

惣之丞が地獄を作ったのは、集めた傀儡の怨念を強めて手駒にするためだと思っていた。しかし実際は違った。こまが言うには、惣之丞は傀儡たちを手駒にする気などなかったらしい。彼女たちを何者かに食わせるために、地獄で恥辱を与えていたというのだ。

まるで家畜を太らせ、上質な食肉を作るかのように。

その上、地獄には瑠璃たちが倒した九体の他、こまが思い出せるだけでも三十は傀儡がいたそうだ。が、いずれもいつの間にか地獄からいなくなっていたという。

それらの傀儡は餌として完成され、すでに切り札なる存在に与えられてしまったに違いない。黒雲が地獄に乗りこんで来る直前、こまは「餌はもう十分だろう、そろそろ地獄は畳む」と惣之丞たちが話すのを聞いていた。

──わっちらが地獄を潰したのは、鳩飼いにとって大した痛手じゃなかったってのか……？

決死の努力が徒労であったとしても、傀儡の魂を浄化しきれたならまだよかった。だが救えなかった傀儡が三十もいたと知った瑠璃は、虚ろな感覚に陥ってしまった。

「それとな、花魁どの。拙者は見てしまったのだ」

こまは何やら言い渋っている風だ。しばし逡巡してから、意を決したように口を開いた。

「権三が、柚月と会っていたのだ。今戸の古寺で」

「な、権さんが？」

いわく、柚月は惣之丞から狛犬の世話と見張りをするよう命じられていたようで、どこへ行くにもこまを引き連れていた。こまが柚月に殺されかけていた数日前、柚月と権三が話をしていたのを見たというのである。

「そんな馬鹿な。二人は何を話してたんだ?」

「わからない。拙者は離れたところで待っていろと言いつけられていたから」

柚月が権三の逐電を知っていたのはこのためだったのだ。こまの言うことが確かなら、権三は黒羽屋に戻ってくるどころか、瑠璃たちに隠れて鳩飼いと接触していたことになる。

瑠璃の心を嫌な想像が走り抜けた。

――権さん、まさか鳩飼いに寝返ったんじゃ……でも、何で……。

「その古寺には心当たりがある。どちらにせよ行くつもりだったから、ちょうどいい」

独り言ちるようになった瑠璃を、こまは心配そうに見上げていた。

六

今戸にある小さな古寺の門前で瑠璃は立ち止まった。紫の御高祖頭巾《おこそずきん》に手をやり、少しの間、物思いにふける。

決心を固めて一歩を踏み出そうとした時、門の内から老和尚《おしょう》がひょっこりと顔をのぞかせた。

「何じゃ、誰かおると思うたらお前さんか。そんなところに突っ立って、入ってこんのか？」

「あ……安徳《あんとく》さま。びっくりした」

些か出鼻を挫《くじ》かれた格好になった瑠璃は目を大きくした。

改めて息を吸いこみ、どうしたのかと問う老和尚に向かって微笑んでみせる。

「たまには父さまの墓にも参らにゃ、祟られちまうかなと思って」

安徳はとっくりと瑠璃を見つめ、そのうち大らかな笑い声を上げた。

「そうかそうか、きっと惣の字も喜ぶじゃろ。かくいう儂も大歓迎じゃ。さあ、お入り」

この古寺の名は慈鏡寺《じきょうじ》。ここには瑠璃の育ての父、惣右衛門の墓があった。惣右衛門が死した後、彼の親友だった安徳が厚意で建てた墓である。

二人は寺の中にある墓地へと向かった。安徳はまるで我が子が遊びに来たかのように嬉しそうだ。

「ほれ惣の字、可愛い娘が来てくれたぞ。たまにしか会えんからって祟ってやるなよ。この子は忙しいんじゃ」

ふぉっふぉ、と愉快そうに冗談を飛ばす安徳の横で、瑠璃は黙って墓の前にしゃがみ、手をあわせた。

墓地の片隅にある小さな墓石には、戒名《かいみょう》の横に椿の花が彫られていた。墓石の前には瑞々しい竜胆《りんどう》の花。安徳が供えてくれたものであろう。

――父さま、久しぶり。しばらく来てなくてごめん、何だか色々とあってさ……。

目を閉じ、心の中で亡き義父に語りかける。

――おいおい、何を冴えねえ顔してんだ？　笑え、ミズナ。世の中ってな笑ったモン勝ちだ。

ふと、惣右衛門の豪快な笑顔が見えた気がして目を開けた。

瑠璃の瞳に映ったのは、義父の墓と、緩やかな風に揺れる竜胆の花のみ。懐かしい笑顔はそこにない。心の中にある面影も、朧げに薄れていくようだった。

「しかしどういう風の吹きまわしじゃ？　津笠どのの月命日にあわせて参ればよいものを」

瑠璃を待つ間、安徳は慣れた手つきで地面に落ちた葉を拾い、墓まわりを軽く掃除していた。瑠璃は合掌を解いて不思議そうな顔をする老和尚に目を転じる。

「あなたとお話ししたかったからですよ、安徳さま」

「ほほう？　吉原へのお誘いなら……」

「わっちが誘わなくたって、吉原には足を運んでるでしょう」

安徳の表情が寸の間、強張った。

「ま、まあな。編み笠を被れば僧侶であることを隠せるからの。でも散歩をするくらいじゃよ、廓の中には入っておらんし」

ごにょごにょ弁明したかと思うと突然、パン、と両手をあわせた。

「頼む瑠璃、錠吉には黙っていてくれないか。今も吉原に出入りしていると知られたらまた叱られてしまう。あやつの説教は長いんじゃ」

安徳は拝むように手を擦りあわせている。しかしこの仕草がごまかしであることを瑠璃は悟っていた。

首を横に振り、声音を低くする。

「安徳さま、とぼけたって無駄ですよ。わっちに何か、言わなきゃならないことがあるんじゃないですか」

ごまかしが効かないとわかるや、老和尚は言葉に詰まっていた。

「廓遊びにいらしてたんじゃないことはもうわかっています。でなけりゃ虚無僧の格好なんかしないはずですから」

畳みかけられた安徳は金魚のように口をぱくつかせていたが、しばらく経って、聞こえるか聞こえないかくらいの小さなため息を漏らした。

「聡《さと》い子だ、儂が変装していたことに気づいていたんだね」

瑠璃は首肯した。

早朝に見かけた、江戸町一丁目を歩く虚無僧。見覚えのある姿は他でもない安徳のものであった。大門近くで借りられる編み笠でなく虚無僧の笠を被っていたのは、何か人には言えぬ事情があったからだろう。

「人気のない時分に黒羽屋のまわりをうろついて、何をしていたんですか」

深刻な顔つきで問い詰める瑠璃。老和尚はすべてを見透かすかのごとき瞳を見つめ、観念したように白髪まじりの眉を下げた。

「お喜久どのに、会っていたんじゃよ。黒雲のことで文を渡したくてな」

「文ですって？　まさか将軍から言付《ことづ》けられて、とか言いませんよね」

「いや、そのまさかよ。家治公と黒雲を繋ぐのが、儂の役目じゃからの」

瑠璃は息もつけぬほどの衝撃を受けた。安徳は最初からすべてを知っていたというのだ。のみならず、これまでの任務は安徳を通して将軍からお喜久に伝えられていたのである。

「どうして秘密にしてたんですかっ。錠さんに黒雲のことを打ち明けられた時だって、驚いたふりをしてたんですね？　自分の弟子まで騙すようなことをして……」

「瑠璃や。ここにはたくさんの仏さんが眠っておられる。少し冷静に、聞いてはもらえんかの」

肩を怒らせていた瑠璃は、ここが墓地であるのを思い出してわずかに怒気を引っこめた。

「事の仕儀を話すには、儂の若い頃のことから始めねばならん。儂はな瑠璃、若い頃は錠吉に負けず劣らず真面目で、それは眉目秀麗で」

「ふざけるんなら帰りますけど」

うぐっ、と老和尚から喉に何か詰まったような音がした。

「わ、わかったよ。真面目なのは本当じゃのに……若い頃の儂はな、密教僧として研《けん》鑽《さん》を積み、高僧の地位にまでのぼりつめておった。そんなある時、師匠から一通の文を渡されてな。そこに記されていたのは〝幕府と鬼退治の隠密、黒雲との仲介役を任ずる〟という内容じゃった」

安徳の師匠は困惑する弟子に、文の送り主が征夷大将軍であること、そして江戸幕府に隠された裏の歴史を語ったそうだ。

長き戦乱の世に終止符を打った徳川家の初代将軍、家康《いえやす》公。世に平安をもたらすと同時に、家康公は時の為政者に仕える呪術師集団、姦巫を配下に置くことになった。江戸に跋扈《ばっこ》する鬼を成敗《せいばい》し、真の平安を成し遂げるためである。しかし姦巫の存在は公にすることができない。なぜなら彼らの身分が、最下層として定められていたからだった。

「身分の制度を確たるものにし、徳川家を頂点とした〝武士の世〟を目指しておられた家康公は悩まれたそうじゃ。その頃はまだ徳川幕府が発足して間もなかったからの、戦乱の名残ともいえる空気がそこかしこに漂っておった。徳川家への敵意を持つ者たちは幕府の言動すべてに目を光らせ、隙あらば将軍を引きずり降ろそうとしておったんじゃよ」

天下を治める征夷大将軍と、身分が最も低い呪術師。主従関係があることを知られてしまえば、将軍への疑念を煽《あお》る材料として利用されるのは目に見えている。士分の者や民草はきっと、幕府に不信感を抱くことだろう。間者が紛れこんでいることも考慮すると、姦巫との関係は家臣の者にすら知られてはならなかった。

思案の末、家康公はとある密教僧を仲介役に任ずることにした。折しも徳川家は密教に帰衣しており、昔から両者の間には浅からぬ間柄があった。家康公はこれで姦巫と直に通じるのを避けたらしい。

以降、仲介役となった僧侶はこの人物なら、と信頼する弟子に役目を継承してきた。当然ながら他の密教僧には秘される。当の僧侶と将軍、そして姦巫にしか、知り得ないことであった。

「つまり安徳さまはお師匠から選ばれた、ということですか」

「そうじゃ。儂はありがたくお役目を頂戴し、元いた地位を離れた」

安徳が高僧であったにもかかわらず小さな古寺の住職に落ち着いたのには、こうした経緯があったのだ。将軍の命を受けて黒雲に鬼退治の任務を伝え、仲介の役目を果たしてきたのである。

「じゃが儂も寄る年波にはかなわん。そろそろ後継の者を見つけねばと思っていた頃、この寺に出家してきた童子がおった。それが錠吉じゃ」

「てことは、錠さんを後継者にしようと？」

瑠璃は目を見開いた。安徳は肯定したものの、声には深い後悔の念らしきものを滲ませていた。

「お前さんも知ってのとおり、錠吉は口の堅い誠実な男。重要な役目でも必ずや全うできるじゃろうと思っていた。じゃが一つだけ、懸念もあってな」

安徳は微かに目を伏せた。

「錠吉は素直に物事を呑みこみすぎる。人の業《ごう》というものを知らぬままでは、鬼に関わる役目に心が耐えられないのではないかと思うた。じゃから儂は、錠吉に役目の話をする時期を考えあぐねておったのよ」

しかしここで事件が起こる。慈鏡寺に身を置いていた矢取女《やとりおんな》の綾《あや》が、鬼になってしまったのだ。綾に想いを寄せていた錠吉はこの出来事に心を打ち砕かれて寺から出奔し、行方知れずとなった。

安徳はすぐさま弟子を探して方々を歩きまわり、さらには黒羽屋のお内儀、お喜久にも協力を仰いだ。出奔したといっても、人は何の縁もゆかりもない地には行かない。足は自然と訪れたことのある地へ向かうものだろうと考え、錠吉が行きそうな場所の心当たりを伝えたのである。

仲介役の跡継ぎともなれば、お喜久にとっても他人事ではない。もし見つけたら寺に連れ帰ってほしいという安徳の頼みを引き受け、二人は各自、捜索を続けた。

数日が経った頃。お喜久から、自暴自棄になっていた錠吉を上野で見つけたと報告があった。折しもそれは権三の引き抜きを、勤め先の料亭に申し入れた帰りだったそうだ。発見した場所は安徳の知り合いが住職を務める寺の近くであり、案の定、錠吉も赴いたことのある地であった。

ところがお喜久の報告にはまだ続きがあった。錠吉を慈鏡寺に帰すのではなく、黒雲の構成員として引き入れたというのである。

「無論、儂は反対した。じゃがお喜久どのの話を聞いて、躊躇《ちゅうちょ》してしもうての……」

「黒雲がその頃、活動を停止せざるを得ない状態だったからですね。三代目頭領、朱崎が生き鬼になってしまって、頭領の跡目となる者がいなくなってしまったから」

鬼退治をできぬ状況が続き、お喜久が焦りを募らせていたことは瑠璃も聞き及んでいた。

だがその後、お喜久は打開策を見つけた。つまりは瑠璃を筆頭に、新体制の四代目黒雲を作ることである。

安徳とてお喜久の考えを軽んじるわけにはいかない。黒雲の四代目が結成されるという光明が見えたのならば、それを妨げるわけにはいかなかった。

とはいえもし、お喜久に協力を頼んでいなかったら。もし自分が先に錠吉を見つけられていたら、錠吉の運命は変わっていたのではないか。因果というものはどうしてこうも酷なのかと、安徳は毎日、御仏に尋ねた。

「じゃが錠吉がお喜久どのの提案を受け入れたと知って、道理だとも思ったよ。そうでもしなくばあやつは綾どのとの一件に、心を囚われたままになってしまったじゃろうからな」

同じく錠吉の過去や人となりを承知している瑠璃も、同感であった。鬼と対峙し、遺された者は、再び鬼と向きあうことでしか心の呪縛を解くことができない。瑠璃自身も津笠との過去から身をもって経験したことである。

「錠さんだけでなくわっちまで黒雲に入ることになって、さぞ驚かれたでしょう」

「ああ。ましてや頭領になろうとは夢にも思わなかったよ。幼い頃から華奢だったお前さんに鬼退治の危険を背負わせれば、死んだ惣の字は何と言うだろうと、儂は悩みに悩んだ」

しかし老和尚も知らずして、瑠璃には人智を越えた力が宿っていた。そうお喜久から聞かされた安徳は、瑠璃と錠吉の行く末を、見守ることしかできなかったそうだ。

「儂の役目が何たるかは、家治公、お喜久どのと儂の三者以外には決して漏れてはならぬこと。そう家康公の時代から固く決められているのじゃ」

「だから錠さんにも、わっちにも、黙っていたんですね」

私的な理由で決まりを破ることは断じて許されない。ただの決まりではない、他ならぬ将軍からの命であればなおさらだ。安徳は決まりを遵守せざるを得なかったのである。

「じゃが鳩飼いや帝という対抗勢力が現れた今となっては、決まり云々《うんぬん》などと言っておれん。隠しているのもなかなかしんどいものがあってな……お前さんに気づいてもらえて、むしろよかったよ」

そう言って詫びる安徳は、どこか心のつっかえが取れたような面持ちをしていた。

瑠璃は背の低い老和尚をじとりと目に据える。お喜久と安徳にずっと隠し事をされていたとわかり、むかっ腹が立ってたまらなかった。

だが、お喜久との確執はすでに解消されている。お内儀が味方であることは、瑠璃も今や疑ってはいなかった。安徳にしても敬愛すべき義父の親友である。瑠璃が五歳の頃から可愛がってくれていた存在であり、そこに嘘はなかったと心から信じることができる。

瑠璃は渋面を作ると、やにわに老和尚の耳をつねった。

「い、痛い痛いっ。わかった、すまんっ、黙っててすまんかった」

「ありがたく思ってくださいよ。父さまの墓前じゃなかったら、この程度じゃ済んでないんですからねっ」

お喜久も安徳も悪意から秘密にしていたのではないのだ。常に案じているからこそ、時として隠し事をせねばならないこともあろう。

不満をあらわにするも、弱ったように苦笑いする老和尚を見て、瑠璃は怒りを呑みこんでいた。

安徳の耳から手を離し、再び惣右衛門の墓を見やる。

「でも、安徳さまが味方だったってわかって、少し安心しました。誰が敵で、誰が味方なのか……きっとわっちは、疑心暗鬼になってたんだ」

横顔に差した陰りを見てとったのか、安徳がそっと瑠璃の腕を取った。

「立ち話も疲れるじゃろう。ほれ、本堂までおいで。茶を淹《い》れるから」

瑠璃は幼子のように俯き、わずかに頷いた。

慈鏡寺の本堂は裏庭に面していた。土筆《つくし》が地面から顔を出し、蒲公英《たんぽぽ》や菫《すみれ》の花が彩りを添える。安徳が野菜の種を蒔《ま》いたのだろう、小さな畑には新芽が萌え始めていた。

瑠璃は縁側に腰かけ、青々とした海棠《かいどう》の木を眺めた。

不意に、どこからか視線が注がれている気がした。素早く辺りを見まわす。瑠璃の目に留まったのは、こちらをじっと見ている一羽の鴉であった。

「……怪我してるのか？」

塀の上に立つ鴉の羽はところどころ抜け落ちている。胸には野犬にでも襲われたのだろうか、痛々しい傷跡があった。

「あの鴉、近頃よくここに来るんじゃよ。怪我の手当てをしてやろうと近づいてもすぐ逃げてしもうてなあ」

そこに湯呑を二つ載せた盆を持って、安徳がやってきた。

「ほれ瑠璃、蓬餅《よもぎもち》もお食べ。渋茶にあうぞ？　檀家《だんか》さんからたくさんもらったんじゃが、儂一人では食べきれんでのう。よかったら黒雲の男衆にも持っていっておあげ」

瑠璃は安徳から蓬餅を受け取ると、黙って口に含んだ。微かな苦みと餡子《あんこ》の優しい甘さが口の中に広がる。

鴉は瑠璃を身じろぎもせず見つめ続けていた。腹が減っているのかと思って蓬餅を見せてみるも、視線を瑠璃の顔から外そうとしない。

——何か、気味が悪いな。

と、瑠璃は大事なことを思い出して安徳に顔を向けた。

「そうだ、先月の半ばくらいだと思うんですけど、権さんがここに来たでしょう？」

「おお、そうじゃ。権三から聞いたのかい」

権三についてのこれまでの経緯を話すと、安徳はたいそう驚いていた。慈鏡寺を訪れた時点で黒羽屋から失踪していたなどとは、思ってもみなかったらしい。

「そうか、権三が……すまんが柚月と何を話していたかは聞いておらん。何やら訳ありのようで、人に聞かれたくなさそうじゃったからの」

安徳は以前、権三と錠吉の修行を指南していた。権三の人柄をよく知り得ていた老和尚は、彼の意思を酌んで遠目から様子を見るに留めていたという。

「じゃが見たところ、柚月は権三を煙たがっておる風じゃやった。怒っておるようにも感じたよ」

「何でちゃんと盗み聞きしてくれなかったんですかっ。そんなとこで坊さんらしさを発揮しなくていいんですよ」

呆れ顔をする瑠璃に対し、安徳は慌てふためくようにして坊主頭を掻いた。

「そうは言うが、柚月が連れてきた狛犬が哀しげに泣いておったんじゃもん。放ってはおけんかったんじゃ」

どうやら柚月は権三と話す間、安徳にこまを押しつけていたらしい。こまは近々、自分が殺されると悟っていたのだろう。柚月が意図していたかどうかはわからないが、老和尚は付喪神をあやすのに必死で、二人の会話に聞き耳を立てることができなかったそうだ。

瑠璃はやけっぱちになって湯吞の茶を飲み干した。

権三は一体、柚月と何を話していたのだろうか。謎は深まるばかりであった。

「わっちらに隠れてこそこそ鳩飼いと通じるなんて、権さんはやっぱり、寝返ったのかな」

心の中でつぶやいたつもりだったが、声に出てしまっていた。すると隣で安徳が首を横に振った。

「お前さんが不安になるのも当然じゃ。ただな、権三がお前さんらを裏切るような男だとは、儂にはどうしても思えん」

短い期間とはいえ、権三の修行に対する姿勢は、安徳の心にも印象深く残っていたようだ。何事にも寛容な男であり、義理を蔑《ないがし》ろにするようなことはすまいと確信しているらしかった。

「お前さんらに秘密にしていることがあったと見て間違いないじゃろうが、だからと言って裏切りとみなすのは早計よ。あやつは人を貶《おとし》めるような男じゃあない」

「……惣之丞と違ってね」

瑠璃は責めるような目つきでぼやいた。

「柚月が慈鏡寺に来てたってことは、惣之丞の野郎も普段からここに来てるんじゃないですか」

ぶっ、と安徳は湯呑の茶を吹き出した。むせ返っている様子からして、どうやら図星のようだ。

「どういうつもりです？　惣之丞ともこうして呑気に茶を飲んでいたと？　あいつは黒雲の敵ですよ、引いては将軍さまの敵だ。知らなかったとは言わせませんからね」

老和尚は詰問されて小さくなってしまった。

「知っていたとも。儂にとって第一に優先すべきは家治公への忠義。じゃがお前さんや惣之丞が関わるようになって、少し揺らいでしまってのう……」

手ぬぐいで口元をふきつつ、年は取りたくないものだ、と寂しげにこぼす。

幕府に仇為《あだな》す者とあらば親友の息子であろうと排除すべきだ。が、どうしてもできなかったのだという。

「あやつの志には正当性がある。じゃから立場を差し置いても、儂は惣之丞を説得したかった。せめて鬼やお前さんを苦しめるようなことは改めてほしいと思うて。聞き入れては、もらえなんだが」

潮垂れている和尚に、瑠璃はいくらか毒気を抜かれるようだった。

惣右衛門が生きていた頃から、安徳は瑠璃と惣之丞に分け隔てなく接してくれていた。おそらくは敵となってしまっても、その気持ちを捨てられなかったに違いない。

「あなたって人はとことん、お人好しが過ぎますね……そんで？　惣之丞の奴、ここへ何しに来てたんですか」

「儂に顔を見せに来たと言うておったわい。一人の時もあったが、ほとんどは柚月を一緒に連れてでの。特に用があるでもなく寛《くつろ》いで、儂が説教を始めるとすぐに帰っていくのがいつもの流れじゃった」

「あの惣之丞が？　用もなくここに？」

安徳は惣之丞にも立場を伏せていたそうだ。となると、惣之丞は古寺の住職と雑談をするためだけにここへ来ていたことになる。人の温かみを欠いているように見えていた義兄の意外な行動に、瑠璃は眉根を寄せた。

——安徳さまにならなら気を許せるからか？　あいつも、そういう存在を欲してたってことなのか。

怖い顔で思惟《しい》している瑠璃に、安徳は再び蓬餅を差し出した。

「な、何という面相をしとるんじゃ。年寄りにそう怒らないでおくれ。ほら、甘いものを食べて、のう」

「こういう時だけ年寄りだなんて、都合がいいんだから」

若干の勘違いをしている老和尚から、瑠璃は蓬餅を奪い取るようにして口に放りこんだ。

義兄の考えることを理解できないのは、昔から一つも変わらない。鳩飼いとして目的を果たすためだけに動くのかと思いきや、惣之丞は今も女形として芝居の舞台に立っている。惣右衛門が死したことで安徳との縁も切るのかと思えば、そうではない。

これらの行動が、鳩飼いの次なる狙いに繋がっているとでもいうのか。

るような……。

——とてもそうは思えねえんだよな。何か、惣之丞の根っこにあるものと関係して

と、瑠璃の耳に狛犬の言葉が蘇《よみがえ》った。

「ねえ安徳さま、一つ目鬼って知ってます？」

「何じゃ？　また随分と昔の話を持ち出しよってからに」

「鳩飼いが次に狙ってるみたいなんですよ。密教僧に封じられたって聞いたから、伝承みたいなのが伝わってるかなと思って」

口を動かしながら、こまが明かしてくれた鳩飼いの情報を伝える。安徳はこまの顚末《てんまつ》にも驚いた様子だったが、記憶を辿るように指をこめかみに当てていた。

「ふうむ。きっと惣之丞の奴、帝から一つ目鬼のことを知り得たんじゃろうな。禁裏にも何かしらの書物が残っておるはずじゃし……確か一つ目鬼は、大沢村《おおさわむら》に現れた〝地の神〟の別称じゃよ」

「地の神、ですか」

「そうじゃ。人に害悪をもたらすことから、悪鬼と呼ばれるようになったらしいがの」

安徳は密教僧に伝わる逸話を瑠璃に話して聞かせた。

時を遡ること千百年ほど前。時の為政者は血縁者の墓を築造するにあたり、大沢村の地に普請《ふしん》をせんと企て、民にある命を下した。普請をするということは、人為的に地を削るということ。地の神の怒りを買わぬよう、生贄《いけにえ》を捧げる儀式を執《と》り行え、という命である。

古代、新たに地を開墾《かいこん》したり堤防を設けたりする際には、こうした儀式が当たり前のように行われていた。生贄は言ってみれば神への供物《くもつ》である。ある者は片目を、ある者は片足を潰されて天界に差し出された。不具にするのは世の神秘を司る神の眷属《けんぞく》として、超人的な力を得るためと伝えられていた。が、本当の理由は、生贄を逃がさないようにするためである。悪しき因習であるのは否めないが、神への信仰が何よりも肝要だったその時世、神々の怒りを畏れる民は信仰に従うより他になかった。村の中から生贄を選び出し、無理やり体の部位を潰して、神に祈りを捧げた。

ところが大沢村で行われた儀式は、少し様子が異なっていた。村から選出するまでもなく、生贄となる者たちを為政者の側で準備していたのだ。

役人に連れられてきた彼らの片目は、最初から潰れていたという。

「人身《ひとみ》御《ご》供《くう》にされたのは〝産鉄民〟の者たちじゃった。王権に歯向かう産鉄民を生贄にすれば、地の神を鎮《しず》め王権も安泰になって一石二鳥だと考えたのじゃろう」

当時の王権は「鉄を制する者こそ天下を制する」という思想のもと、産鉄民から土地を略奪していた。奪うだけに止まらず、虐殺し、奴婢《ぬひ》に落とし、抵抗する者は「国栖《くず》」「土蜘蛛」「まつろわぬ民」と呼んで賤視《せんし》したのである。

「産鉄民はこうも呼ばれていたそうじゃ。鬼、と」

「鬼……」

その時代、平民も王権に抑圧され、搾取《さくしゅ》される立場であった。しかし産鉄民が自分たちよりも低い身分の者として定められると、平民たちは彼らを虐げ、酷使することで溜飲《りゅういん》を下げるようになった。当然ながら産鉄民も黙ってはいない。平民を憎み、幾度となく戦いを挑んだ。

だがこれも王権が仕組んだこと。産鉄民と平民を反目させることで、権力に対する不満をそらさんがための奸計《かんけい》であった。王権はまんまと産鉄民たちを退けることに成功し、金銀鉄を手に入れた。そして豪奢に着飾り、民へ権威を誇示したのである。産鉄民は泣く泣く屈して奴婢になるか、王権の手が届かぬ地まで逃れ、ひっそりと暮らすしかなかったという。

重い口調で語る安徳の横で、瑠璃は黙りこんでいた。

瑠璃は以前、お喜久から呪術師の歴史を聞かされた。惣之丞が憎む、差別の歴史。

産鉄民の過去は、それと非常に似通っていた。呪術師も産鉄民も、傲慢な権力に振りまわされ、虐げられる苦難を強いられてきたのである。

——何だ、この気持ちは。

安徳の話を聞くうち、瑠璃の心には言い知れぬ感情が沸き起こっていた。荒波のような、野分《のわき》のような、ざわざわとした黒い感情。呪術師の話を聞いていた時は嫌な気分になりはしたものの、かような感情は生まれなかった。

一体何が違うのか、なぜ心が揺さぶられるのかは、自分でもわからなかった。

瑠璃が動揺しているのに気づかず、安徳は訥々《とつとつ》と話を続けた。

大沢村で行われた生贄の儀式。為政者は、邪魔者である産鉄民を「神に捧げる」という大義名分で排除せんとした。産鉄民は過酷なたたら製鉄を生業とする者たちだ。灼熱《しやくねつ》の炎を見続けて片目を失明した者、たたらを踏み続けて片足が萎えてしまった者たちが多かった。したがって、わざわざ儀式の過程で潰すまでもなかったのである。

そもそも地の神の怒りなど、為政者は信じてすらいなかった。普請のための儀式、という名目とて、産鉄民を排除するための理由づけに過ぎない。結果、連れてこられた産鉄民のうち半分は生贄として、残り半分は葬られる権力者にあの世で仕える者として、生きたまま殉葬されてしまった。

ところが儀式を滞りなく終えた後、信仰は現実となる。何と地の神が本当に現れたのだ。

怒りに狂い、民を虐殺して荒ぶる地の神。その目は片方しかなかったという。恐れをなした為政者は地の神を悪鬼とみなし、徳の高い密教僧に加持祈禱を命じた。果たして地の神は封印され、「一つ目鬼」の伝承となって密教の修行僧に伝えられることになった。

「ここまで話せば、勘《かん》のいいお前さんならわかっておるじゃろう。その地の神こそ、無残に殺された産鉄民たちの、無念の集合体。つまりは王権によって生み出された鬼じゃ」

鶏が先か、卵が先か。にわかには信じがたい話だが、為政者は存在しなかった地の神を、自ら作り出したという見方もできる。

瑠璃は総身が不可解に粟立《あわだ》つのを感じながら、深く息をつき、両目を閉じた。

惣之丞は一つ目鬼の封印を解こうとしているのだろう。そして傀儡にせんと企んでいる。千年以上もの時をかけて抑圧されてきた怨念は、いかほどの呪力を宿しているだろうか。

――こまが言ってた〝鳩飼いの切り札〟ってやつは、どうやら一つ目鬼のことで間違いなさそうだな。

瑠璃はまぶたを開き、畑を眺め渡した。

畑の隅には椿の木が一本あった。冬から春にかけて花を咲かせる木であり、今もいくつか赤い花弁が咲き誇っている。瑠璃はこの木を幼い時分から知っていた。惣右衛門が椿座にあった椿から穂木を切り、安徳に分けたものだからだ。義父はこの椿が大好きだった。

——椿座にあった木は、どうなったんだろう。

花に興味のなかった惣之丞は、あの木をきっと枯らしてしまったに違いない。だとすれば今目に映っている木だけが、椿座の一家を、在りし日の思い出を、証明してくれるような気がした。

惣之丞も慈鏡寺を訪れてこの木を目にしたはずである。義兄は椿を見て何を思い、何を感じ取っただろうか。

瑠璃は椿から目を離して空を仰いだ。

「惣之丞の手に渡る前に、一つ目鬼を退治します。封印じゃなく、今度こそ眠りにつかせてやらないと。一つ目鬼さえ倒せば鳩飼いも打つ手がなくなるでしょうしね」

「しかし大沢村は遠いぞ、廓の方は大丈夫か？」

表の仕事がすっぽり頭から抜けていた瑠璃は、苦々しく舌を鳴らした。

「まあ、そうですね……十日後なら何とか都合がつくはずですから、また適当な言い訳を考えておきます」

「気をつけるのじゃぞ瑠璃。相手は神と畏れられた鬼、その脅威を甘く見てはならん。権三がいない今はなおのことじゃ」

物憂げな安徳の様子を察し、瑠璃は黙って微笑んだ。

不意に、それまで身動き一つ取らなかった鴉が羽の抜けた翼を広げた。塀の上から颯爽《さっそう》と飛び立ち、南の空へと旋回していく。

瑠璃は空を滑るようにして飛び去る鴉を見送った。双眸《そうぼう》に日の光が反射する。しかし瑠璃の瞳に差した陰りは、未だ残ったままであった。

七

一つ目鬼は、大沢村の地に封印され、眠っている。

瑠璃、錠吉、豊二郎と栄二郎の四人は、安徳の話を受けて西へと向かっていた。辺りにあるのは見渡す限りの苗代《なわしろ》ばかりで、視界を遮るものはない。畔《あぜ》には菜の花が咲きあふれている。日中であれば、緑と黄色が目に美しく映えることだろう。しかし月の光しかない今は、寂莫《せきばく》たる光景でしかなかった。

大沢村は吉原から七里ほど離れた位置にあり、歩いて三刻はかかる。一晩で行って帰ってこられる保証もなかったので、瑠璃はお決まりの仮病を装って見世を空けることにした。楼主の幸兵衛、遣手のお勢以は例のごとく不服そうだったが、お喜久が間に入ってとりなしてくれた。

一つ目鬼の退治は家治公から受けた命ではないが、鳩飼いの狙いを知った以上、伺いを立てるような悠長なことはしていられない。今まで武士を優先させてきた将軍のこと、黒雲が大沢村に行くのをやめさせようとしてくる可能性も考えられる。ゆえに瑠璃は、将軍への報告を待ってほしいと安徳に頼んでいた。

一方で瑠璃から仔細を聞かされたお喜久は、「頼んだよ」と言って送り出してくれた。相変わらず口数は少ないが、脚絆《きゃはん》や竹筒などの旅道具を用意してくれたところを見るに、お内儀も四人をいたく心配しているようであった。

「ひまり、泣いてたな。朝までに帰ってこれないかもとは言ったけど、もう戻らないってわけじゃねえのに。出ていく時も瑠璃にしがみついてさ、大げさな奴だぜ」

「もうすっかり頭に懐いてるもんね、きっと寂しいんだよ。おいらも見てて何だか、可哀相になっちゃった」

悩ましげにこぼす弟を、豊二郎は勘ぐるように見た。

「おい栄、お前まさか、ひまりをそういう目で見てるんじゃねえよな」

「え？　そういう目って、どういう目？」

問い返された豊二郎は頰を染めた。反対に栄二郎は兄を不審げに凝視している。

そんな双子のやり取りを、瑠璃は微笑ましく見守っていた。

前に夕辻が言っていたとおり、ひまりも豊二郎に好意を抱いているのかもしれない。というのも豊二郎と話した後、ひまりが念入りに鏡で自身の顔を確認するのを目撃していたからである。

「恋の季節、か。いいのう人間は。楽しそうじゃ」

瑠璃の肩に乗ったさび柄の猫、炎が、にんまりしながら横やりを入れた。権三がいない穴を危惧《きぐ》したお喜久が、赤獅子に変化《へんげ》できる炎に同行を頼んでいたのだ。

「炎はしないの？　恋をさ」

いきいきと尋ねる栄二郎に向かって、炎は瞬きをしてみせた。

「儂は猫でもあり、龍神でもあるからの。恋などという感情はどうにもぴんとこんわい」

「魂の方も雄だか雌だか微妙だしな。でもこいつ昨日、盛りのついた雄猫に迫られてたんだよ。滅茶苦茶に引っかかれちまって、何だかそいつのことが不憫になっちまったけど」

うわあ、と双子が痛ましげな声を漏らす。きっと振られた雄猫に同情しているのだろう。

と、瑠璃は先頭を歩いていた錠吉を見やった。いつものことと言えばそうなのだが、錠吉は会話に参加するでもなく、ただ黙々と歩を進めていた。

「なあ錠さん、まだ怒ってんのか？　安徳さまに隠し事されてたことをよ」

「怒ってなどいません」

しかしながら、錠吉の背中からは明らかな不満が伝わってくる。

「怒りを通り越して呆れてるんですよ。あの方が慈鏡寺のような小さな寺に留まっているのは不思議に思ってましたが、まさか将軍さまと繋がっていただなんて。隠していたのは、まだ俺が未熟だと感じていらっしゃったからでしょう。それは俺の不徳の致すところ。ですが……」

あのハゲ、と錠吉がごく小さな声で毒づいたのを、瑠璃は確かに聞いた。

五歳から慈鏡寺で過ごしていた錠吉にとって、安徳は父以上の存在であったろう。大きな秘密があったと知って怒るのも無理はないが、何やら聞いてはいけないものを聞いてしまった気がして、瑠璃はどぎまぎした。

憤懣《ふんまん》やるかたないと言わんばかりに大股で歩いていた錠吉は、不意に立ち止まった。視線が右向こうにある森へと向けられている。

「もう大沢村まで半分くらい来ましたね。そろそろ一休みしましょうか」

「お、おう……」

時刻は夜四つ、吉原を出てかれこれ一刻半ほど歩き続けていた。中野《なかの》村にある桃園《ももぞの》まで辿り着いた四人は一旦、休息を取ることにした。休みたいとは言い出しにくかったのか、双子は心底ほっとしたように肩の力を抜いている。

ここ桃園は第八代将軍、徳川吉宗《よしむね》公が鷹狩りに訪れていた地である。この地を気に入った吉宗公は、桃の木を植えさせて仙境のごとき明媚《めいび》な風景を作り上げた。市井《しせい》の者たちに開放されている場所ではないが、夜なら誰もいない上、桃の木々に囲まれて人目を避けることができる。一休みにはうってつけの場所だった。

四人と一匹は桃園の森へと踏み入り、開けた場所を選んで荷物を下ろした。

見上げれば、淡紅色《あわべにいろ》の桃の花。その向こうには満天の星が広がっている。夜の花見というのも乙なものである。もし任務でなく物見遊山《ものみゆさん》の気分で来ることができたなら、どれだけ楽しいだろうか。瑠璃は炎とともに薪《たきぎ》にできそうな枝を集めながら、何気なく男衆へと目をやった。

錠吉は器用に薪を組み、火を起こす準備をしている。これほどの遠出をするのが初めてだった双子は、幾分わくわくした顔つきで地面の葉を払い、四人が座る場所をならしていた。

——あの話をしたら、皆、どんな顔をするのかな。

男衆から離れた森の深くまで入って枝を拾いつつ、瑠璃は胸の内でつぶやいた。

帝から引き抜きの提案があったことは、誰にも相談できずにいた。言えば大騒ぎの上、反対されるとわかりきっていたからだ。

帝や忠以が男衆の命を軽んじていたことを思い返す度、瑠璃は憤りが湧き上がってくるのを感じていた。かといって将軍に従うのが正しいと、自信を持って言えるわけでもない。黒雲を操る徳川家治公とはどのような人物なのだろう。

瑠璃は慈鏡寺に赴いた際、家治公について安徳に尋ねていた。

安徳が言うには、家治公も飢饉で民が苦しんでいる現状に心を痛め、政策を講じているそうだ。「幕府は何もしていない」という兼仁天皇の弁は正確でないと言える。ただ家治公の策は年月を要するものらしく、効果が直ちに目に見えるものではないようだった。

仲介の役目がなくとも、家治公の人間性を尊ぶ心は変わらない。安徳はこうはっきり言いきった。安徳が確かな忠義心を抱いているのなら、家治公という人物は信用に値するのかもしれない。義父の親友たる老和尚が言うことは、強情な瑠璃でも昔からすんなり受け入れることができた。

が、瑠璃の迷いはここでもやはり、払拭できなかった。

——本当に、将軍の命を受けることが正解なのか。顔も知らない、言葉を交わしたこともないまま、従うだけで……。

かの人も差別撤廃という鳩飼いの目的を知っているはずだ。家治公なら差別のありようをどう捉え、民に何を与えてくれるのだろう。

決断を迫られているのはわかっている。しかし瑠璃の中にはどうにもできぬ苦悩が日を追うごとに溜まり、身まで重くするようであった。

「瑠璃、何をぼんやりしとるんじゃ」

枝を拾う手が止まっているのに業を煮やしたさび猫が、ごん、と瑠璃の膝に頭突きをした。

「え？　ああ、悪い……そろそろ戻るか」

先ほどの場所ではすでに火がつけられ、暗い森に温かな色を添えていた。

火を囲んで瑠璃と炎が加わったところで、豊二郎は風呂敷を開き、笹の葉で包んだ塩むすびを取り出した。

「遅《おせ》えよお前ら。ほい、簡単だけどおかずもあるぞ」

炎の前にも握り飯を置きながら、豊二郎はせっせと軽食の支度をする。塩むすびのお供にちょうどよい伽羅《きやら》蕗《ぶき》、生姜で臭みを抜いた鯨《くじら》を揚げたもの、焼いた軍鶏《しやも》に甘辛い味つけをしたもの。

どれも権三が得意とした料理であり、権三から豊二郎に伝授された品々であった。

「腹が減っては何とやらってよく言うだろ、だから精のつくもの中心に作ってきたんだ」

「何だこの握り飯、うますぎるだろ。どうしてただの握り飯がこんなにうまいんだ？

お前、手から出汁《だし》でも出てんの？」

「腕を上げたな、豊。料理人としても一人前になってきたじゃないか」

瑠璃の発言を無視して、錠吉が料理の出来を褒める。なかなか称賛を口にしない錠吉の褒め言葉に、照れ臭いのか豊二郎は忙しなく鼻をこすり上げていた。

「まあなっ。でも俺なんてまだまださ。もっと腕を磨かねえと、権さんには到底、追いつけない」

豊二郎の声は尻すぼみになっていた。

束の間、桃園に沈黙が流れた。ぱちぱちと薪が爆《は》ぜる音だけが鳴る。

「黒羽屋の姐さんらもお客も、権さんの料理が食べられないのを残念がってるよね」

「お内儀さんは遠方への付け馬やら身内の不幸やら、権の不在を色々と口実づけてきたけれど、そろそろごまかしきれなくなる」

栄二郎と錠吉も暗い面持ちをしていた。

――もし、この場に権さんがいてくれたら。たとえ後で鬼退治が待ってたとしても、皆で笑えたろうにな。

瑠璃は片膝を立て、男衆をゆっくりと見まわした。

「権さんの過去、皆で調べてくれたんだよな。最近はばたばたしちまって腰を据えられなかったが、今は時間もある。聞かせてくれないか」

権三が失踪した後、瑠璃は錠吉と双子に権三の過去を調べるよう頼んでいた。若い衆として妓楼の仕事に忙しい三人だったが、権三のことを心から案じているのは皆が一緒だった。瑠璃と同じくらい、男衆も権三を必要としていたのである。

「頭が言ってた〝味㐂〟ってお店、確かに今はなくなっちゃってたけど、何とかその親父さんが今住んでる場所を見つけ出したんだ」

阿久津が口にしていた一膳めし屋、味㐂。双子は人を辿ってようやっと、店主と女将《おかみ》の老夫婦に話を聞くことができたらしい。

「よし乃って女《ひと》は瑠璃の読みどおり、権さんの嫁さんだったよ」

やはりな、と瑠璃は眉を引き締めた。

権三が阿久津に対して殺意を抱いていたとするなら、その背景にあるのは亡き女房の存在しか考えられなかった。死して鬼になった権三の妻。座敷で権三と談笑していた阿久津は、権三が夫だったとも知らず、単なる世間話の一環でよし乃の名を出したのだろう。

双子が聞き及んだところによると、よし乃は味㐂で日々の勤めに精を出し、客の評判もすこぶるよかったそうだ。器量よしで笑顔を絶やさず、誰にでも愛想のよいよし乃の働きぶりを、味㐂の店主もたいそう気に入っていた。よし乃に子どもが生まれた際も、店の裏で寝かせることを許していたという。

「待ってくれ、権には子どもがいたのか？」

何も知らなかった錠吉は仰天していた。瑠璃も同様に声を上ずらせた。

「そんなの、一言も聞いてねえぞ」

「俺たちだって寝耳に水だったよ、なあ栄」

「うん、女の子だったんだってさ。首も据わってない赤ん坊だったけど、味㐂のお客にも可愛がられてたみたいでね。よし乃さんの人柄を知ってるから、赤ん坊がいても嫌がる人は誰もいなかったとか」

味㐂を切り盛りしていた老夫婦はよし乃の夫、権三のこともよく知っていた。権三がよし乃に一目惚れし、夫婦になるきっかけとなったのがこの店だったからである。

さらには二人の間に産まれた赤子を取り上げたのも、味㐂の女将であった。権三は産まれたばかりの我が子を大きな腕でぎこちなく抱き、よし乃に何度も礼を言っていたという。

小さな命を見つめる権三の瞳は涙で潤み、父親としての愛情と、希望にあふれていた。

当時の権三は二十歳。板前として大成すべく料亭で見習いに励んでいたが、稼ぎは少なかった。よし乃は味㐂で働きながら夫を甲斐甲斐しく支えていた。しかし娘が産まれ、家計はさらに苦しくなった。二人分の稼ぎでも足りないようで、味㐂の主人も助けてやりたいと思っていたそうだが、小さな一膳めし屋の売り上げではそうもいかなかった。

そんな折、味㐂に一人の侍がやってきた。侍は食通らしく、味㐂の料理を気に入って通い詰めるようになった。よし乃の働きぶりを見て深く感心もしていたらしい。侍が味㐂に来るようになってからしばらくして、よし乃は侍からある提案をされた。自身が勤める屋敷で女中として働かないか。主には進言しておく、給料も弾もう、と。さらには子連れでの勤務も許すという。

よし乃は破格の待遇を受けることにした。味㐂での勤めが最後となった日、よし乃は世話になった味㐂の老夫婦に丁重な挨拶をした。老夫婦も懸命に働いてくれたよし乃の門出《かどで》を我がことのように喜び、わずかながら祝い金を包んでやった。

聞けば、夫である権三は屋敷勤めをすることを反対していたらしい。いち庶民であるよし乃に声をかけるとは、何かきつい仕事をさせるつもりではないか。権三が懸念するのも無理はない。だがよし乃は再三の説得をして、心配性の夫からも承諾を得たそうだ。

侍は、よし乃に前金として金一分を渡していた。ただの女中に、しかも前金として支払われるには大金だ。その金で夫に上等な包丁を贈るのだと、よし乃は嬉しそうに話していた。

――そいつの提案はきっと、受けちゃならねえものだったんだ。

瑠璃は双子の話を聞きながら、不穏な予感がよぎるのを感じた。頭には、大盤振舞いで紙花を配る侍の顔が浮かんでいた。

「親父さんは高齢だったから、よし乃さんが辞めたのを機に店を畳んだんだってさ。その後は息子夫婦がいる愛宕《あたご》に隠居して、よし乃さんとは会ってなかったみたい」

が、一度だけ権三が会いに来た。よし乃を連れていなかったのでどうしているのか尋ねると、権三は「女中勤めが忙しい」と答え、次いで侍がどんな男だったかを聞いてきた。未だに心配の病が治っていないのだろうと思った主人は、「どこにでもいそうなお顔の、気さくなお侍であった」と伝えた。権三は納得したように帰っていったという。

話し終えると、双子はぎゅっと口を引き結んだ。瑠璃は二人に竹の水筒を渡しながら、ご苦労さん、と労《ねぎら》う。

この先の話を聞かねばならない。なのに、聞きたくないと思ってしまう。二つの気持ちがせめぎあうのを感じつつ、瑠璃は座りなおして胡坐をかく。握り飯を食べ終えた炎が、のそのそと瑠璃の脚の間に収まった。

「上野での聞きこみは、さほど難しくはありませんでした。権が働いていた料亭は今も営業していますから」

次に切り出したのは錠吉である。錠吉は、権三が働いていた上野の料亭、鳳仙楼で権三の過去を聞き出していた。

「権は遅刻もせず、無断で休むことも一切なく、毎日きびきびと働いていたそうです。鳳仙楼は通人も通う名店だ、奉公人を見る目も厳しい。けれど権は、鳳仙楼の主人や女将にも一目置かれる存在だったそうで」

だがある時、権三は突然に料亭を休んだ。勤務面での態度がめっぽうよかっただけに、鳳仙楼の者たちは権三の身に何かあったのではと胸騒ぎを覚えた。

十日ほど経ってから、権三はようやく料亭に現れた。平素の物柔らかな様子とはまるで違う、深刻な顔をして。問い詰めてみると、驚いたことに権三は吉原に行っていたという。ただ、遊びに現を抜かしていたのではなかった。

権三はよし乃を探していたのだ。何でも赤子を連れて女中勤めを開始した日から、妻は一向に家に帰ってこなかったらしい。権三は慌てて事前に聞いていた侍の名前と屋敷を頼りに、よし乃と赤ん坊を探した。しかし聞かされていた屋敷には、目当ての侍などいなかった。おそらくは名前すらも偽っていたのだろう。

権三は寝食も忘れて二人の行方を追った。手当たり次第に探すうち、よし乃を吉原の小見世で見たという者に出会う。

よし乃は吉原に売られてしまったのだ。権三は大急ぎで吉原に向かった。

「どういう経緯で吉原に売られたのかは、権もよし乃さんから聞いたはず。けれど頑なに話さなかったのだとか。きっと人に言いにくい仔細があるのだろうと、誰もが気持ちを酌んでやったそうです。権は無断で店を休んだことを詫びてから、料亭の主人に金の無心をしていました」

給料の前借り、さらには同僚にも借金の申し入れをしてきた権三は、ただならぬ雰囲気をまとっていたという。それもそのはず、吉原に売られてしまった以上はたとえ妻であっても、請け出すともなれば身請け金が必要だからだ。

人身売買は非道な所業であるとして、江戸で固く禁じられている。が、それはあくまで建前のこと。吉原でも年季と給金を決め、「奉公」という態《てい》を取った女の売買が横行していた。不本意に連れてこられたと主張しても無駄で、証文が取り交わされてしまえば金で話をつけるしかない。

妻を吉原から出してやりたい、だから金が必要なのだ、と権三は料亭の者たちに土下座したそうだ。

権三が普段から勤勉に働いている様子を見ていた鳳仙楼の者たちは、それならばと金を貸してやることにした。平身低頭で感謝する権三に、赤ん坊も吉原かと聞くと、権三は首を横に振った。いくら女子でも赤子は廓にお呼びでない。遊女になってしまったよし乃が育てることも許されない。権三はひとまずよし乃を請け出し、それから赤子を探すつもりだと話していた。

明くる日、権三は鳳仙楼に顔を出した。妓楼との交渉はうまくいったかと同僚たちが聞くと、権三は困ったように笑っていた。

皆に取り囲まれた権三は「よし乃が吉原に売られたというのは自分の勘違いだった」と口ごもりつつ明かした。何とよし乃は、自ら侍に働きかけ、妓楼への口利きをしてもらったというのだ。吉原で働けばいい稼ぎになる、だからしばらく家計のために吉原に留まりたい、と。権三から反対されるのは目に見えていたため、行動に移すまで黙っていたらしい。

侍に売られたというのは早とちりだった。権三は料亭の者たちに向かって申し訳なさそうに言った。赤子も妓楼が厚意で預かってくれているようだ。料亭の一同は権三の暴走っぷりに呆れながらも、妻子の無事を喜び、笑って許したそうだ。

「偉い、何て夫思いな妻だろうと、鳳仙楼の主人も女将も、口を揃えて言っていましたよ」

「けっ、何も知らねえ奴に限ってそんな戯言《ざれごと》をのたまいやがる。まあそいつらも、悪気があって言ったんじゃないだろうけど」

瑠璃は不快そうにぼやくと小さく舌打ちをした。

吉原に行く女は孝行者である。江戸の社会には、自ら進んで苦界に身を沈め、親や夫の役に立とうとする女を讃える風潮があった。吉原に身売りする者たちには様々な事情がある。確かに一理ある場合もあろうが、心から望んで吉原に行く女が、一体どこにいようか。華やかに見える外面とは逆に、待っているのは過酷な勤めである。

特に小見世ともなれば環境の悪さは顕著《けんちょ》だ。下半分だけに紅殻《べんがら》格子を巡らせた、惣《そう》半籬《はんまがき》の店構えが特徴の小見世。河岸《かし》見世とは一線を画し、身なりの整った者しか登楼させないものの、調度品も供される酒も安手のものばかりで、大見世や中見世と比べれば格式はぐっと下がる。

小見世の遊女は個室を与えられない。寄場《よりば》と呼ばれる雑居部屋を衝立《ついたて》で仕切っただけの割床《わりどこ》で、日に何人も客を取れと強要される。小見世の遊女は楼主にとっては使い捨てに過ぎず、病に罹ってしまっても放置されるのみだ。

——女が吉原に行かにゃならねえ状況は大抵、まわりの奴らに責任があるんだ。けど女だけがすべて背負いこんで、たった一人で吉原に行く。無事に出られる保証もないまま……。

己が責任を棚に上げて孝行者の美談にしたがるのは、罪悪感から逃れんがためではないか。瑠璃はそう思わずにはいられなかった。権三もきっと、妻への称賛を自分への皮肉と捉えたことだろう。呵責《かしゃく》の念に苛《さいな》まれたであろうことは、想像するに余りある。

料亭の者たちに詫びて、権三は借りていた金をそっくりそのまま返した。以降、何事もなかったかのように仕事に励んでいた。それまでは同僚に誘われても岡場所にすら行かなかったが、事あるごとに吉原へ通うようになった。おそらくはよし乃と会っているのだろう。前より一層明るくなった権三を見て、妻の想いに応《こた》えんとしているのだと、周囲の者たちは思っていた。

ただ一つだけ不思議なことがあった。料亭を訪れる客に挨拶をする度、権三が妙なことを聞くようになったのだ。

——臍まわりに十字の傷があるお武家さまを、ご存知ないですか。

同僚たちは一様に首を傾げていたが、権三の働きぶりは以前のままだ。優秀な人材であることには違いなかったため、「臍占い」なるもので彼なりに興を添えようとしているのだろうと、さほど気に留めていなかったそうだ。

そして何事もないまま六年の月日が経ち、権三は、黒羽屋に料理番として引き抜かれることになった。それから先のことは瑠璃たちも知ってのとおりである。

ここまで聞いて、瑠璃の胸には一つの確信が生まれていた。

「権さんが鳳仙楼の奴らに話したことは、嘘だな」

双子は判然としないようで、二人して顔を見あわせている。しかし切れ者の錠吉は、瑠璃と同じ考えを抱いたらしかった。

「ええ。ですからよし乃さんが売られたという妓楼の名前を聞いて、実際に行ってみたんです。京町一丁目にある、姿海老屋《すがたえびや》という小見世でした」

重苦しい息を吐いてから、錠吉は再び口を開いた。

瑠璃と錠吉の読みどおり、よし乃が自らを身売りしたというのは真実ではなかった。気絶させられた状態で、女衒に無理やり吉原まで連れてこられたのだ。目覚めてから自身が置かれた状況を把握したよし乃は、帰してほしいと泣いて楼主に頼みこんだ。だが、聞き入れられることはなかった。

十日後、よし乃が吉原にいると知った権三が姿海老屋を訪れる。応対した楼主が、奉公の契約は済んでいる、よし乃はすでに遊女になったのだ、といったことを伝えると、権三は顔を青くしていた。そして必ず身請け金を用意してくると楼主に言い置き、見世を後にした。見世を出る直前、権三はよし乃の手を取り、何があっても苦界から救い出してみせると、固く誓っていた。

「その日の夜、よし乃さんは……手首を掻き切って、自害されたそうです」

「そんな……」

瑠璃は煩悶《はんもん》に顔を歪めた。

生きることに絶望した遊女が死を選ぶ。吉原では珍しいことではない。しかし妓楼からしてみれば、遊女は商品も同然だ。金を生む女に死なれてはたまったものではない。そのため遊女が自死すると死骸の手足を縛り、荒薦《あらごも》と呼ばれる粗末なむしろで乱雑に巻く。地獄で畜生道に堕《お》ちぬようにするためと言い伝えられているが、実際は、無残な有り様を他の遊女への見せしめにするのが目的だった。自ら死を選ぶとこうなる、供養もしてもらえず、成仏もかなわないぞと脅すのだ。そうして死骸は、投げ込み寺へ捨てられる。

次の日、権三は約束どおり身請け金を掻き集めて姿海老屋に戻ってきた。しかしながら、何もかもが遅すぎた。

「よし乃さんが自害され、死骸はすでに浄閑寺《じょうかんじ》に持っていかれたことを楼主が伝えると、権は無言で妓楼を飛び出していったそうです」

一同は鉛《なまり》を呑んだように押し黙った。息苦しいほどの沈黙が、森の夜気に染み渡る。声を発することすら憚《はばか》られるようであった。

なぜ、よし乃は死を選んだのか。遊女たちの思考に触れ、自身も遊女として吉原で過ごしてきた瑠璃には、理由が少なからずわかる気がした。

「権さんの顔を見て、自分が遊女になったことを痛感しちまったんだな。自分の体も、存在も、それまでとは違うってことをさ」

よし乃が貞女であったのは話を聞くに明らかだ。本当は権三に助けてもらいたい、権三のもとに帰りたいと思っていても、操《みさお》を立てた夫に対する申し訳なさが勝ってしまったのだろう。何もなかったかのように元の暮らしに戻ることは、よし乃にはできなかった。

吉原は男の欲望を満たす代償として、女の希望を搦《から》め取る場所でもあった。

膝上に座っていた炎が、静かに瑠璃を見上げる。瑠璃はさび猫と視線を交わし、深く、重く、息を吐き出した。

「よし乃を女衒に渡したのは、阿久津と見て間違いないな」

「はい。姿海老屋の楼主が言うには、件の女衒と一緒に阿久津も時折、見世を訪れていたそうです。見目のいい女子を選んで声をかけ、女衒に売り渡して小遣い稼ぎをしていたんでしょう」

瑠璃は阿久津の羽振りのよさがようやく腑に落ちた。阿久津が行った所業は、よし乃の一件だけではなかったのだ。でなければ、しがない勤番侍の立場で花魁の馴染みになることは難しい。

「わっちは阿久津の本性を見抜けなかった。情けねえ話だよ」

裏にとんでもない素顔を隠しているとも気づかず、温和な男だと信じて疑わなかった自分を、強く恥じた。

「権さんはきっと、あの男に復讐しようと探し続けてたんだ……わっちらにも、内緒にして」

瑠璃は権三が失踪した後、お喜久から権三との出会いについて聞かされた。お喜久は幸兵衛とともに接待のため鳳仙楼を訪れたことがあり、そこで何度か権三とも顔をあわせていた。その時はただの料理人としてしか見ておらず、何ら感じるものもなかったという。

しかし五年前、別件で浅草に向かったお喜久は、偶然にも駒形堂《こまがた》の近くで権三と再会した。権三は屋台で飲んだ後だったらしく、酔いがまわった顔で観音戒殺碑《かんのんかいさつひ》をぼんやり見つめていたそうだ。この戒殺碑は浅草寺《せんそうじ》の本尊が引き上げられたことに由来して、近辺の川で殺生を禁じるものである。権三の顔には、鬼と対峙した過去がある者特有の、暗い陰が滲み出ていた。

権三はよし乃を喪ってから六年間、料亭で働き続けた。鳳仙楼に来る客に話しかけ、それとなく阿久津の居場所を探っていた。吉原通いをするようになったのは、姿海老屋へ取り次いだ女衒を探すためだったのだろう。が、手がかりなどなきに等しく、一向に阿久津も、女衒すらも見つけることができない。そんな折にお喜久から引き抜きの話を持ちかけられた権三は、一縷《いちる》の望みを持って誘いを受けたに違いない。

吉原は多種多様な男たちが集う、情報を得るにはうってつけの地だ。吉原で働けば女衒も探しやすくなる。よし乃から聞いたのであろう唯一の阿久津の特徴、臍まわりにある十字の傷も、遊女なら難なく確かめることができる。

そしてとうとう阿久津を、妻を死に追いやった仇を見つけたのである。

「わっちらはずっと、騙されてたのかな」

小さく放たれた言葉に、はっと双子が顔を上げた。

「何でそんなこと言うんだよ」

「わっちだって言いたくて言ってるんじゃない。けど権さんが誰にでも優しく接していたのは、阿久津を探すためだった。あの優しさが権さんの心根から来るものだったのかどうか、復讐のための紛いものだったんじゃないかって、自信がなくなってきたんだ」

少しずつ見えてきた権三の過去。妻の仇を討とうとした権三の心情は深く得心がいった。だが何ゆえ、瑠璃たちに黙っていたのだろうか。

「相談してくれればいくらでも協力したのに。阿久津みたいな外道《げどう》を許せないと思うのはわっちらだって同じだ、そうだろ？　仇討ちを果たせたってのに未だに黒羽屋へ戻ってこないしさ……黒雲のことなんて、権さんにとってはどうでもいいことだったのかな」

嫌な考えばかりが口をついて出る。男衆も内心で似たような思いを抱えていたのだろうか、黙りこくってしまった。

「権三の奴、もしかしたら娘を探しておるんじゃないかの」

唐突に発言したさび猫に、一同の注目が集まった。

「そうか、権の娘はまだ見つかってない。よし乃さんが姿海老屋に売られた時、女衒が赤子の処遇を握っていたはずだ」

錠吉の言葉に栄二郎も頷いた。

「吉原に売ることができないなら、きっとどこかにやったはずだもんね」

「どこかって、どこだよ」

重々しい豊二郎のつぶやきを聞いて、栄二郎はまたも口を噤んでしまった。

金のために女を売る女衒が、一銭にもならぬ赤子をどうするか。四人の頭には不吉な想像しか浮かばなかった。

「生きているかもしれない、権さんならそう考えるだろうな。もし生きていれば十二くらいか。その年の女子なんて、江戸にごまんといるけど……」

瑠璃はぶつぶつと独り言ちて、横にあった薪を火にくべた。

──権さん、今どこにいるんだ？　どうやって娘を探してる？　もし娘が見つかったら黒羽屋に……わっちらのもとに、帰ってきてくれるのか。

穏やかに揺らめく火は、まだ肌寒い春の空気に暖かさを足し、冷え冷えとした心を幾分か蕩《とろ》かしてくれるようだ。一同は暗い心持ちを赤く揺れる火に託し、各々の思索にふけった。

「権さんが父親だったって、何か妙に納得がいくよな。わっちはどっちかっていうと母親みたいだと思ってたけど」

「へ？」

男衆が怪訝そうな目を瑠璃に向けた。

「いやほら、わっちって母親を知らないだろ？　権さんは男だけど、接してたら何だか、母親ってこんな感じなのかなって、思う時があってさ」

わっちは何言ってるんだろうな、と自嘲するように笑う頭領を、男衆はどこか哀しげに見つめていた。と、栄二郎が嬉々として声を上げた。

「権さんがおっ母さんなら、お父っつぁんは錠さんだねっ」

「言えてるな。そんで俺が長男、栄が次男、瑠璃が末っ子だ」

「おい待て待て、何でわっちが末っ子なんだよ。おかしいだろ」

「いえ、俺もあなたは末っ子だと思いますよ」

賛同してくれると思っていた錠吉にまで言われ、瑠璃の片頬を苦い笑いが掠めた。

「我儘で気分屋で、後先も考えず突っ走るのは、典型的な末っ子気質だと言えるでしょう」

「あの、ひどくない……？　わっち一応、頭領なんですけど」

淡々と言い募られて瑠璃はなぜだか泣きたくなった。そうそう、と双子が錠吉に同調する。頭領の面子《メンツ》はまったくもって丸潰れであった。

「まあ冗談はさておき、権が母親のようだというのは同感ですね。あいつの細やかな気配りは誰もが知るところですし……頭の母御も、きっと同じだったんじゃないでしょうか」

瑠璃は錠吉の顔に目を留めた。整った面差しは、瑠璃を心から憂慮しているかのようだ。

「いつか、思い出せるといいですね。生まれた故郷《ふるさと》のことを」

飛雷を封印した刀工一族の里。故郷の光景も、生みの親の顔すら、瑠璃は今なお思い出すことができないでいた。

炎が瑠璃から顔を背ける。さび猫は瑠璃が忘れている記憶のすべてを知っているはずだ。しかし何も語ってはくれなかった。一方で瑠璃も聞くのを躊躇していた。それがなぜかは、自分でもわからない。

「……うん。ありがとな」

男衆の温かな視線を感じ、瑠璃は目尻を和ませた。

——ああ、ほぐれていく。

記憶はいつか、取り戻せる時が来るのだろうか。取り戻す術もわからないが、すべてを思い出すことができたなら、自分の心にはどのような変化が生まれるのだろう。

——皆がいてくれてよかった。でなけりゃわっちは、思い出せない過去に悩んでばかりだったかもしれない。

失った記憶に囚われることなく前を向いていられるのは、男衆の存在があるからだ。数々の苦難を乗り越えてきた黒雲の間には、目に見えぬ信頼が生まれていた。何が起ころうと決して揺るがない、確かなもの。そこに損得勘定や打算はない。瑠璃にとってはいつしか仲間の存在こそが、心安らぐ寄る辺となっていた。

男衆の誰かが心を痛めているのならば、その痛みを共有したい。彼らが大切に思うものは、自分にとっても大切なものであると、瑠璃は自然に思うようになっていた。それぞれ思考や性分は異なれど、きっと根底に息づく想いは同じであろう。錠吉や双子も同じように思ってくれているのは、今こうして顔をあわせていればわかる。では権三も同様のはずと考えるのは、驕《おご》りなのだろうか。

――権さんは、わっちらのことを信用してなかったのかな……いや、そんなことはない。権さんだって、きっと。

瑠璃は薪を握りながら、ふと、ある考えを思いついた。

「なあ錠さん、悪いけど立ってくんない」

「はい？　ええ、いいですが」

怪しみつつ錠吉が立ち上がる。瑠璃も炎の柔らかい体を膝から持ち上げ、隣の栄二郎に渡した。

「どうしたの、頭?」

瑠璃は薪の束から先の尖った太い枝を選ぶと、無言で立ち上がった。

錠吉と対面する。幼い子どもが遊ぶようにして、枝を軽く投げてはつかみ、また投げてはつかむ。

一連の動作を繰り返す中で、ぱし、と枝をつかんだかと思うと、次の瞬間、尖った枝先を錠吉へと向けた。

「な、ちょっと」

枝を握り締めて突進してくる剣呑な顔に、錠吉は一瞬で青ざめた。

腹に枝が突き刺さる寸前で瑠璃の手をつかむ。が、勢いに負け、錠吉は地面へ仰向けに倒れこんだ。

「何考えてるんですかあなたはっ」

「やっぱりだ、お前ら見ろ」

あまりに急なことで声も出せなかった双子は、顎を上にそらし、目をこれでもかとひん剝いていた。栄二郎の両手は炎の脇腹を知らず知らずのうちに握り締めている。

哀れさび猫は、苦しげな声を漏らして耳を伏せた。

「すまん錠さん、できるだけ正確に再現したかったんだ。錠さんの手、わっちの手を握ってるよな？」

「それが何なんですかっ、本気で殺されるかと思いましたよ」

錠吉は怒り心頭だ。瑠璃がどんな突拍子のない言動をしても冷静だった若い衆も、突如として向けられた殺気に焦ったらしい。双子もせっつかれるようにして立ち上がり、二人のそばに近寄ってきた。

「ほら、お前たちも見てくれ。刺されると思ったら普通、咄嗟に相手の手をつかむだろ？　こんな風に」

錠吉は掌を下向きに、親指を内側にし、瑠璃の手を押さえこむようにして握っている。

「でも阿久津の手の向きは逆だった。しかもあいつは、包丁の柄を握っていたんだ」

やや間を置いて、瑠璃の言わんとしていることを悟った男衆が息を呑んだ。

錠吉が立ち上がりやすいよう手を貸しながら、瑠璃は続けた。

「柄は権さんが握ってたはずなのに、何で阿久津が握っていたのか、どこか引っかかってたんだ。だってそれじゃまるで、自分で腹を刺したみたいじゃねえか」

殺されるのを防ぐなら、阿久津が逆向きに包丁の柄を握るとは考えにくい。

「全部たまたまかもしれない。けど、わっちらは、何か大きな思い違いをしてるんじやないかと思うんだ」

「頭……」

権三と再び会うことが叶ったなら、真相は自ずと明らかになるだろう。そのためには何としてでも権三を見つけ出さねばならない。

――疑ってごめん。わっちはやっぱり、権さんを信じる。錠さんも双子も皆、権さんが戻ってきてくれるのを、待ってるんだ。

白と橙《だいだい》の星が瞬く夜空を仰ぎ、瑠璃は身を引き締めた。

遥か遠方から雷の音が聞こえてきた。桃の木々が寒戻りの冷気を含んで、四人と一匹を包みこむ。静謐《せいひつ》なこの場所で憩《いこ》うのはここまでだ。一つ目鬼との対峙が、黒雲を待ち構えているのだから。

「さあ、ここが大一番だ。鳩飼いの切り札さえ断ってしまえばこっちのもの。必ず一つ目鬼を退治して、今度こそ、奴らとの戦いを終わらせるぞ」

四人は互いの顔を見て、奮起したように頷きあった。

八

「安徳さまの話によると多分、この辺りのはずだ」

休憩を挟んでさらに一刻半を歩き続け、黒雲の四人と炎はようやく目的地に辿り着いた。

大沢村にある小山。分け入った先には、四方を鬱蒼《うっそう》とした木々に囲まれた野原が広がっていた。安徳いわく、この近くに古代王朝の権力者の墓があるらしい。地の神、つまり一つ目鬼はそこに出現し、村人や役人を虐殺した。封印の儀を行った密教僧は墓から離れた地に鬼を封印せんと試みたそうだが、遠くまでおびき寄せることができず、やむなくここに鬼を眠らせたという。

野原には錨草《いかりそう》や猩々袴《しょうじょうばかま》、歯朶《しだ》の類などが群生している。ここだけ木が生えていないのは、怨霊の気に毒されてしまったからだろうか。どことなく生温い空気が漂う、陰湿な場所であった。

雷鳴《らいめい》が先刻より近く瑠璃たちの耳へと届く。

「雲行きが怪しくなってきたな。直《じき》に雨が降ってくるのかもしれねぇ」

天候が変わる前に事を終わらせた方がよいと瑠璃は推した。

一つ目鬼が埋められている地面を、大きく変形させた飛雷で掘り起こし、退治する。これが瑠璃たちの計画だ。

「ご覧なさい、あれを」

錠吉が前方を指し示す。

いつからそこにいたのだろう、野原の中心に提灯小僧《ちょうちんこぞう》が佇んでいた。黒く小さな輪郭が月明のもとに浮かび上がる。

この妖は死人が出た地に現れる。一見すると幼い童子、しかし姿形は影そのものである。影が持つ提灯にはすでに灯りがついていた。

「ねえ変だよ、提灯の色。いつもと違う」

妖が持つ灯りは、瑠璃たちがこれまで目にしてきた色とは明らかに異なっていた。赤黒さが増し、おどろおどろしい様相を呈《てい》しているのだ。心が不安にさせられるような色だった。

「提灯小僧は普通の妖ではない。おそらくあの提灯の色は、死者の怨恨の度合いを示しているのじゃろう。死臭がするからな」

炎は瑠璃の肩から地面へと飛び降り、辺りの空気を嗅《か》いでいた。

――一つ目鬼が、それだけ強敵だって言いたいのか？

　提灯小僧を見つめる瑠璃の心に緊張が走る。男衆も息を詰めて、周囲に神経を尖らせる。

　と、木々の間からささやき声のようなものが聞こえた気がして、瑠璃は辺りを見巡らした。しかし当然と言うべきか、瑠璃たちの他には誰もいなかった。

　――風の音、か？

「まずは封印された地面を探し当てねえとな。この野原を端から掘り起こすわけにもいかないし。なあ頭、和尚の話だと具体的にどの辺に埋められて……」

　豊二郎が問いかけた、まさにその時であった。

　野原に咆哮が響き渡った。地の底から聞こえるかのような、低く、猛々《たけだけ》しい咆哮。

　提灯小僧の背後で、土がむくむくと盛り上がってきた。

「まさか」

　黒雲の四人が声もなく立ちすくむ中、盛り上がった土や草はなだらかな曲線を帯びて、見る見るうちに山となっていった。

　傾いた土草が地に流れ落ちる。湿った土の匂いが鼻腔《びくう》を突く。覆いを脱ぐようにして中から現れた者を目にした瞬間、瑠璃たちの胸を戦慄《せんりつ》が掠めた。

「こんなの、聞いてねえぞ」

産鉄民の怨念が集結した悪鬼、一つ目鬼。全身が黒くごつごつとしており、節々は瘤《こぶ》になって隆起《りゆうき》している。あたかも四肢が接ぎ木《つき》されたかのようだ。木の幹を思わせる腕に、触れただけで真っ二つに裂かれてしまいそうな鋭い爪。背丈は吉原にある大門よりも火《ひ》の見櫓《みやぐら》よりも高く、三丈を軽く超えていよう。見上げる格好になった瑠璃は鬼の顔面を見て、全身に鳥肌が立つのを感じた。

がらんどうの闇を孕《はら》んだ口が耳元まで裂けているのは、これまで見てきた鬼と同じ。だが膂力の強さを示す角は丸太のように太く、ひび割れた先端は根元から湾曲して天を指している。長さは二尺ほどもあるかに見えた。

今までの鬼と様相が異なっていたのはこれだけでない。顔の中心には、巨大な一つ目が浮かんでいた。たった一つしかない目玉の中で無数に蠢《うごめ》く、濁った黒目。てんでに四方を見まわす黒目たちには、殺伐《さつばつ》とした怨念が宿っていた。

「こんなのが、鬼……？　どう見たって、怪物じゃないか」

錠吉の声には微かな恐怖らしきものが滲んでいる。いくら鬼退治の経験に富む錠吉でも、かような鬼の風貌《ふうぼう》を見ては、これまでの自信を打ち砕かれたとしても無理からぬことだ。それほどまでに一つ目鬼は巨大で、人の根源的な恐怖を煽る姿形をしていた。

「何で、封印が解けてるんだよ」

瑠璃は愕然と声を漏らした。地中に封じられ、千年以上もの眠りについていたはずの一つ目鬼がなぜ、こうして瑠璃たちの前に立ちはだかっているのか。

鬼の黒目が夜空を睥睨《へいげい》する。周囲を囲む木々を見つめ、次第に視線を瑠璃たちへと注いでいく。

提灯小僧の持つ灯りが、大きく揺らめいた。

不穏な兆候を察した瑠璃は怒声を張った。

「豊、栄、結界だっ」

我に返った双子が慌てて黒扇子を開く。経文が口早に唱えられ、野原に白く神聖な光が満ちていく。上空に注連縄が出現し、紙垂が稲妻《いなずま》のごとく地に伸びる。

と、檻の結界が完成しようとするより先に、提灯小僧はふっと姿を消した。

一つ目鬼の口が大きく開かれていく。底の見えない闇がのぞいた。

「伏せろっ」

四人は一斉に耳をふさぎ、地面にうずくまった。

一つ目鬼の鬼哭が、強烈な突風となって襲いかかってきた。辺りの土を巻き起こし、木々のいくつかが威力に負けて薙ぎ倒される。

瑠璃たちは突風に体を飛ばされぬよう、身を寄せあって地面にへばりつくのが精一杯だった。炎も猫の体のまま、瑠璃の腰帯にしがみついている。

——我らを目覚めさせたのが運の尽き。この世のすべてを呪ってやる。万物の一切を、滅ぼしてやろう。

幾重にも重なる声。老若男女の怨念だろうか。

「豊、栄……経文を、早く……っ」

野分のごとき猛烈な風が体内に吹きすさび、思考をかすめ取っていくようだ。息を吸いこむことすらままならない。瑠璃は喘《あえ》ぎながら隣にいた栄二郎の背中へ手を伸ばす。錠吉も同じく豊二郎を守るようにして覆い被さった。

双子は瑠璃と錠吉の助けを受けて再び黒扇子を両手に開いた。最後の一節が唱えられ、半端になっていた紙垂のすべてが地面に刺さる。

鬼哭の威力が弱まった。檻の結界がようやく完成したのだ。

瑠璃は大きく息を吸いこんだ。肺に湿った空気がなだれこんでくる。男たちも皆、苦しそうに咳きこんでいた。

——小娘よ、我らの邪魔をしようというのか。

一つ目鬼は鬼哭を発するのをやめた。結界に阻まれて威力が薄まったことに、異形の目を怒らせている。

「当たり前だ。こんな危険な奴を、むざむざ野放しにしておけるか」

瑠璃は己の左手を嚙み、傀儡の名を呼んだ。

手から滴る鮮血が地に落ちるや否や、地面が柔くなり、渦を巻いていく。渦の中心から白髪の遊女が出現した。

「栬紅、仕掛を借りるぞ。双子を守ってくれ」

目元に巻かれた白布を風に揺らし、栬紅は沈黙している。瑠璃は楓樹の仕掛をはぎ取って双子に投げ渡した。

「お前らはこれを被って隠れてろ。錠さん、行けるか？」

怒鳴るようにして錠吉に尋ねる。言われるまでもなく、錠吉は三節棍となっている錫杖を組み立て、真言を唱えている最中であった。黒い錫杖に金色の光が加わる。

刹那《せつな》、大きな影が瑠璃の頭上を覆った。

「危ない、頭っ」

一つ目鬼の黒い拳が、瑠璃に向かって振り下ろされようとしていた。

潰される。そう思った時、瑠璃の体はふわりと宙に浮いた。

赤獅子に変化した炎が、瑠璃の襟首をくわえて横に跳んだのだ。炎は辛くも鬼の腕をよける。

地響きが低く、野原に轟《とどろ》いた。

「気を抜くでない瑠璃、あの鬼はこれまでの鬼とは別格じゃろう」

「悪い炎、助かったよ。わっちと錠さんで足元を崩す、お前は空から……」

──なぜだ。なぜ、我らを止めんとする？　お前は我らの、同胞《はらから》であろう。

瑠璃は眉根を寄せて鬼を見上げた。一つ目鬼の口は笑みを浮かべているようにも、恨めしげに口角を下げているようにも見えた。様々な思念が口元を歪めさせているのだろうか。

「同胞だと？　どういう意味だそれは、わっちはあんたらを倒しに来たんだぞ」

「頭、さっきから誰と話しているんですか」

横から問われ、錠吉へと目を転じる。錠吉は錫杖を手に、切羽詰まった面持ちで瑠璃を見つめていた。

「誰って……鬼とに決まってるじゃねえか。錠さんも聞こえるだろ？　鬼の声が」

錠吉は戸惑い気味に眉をひそめた。

「いいえ。俺には、雄叫びのようなものしか聞こえません」

驚愕した瑠璃は炎へと視線を送った。赤獅子も首を横に振っている。ただ表情が、心なしか曇っているように見受けられた。

——わっちにしか、聞こえていない……？

「頭、また来てるぞっ」

どこからか豊二郎の声がした。楢紅の仕掛で姿は見えないが、どうやら後方の茂み辺りにいるらしい。

今度は左側から一つ目鬼の巨腕が迫ってきた。草を刈るようにして大きく横に振り抜かれる。

瑠璃たちは同時に後ろへ跳びすさった。地面を転がりながらやっとのことで体勢を保つ。

一つ目鬼の語る声は、自分にしか聞こえない。瑠璃はひどく混乱した。今まで退治してきた鬼の呪詛なら、瑠璃のみならず男衆も聞くことができていた。一つ目鬼の呪詛は質が異なるとでもいうのか。一体なぜ、自分にしか届いていないのか——。

「儂が上空から仕掛ける。お前たちは地上から行けっ」

炎は吼《ほ》えると、地を蹴って空へと飛んだ。錠吉が不安げに瑠璃を見やる。

考えている暇など、今はない。瑠璃は動転する気を静め、腰帯へと手をやった。鞘《さや》から飛雷の刀身を引き抜く。

飛雷の刃がいつも以上に黒く、どろどろとした妖気を帯びているように感じられた。

「頭、大丈夫ですか」

「……ああ」

妖刀を見ていた視線を、す、と一つ目鬼に向ける。

錠吉と呼吸をあわせ、瑠璃は駆けだした。

攻撃を察した鬼が左腕を振りかざす。と、炎が空を蹴って鬼の左腕に当て身を食らわせた。獅子の牙で嚙みつき、鬼の腕に爪を立てる。

鬼が赤獅子を振り払わんとする。炎は退き、今度は鬼の死角から飛びかかる。

炎に気を取られている隙をつき、地上から切り崩していく算段であった。が、瑠璃たちの見立ては甘かった。

一つ目鬼が高々と右脚を上げた。瑠璃と錠吉に向かって踏み下ろす。二人は左右に分かれて跳んだ。地面に鬼の節くれだった足が、まるで粘土をこねるかのごとく沈みこんだ。

直後、鬼が足を踏みしめた地面から、たちまちにして黒い木が生えてきた。魂が入っているかのように幹がねじれ、枝がしなる。

反応し損ねた瑠璃と錠吉は枝に弾かれ、先ほどの立ち位置まで吹き飛ばされてしまった。枝先が当たった二人の頬や額がぱっくり裂け、血が流れだす。

「何なんだよ、あの木は」

「あれが地の神と呼ばれる所以でしょうか」

見れば一つ目鬼のまわりには、続けざまに十本もの黒い木が生えてきていた。木の形はどことなく人に似ている。近づくものを薙ぎ払わんとしているのか、ゆらゆらと振り子のように枝を揺らしていた。

怨念で草木を操る。これが一つ目鬼の能力なのかもしれない。錠吉の推測に瑠璃は舌を鳴らした。

「とにかくあれを突破しないと話にならん。行くぞ錠さん」

二人は再び地を蹴った。黒い木々がぶるると震え、幹をうねらせる。四方からむちのように枝が襲いかかってくる。瑠璃は飛雷で、錠吉は錫杖で防ぎつつ、強引に進もうとする。だが無数の枝に阻まれ、進むどころか押し戻されてしまう。一つ目鬼の足元へ辿り着く以前に、枝の猛攻をかわすので手一杯だった。

「おい、上を見るのじゃっ」

炎の吼える声。上空を仰ぎ見る。鬼が巨大な足を上げ、二人を踏み潰そうと構えているところだった。回避するべく体の向きを変える。すると隙だらけになった二人に、枝の重い一撃が入った。

「うっ」

またも弾き飛ばされた瑠璃と錠吉は、地を擦りながらようやく停止した。前方には口元を歪ませて立ちはだかる巨大な鬼と、その周囲で妖しくうねる黒い木々。このままでは鬼に近づくことすらできない。

「権がいれば、あの木を押さえられるかもしれないのに」

ぼそ、と錠吉がつぶやいた。瑠璃も同感であった。二人だけで突破口を作るのは不可能に思われたからだ。

「たわけ、今ある力で対処することだけ考えろ」

と、上空から駆けてきた炎が二人のもとへ降り立った。

「あの木は儂が何とかする。この力はあまり、使いたくはなかったんじゃが」

「何か奥の手があるのか？」

「うむ、儂も一応は龍神じゃからな。とは言っても微々たる力しか残っておらんし、長くは保てん……瑠璃、双子に結界を張らせろ。お前たち二人の体を包むようにな」

炎の意図はわからなかったが、詳しく聞いている時間もない。瑠璃は言われたとおり双子に呼びかけた。

　錠吉と瑠璃の体を白い靄が覆っていく。

「さあ行け。儂が後方から援護する」

　瑠璃は頷いた。心を奮い立たせ、錠吉とともに鬼へ向かって走りだす。黒い木々が再度うねりを見せる。

　とその時、瑠璃たちの後ろから火柱が迫り寄ってきた。地面と水平に放たれ、勢いよく燃え盛る火焔。顔だけ見返ると、炎が口からごうごうと火を吐いていた。

　火は黒い木々へと襲いかかり、悶える幹や枝を焼き尽くしていく。一方、結界に守られた瑠璃と錠吉は熱さを感じずに済んだ。

　二人はさらに疾駆《しっく》して、ようやく鬼の足元まで辿り着いた。鬼の脚は人の胴回りを十ほどあわせたくらいに太い。

　瑠璃は飛雷で鬼の左脚を斬りつけた。錠吉は錫杖を右脚に叩きつける。巨大すぎる体は反面、攻撃を直に受けやすい。鬼は叫び声を上げた。周囲に叫喚《きょうかん》が波動となってこだまする。

　いつしか赤獅子の火焔は止まっていた。熱で効力が切れたのか、二人を包んでいた白い靄も消えた。

鬼の体がふらつき始める。瑠璃は声を張り上げた。

「倒れるぞ、離れろっ」

二人が跳びのいた瞬間、鬼は大きく体をぐらつかせ、地面に膝をついた。

「よし、成功だ。このまま胴体に……」

――お前も、我らの存在を認めないのか。

瑠璃は瞠目した。

二人の攻撃は確実に命中した。それが証拠に鬼の両脚からは、黒い血が滝のように流れ出ている。

しかし瑠璃たちが見ている前で、鬼は斬撃《ざんげき》も打撃も受けなかったかのように立ち上がろうとしていた。

「今ので効いてないのかよ」

「いや、傷が治りかけています」

目を凝らせば、鬼の傷口からは黒い煙のような邪気が噴出している。瑠璃たちがつけた傷は見る間にふさがろうとしていた。

一つ目鬼は怨念の集合体、すなわち融合鬼だ。多少の傷では復活してしまうのかもしれない。

──小娘よ。同胞のお前すら、我らの存在を認めてはくれないのか。

「ちっ、そう簡単にはいかねえか……そんなら」

瑠璃は胸元に手を当てた。入り乱れる感情が、心に大小のさざ波を立てる。意識を今この時へと押し留め、瑠璃は心の臓に棲む龍神へと呼びかけた。

「飛雷、出番だ。わっちに一つ目鬼を倒せるだけの力を貸せ」

心の臓が激しく鼓動を刻む。瑠璃の立つ場所から青い旋風が立ち起こる。胸にある黒い印が、体中を覆っていく。

鬼の傷は今や完全にふさがっていた。瑠璃たちの前に平然と立ち、黒目がぎょろぎょろと忙しない動きを見せる。

ここで瑠璃はあることに気がついた。鬼の体がわずかに傾いでいる。右脚を庇うようにして立っているのだ。錠吉が傷つけた、右脚を。

今の錠吉は修行によって強力な退魔の力を得ているが、それでも瑠璃には些か劣る。だが鬼は、右脚に見た目以上の痛手を負っているようだった。

瑠璃の脳裏に、安徳が語った伝承が想起された。

古代の産鉄民たちは、過酷なたたら製鉄により片脚が萎えた者が多かった。もし彼らの多くが右を利き足として、たたらを踏んでいたとしたら。右脚を悪くした者が多かったのではないだろうか。

「錠さん、場所を交代するぞ。炎、もう一度だっ」

二人と一匹は再度、攻撃を繰り出し始めた。炎は上空から、瑠璃と錠吉は地上から。三方向からの度重なる攻撃に、鬼は巨軀《きょく》をよじらせて叫ぶ。傷口から黒い煙が絶え間なく噴き出す。

「ぐ……っ」

錠吉の声。瑠璃は鬼の左脚が、錠吉の腹部を蹴り飛ばす瞬間を見た。煙に視界を遮られ、攻撃をまともに受けてしまったのだ。

錠吉は吹き飛ばされて地面に身を打ちつけた。

駆け寄ろうとした瑠璃の横目に、動く気配。瑠璃は反射的に屈んで鬼の蹴りをよける。しかし体勢を崩してしまった。

仰向けに転がった瑠璃は、黒煙が上空に浮かぶ注連縄を覆っているのを見た。一つ目鬼の怨念が神聖な結界をも蝕《むしば》もうとしているのだ。

くすくす。

奇妙な笑い声が耳元で聞こえ、瑠璃はばっと横を向いた。

野原に生えた歯朶が、口の形をしていた。

「これは……」

四方へ視線を巡らせる。無数の歯朶が瑠璃に向かって笑いかけていた。

──わかってるくせに。あなただってこちら側なのよ。

──思い出せ。お前の内に眠っている深怨の念を。

──ふふ、否定したって無駄だよ。過去は変えられないんだから。

歯朶はくねくねとねじれながら瑠璃の体をまさぐり、湿り気のある茎で覆い始めた。

「やめろ……聞きたくない……」

──見える。お前の迷いが見えるぞ。されど誰にも打ち明けられないのだな。最も話したいと望む仲間に、欺《あざむ》かれてしまったから。

瑠璃は胸の奥底に抑えていた孤独や閉塞感が、ぐらりと乱されるのを感じた。耳を貸すまいと念じるも、ささやく声は心に直に響いてくる。全身の力が徐々に奪われていくようだ。

「違う、権さんは欺いたんじゃない」

──可哀相に。そう信じたいのね。

──私たちなら真の意味で寄り添ってあげられるよ。

――こっちにおいで。お前のことを蔑ろにする奴なんか捨てて、俺らと一つになろう。身も心も、一体に……。

じめじめとした歯朶は着流しの中にまで入ってきた。茎が瑠璃の柔肌を締めつけだす。顔までをも覆われ、視界が閉ざされていく。漠とした不安が瑠璃の心に染み渡っていった。

「やめろって言ってんだよっ」

瑠璃は我知らず大声を出していた。すると歯朶が、失望したかのようにふっと力を緩めた。

再び視界が開けた瑠璃の目に映ったのは、巨大な影。一つ目鬼の足であると気づいた時には、すでに遅かった。

鬼の足が、仰向けに倒れた瑠璃の左腕を容赦なく踏みつけた。

瑠璃は激痛に悲鳴を上げた。鬼が足を上げた一瞬の隙を突いて立ち上がり、後退する。左腕を見ると、肩から下がだらんとぶら下がっている。微塵たりとも動かせない。骨が、粉々に砕かれていた。

「く、そ……おい錠さんっ」

立膝をつく錠吉の体にも歯朶がまとわりついていた。歯朶に精神を冒《おか》されているのだろうか、錠吉の目は虚ろだ。

瑠璃は痛みに歯ぎしりしながら錠吉に駆け寄り、歯朶を乱暴に取り払う。

「錠さん、気をしっかり持て、おいっ」

頰を叩いて声をかけると、錠吉の目に光が宿った。口からはだらだらと血が流れている。錫杖で防御したのだろうが、鬼の蹴りは重い衝撃となって腑にまで達してしまったのかもしれない。

「頭……綾さんが……」

見開いた目から涙が流れるのを見た瑠璃は、歯朶が錠吉の過去の記憶を刺激したのだと察した。

「錠さん、わっちの顔を見ろ。鬼はわっちらの心を揺さぶって闇に引きずりこもうとしてるんだ。でも今の錠さんには闇に打ち克《か》つだけの強さがあるはず、一緒に過去を乗り越えてきたのを思い出せっ」

必死の呼びかけを受け、錠吉の瞳に段々と闘志が戻り始めた。

「すみません、頭……俺は、どうかしていた」

口元の血をぬぐうと錠吉はふらつきながら立ち上がった。

心に兆した不安を押し殺し、二人で一つ目鬼をねめつける。

と、鬼の体に白い鎖が巻きつき始めた。鎖の結界。双子が陰から援護しているのだ。鬼は聖なる鎖に締め上げられてうめき声を漏らした。全身から大量の煙が出て、辺りに薄黒い靄を作る。

潰されたのは利き腕ではなかった。飛雷はまだ握れる。この勝機を逃す手はない。瑠璃は掻き乱された思考を振り払って駆けだした。錠吉も立ち上がって駆ける。炎が上空で攻撃を仕掛ける。

瑠璃は飛雷を鬼の右腿に向かってかざした。

「飛雷、裂けろ」

妖刀の刀身が裂ける。刃の数が十になって長さを増す。瑠璃は掛け声とともにあらん限りの力をこめて飛雷を振るった。

裂けた刀身は見事、右脚を刻み、鬼の体から切り離した。

一つ目鬼がゆっくりと倒れこむ。ずん、と大地を揺るがして、鬼はとうとう地面に突っ伏した。

巨軀に潰されぬよう避難していた瑠璃は疲労に喘ぎ、右手を膝についた。

――そうか。お前も、あやつらと同じなんだな。

恨みのこもった声が、脳に響いた。

瑠璃の表情に絶望が差した。

「どうして……今の攻撃でも、駄目なのか……」

一つ目鬼はまたも起き上がり始めた。起きざま、鬼の体に巻きついていた鎖の結界が砕け散る。双子が気を緩めたわけではない。鬼が自力で結界を破ったのだ。

鬼は片脚で立ち、濁った目玉で瑠璃を見下ろしていた。歪な口元がゆったりと、悦に入るような笑みをたたえる。

激しい戦闘に息を切らしていた錠吉も、炎も、言葉を失っていた。

——小娘よ、お前は同胞を裏切ると言うのだな。お前の魂に刻まれし怨嗟《えんさ》を、無視すると……。

「何を、言っているんだ」

一つ目鬼の嘆きや怒りがはっきりと聞こえてくる。それが意味することは何一つとして理解できない。されど瑠璃の心は、鬼の語りに応じるように激しく揺さぶられていた。

——何なんだ、この感情は。どうしてこんなにも心が震える？

お前の迷いが見える……誰にも打ち明けられず……欺かれて……。

心の内を見透かす言葉が何度も反芻される。足がすくみ、目の焦点があわなくなっていく。地面に気力の一切を吸い取られるようだった。

突如、切り離された鬼の右脚が地面の上で痙攣《けいれん》し始めた。次の瞬間には独りでに動きだし、瑠璃に向かって襲いかかる。

太い幹のごとき脚が迫ってきても、瑠璃は一歩も動くことができなかった。

「瑠璃、よけるのじゃっ」

炎の怒号が聞こえる。瑠璃は右腕をかざすのがやっとだった。

迫り来る鬼の脚。

——ああ、もう駄目だ……。

瑠璃は強く目をつむった。

が、鬼の脚が当たることはなかった。

「権さんっ」

双子の声がして、瑠璃は薄く目を開く。鬼の右脚が目の前で真っ二つに割れ、地に散らばるところであった。

急いで視線を走らせる。宙を滑空する輪宝が、弧を描いて後方へ飛んでいくのが見えた。

瑠璃たちの遥か後方で、双子は楢紅の仕掛を脱ぎ捨てていた。二人の横で輪宝をがっしりつかみ取ったのは、他でもない、権三であった。双子が権三を結界の内側へ招き入れたのだ。

瑠璃は胸に熱いものがこみ上げてくるのを抑えられなかった。

「権さ……」

「目を離さないで、まだ鬼は動いていますよっ」

権三は声を張り、瑠璃と錠吉の方へ走ってきた。右手には金色に光る金剛杵。そばまで寄ってくると、瑠璃と同様に目を潤ませている錠吉の肩に手を置いた。

「権、来てくれたのか……」

「ああ。少し体が動かせない状況になってしまって、遅くなったが。錠、俺たちで鬼の動きを止めよう。頭はその間に飛雷をお願いします」

力強い言葉は、打ちひしがれていた心に火をともしてくれるようだった。瑠璃も錠吉も顔を引き締めて頷いた。

振り仰げば、上空からやり取りを眺めていた炎も戦意を新たにしていた。再び鬼の頭部へ向きなおり、空を蹴る。

る。権三と錠吉は鬼の足元へと駆けた。連携した動きで残った左脚に打撃を食らわせる。権三の強烈な一撃を受け、一つ目鬼は痛々しい叫び声を上げた。

鬼と向きあう権三の背中を見つめ、瑠璃は吹っ切れたように息を吐き出した。

「よし、よしっ。たじろいでる場合じゃねえよな。次で必ず、終わりにする」

権三の加勢で気力を回復したとはいえ、錠吉も炎も体力が尽きかけているはずだ。足元から切り崩していくのでは時間がかかりすぎて、こちらが限界を迎えるのが先だろう。結界も徐々に黒い煙に侵食され、光が弱まりつつある。もし結界を破壊されてしまえば今度こそ勝ち目はなくなる。

現状を見定めた瑠璃は、瞬時に思考を巡らせた。

「うまくいくかはわからんが……飛雷、特大のやつを頼むぞ」

心の臓へ呼びかけるが早いか、妖刀を地面へ垂直に突き立てた。硬い大地に、妖刀の刃が半分ほどめりこむ。

柄を握る右手へと神経を集中させる。先刻までの胸のざわめきは、不思議なほど凪《な》いでいた。

瑠璃は凜然とした瞳で一つ目鬼を見据えた。

「行くぞっ。皆、離れてろ」

号令を聞いて錠吉と権三が後退する。炎も鬼から距離を置いた。

自由になった一つ目鬼が片脚で跳躍しながら迫ってくる。怒りに満ちた目玉は瑠璃だけを捉えていた。

——許さん。お前も呪ってやる、我らの受けた苦しみを、お前にも味わわせてやる。

地鳴りをさせながら距離を詰めてくる。

——我らを貶め、絶望の淵《ふち》へと堕としたあやつらと同じだ。体を滅ぼすだけでは決して済まさん、お前の魂も八つ裂きにしてや……。

途端、鬼が踏みしめた地面のまわりに無数の穴が開いた。地面を食い破るようにして出現したのは、大量の黒い大蛇。飛雷が大蛇に形を変え、刃を突き立てた位置から地中を這い伝って飛び出したのだ。

鬼を囲むようにして現れた大蛇は、太い体を妖しげにくねらせ、舌舐めずりをする。鬼の四肢、胴、そして頭部を目指して牙を剝く。

突如として現れた大蛇には目もくれず、鬼は瑠璃に向かって猛進を続けんとした。

「残念だがこれ以上、話を聞くことはできなそうだ。どうか、今は安らかに眠ってくんな」

一つ目鬼の怨念と、瑠璃の眼差しが衝突した。

直後、大蛇たちが一斉に鬼へと食らいついた。強靭な顎で鬼の頭を、四肢を、ありとあらゆる部位を噛み砕く。

耳をつんざく呻吟《しんぎん》がこだました。鬼が激しく身をよじらせて抵抗するも、大蛇は食らいついて離れない。骨が折れる音が辺りに反響する。

大蛇は鬼の体を食いちぎった。腕が、頭が、地面へと落下していく。残った胴と片脚もやがて、低い音を轟かせて地に倒れた。

無数の黒目が憎しみのこもった視線を瑠璃に向ける。しかしばらばらになった鬼は、ついに動かなくなった。

「やった……倒したんだ」

双子が地面にへたりこむ。瑠璃も錠吉も、安堵して肩を落とした。大蛇が蠢きながら地中を伝い、刀の柄へと収束していく。

「瑠璃、無事かの」

すとんと地に降り立った炎は、猫の姿に戻っていた。呼吸が荒いところを見るに、赤獅子の姿に変化し、なおかつ戦闘までするのは、今の炎にとってはかなり疲弊するものらしい。

平気だと答えようとした時、周囲を見まわしていた権三が急に声を荒らげた。

「皆、急いでここを離れるんだ、早くっ」

瑠璃は顔をしかめた。

「そんなすぐに動けるわけないだろう。こちとら腕が折れてんだ、少し休まねえと……」

「悠長なことを言ってる場合じゃない、これは罠だ。早く逃げろっ」

錠吉も負傷しているとわかっているはずなのに、権三の剣幕は尋常でない。

異変を察した双子が後方から走り寄ってきた。楢紅も宙を浮遊し、二人の後についてくる。双子は黒扇子をすでに閉じていた。四方を囲んでいた檻の結界が薄くなり、白い光が消えていく。それを見るや、権三の顔からは血の気が引いていた。

「駄目だ、急いで結界を張りなおせっ」

権三が声を張った、その時。

風を切る音をさせてどこからか矢が飛んできた。三本の矢が瑠璃たちを囲むように地に刺さる。刺さった地点から泥に似た壁が一挙にせり出す。

「くそっ、遅かったか」

「何でこれが……」

辟邪《へきじゃ》の武《ぶ》。鳩飼いが用いる、結界の術だった。

「はは。よく倒せたな、あんなでけえ鬼を」

せせら笑う男の声がして、瑠璃は凍りついた。

「ご苦労さん、とでも言ってやろうか？　なあミズナ」

右の暗がりから歩いてきたのは、惣之丞と柚月であった。

「どういう、ことだ」

問うように横を見やる。権三は悔しげに歯を食い縛っていた。

「そこのごつい兄さんが言ったとおりさ、罠だったんだよ。そうとも知らずのこのこやってきて。鬼を倒して安心してたとこ悪いが、ここまでだな」

呆然としている瑠璃たちを尻目に、惣之丞は小声で何かをつぶやき始めた。すると散り散りになった一つ目鬼の頭部と胴体が、黒い砂となって惣之丞のまわりに集まっていく。惣之丞が掌を上に向けると、黒砂は球体と化して掌に収まった。

かと思いきや、惣之丞は怨念が凝縮された球体をやおら口に含み、ごくん、と呑みこんでしまった。

前触れもなく見せられた光景に薄気味悪さを禁じ得ず、瑠璃たちは身をすくめた。片や惣之丞はしかめっ面で独り言をこぼしている。

「うわ、ひでえ味だな。吐き出さないように気をつけねえと……だが思ったとおり、いい具合に怨念が熟成されてる」

「一つ目鬼は、お前らの切り札だったんじゃ……」

するとが惣之丞はさも愉快そうに笑ってみせた。

「ばあか、違《ちげ》えよ。こいつは切り札への単なる餌だ。初めは傀儡にして自由を奪ってから呑みこもうと思ってたけど、あの強さの鬼ともなると傀儡にするのも一苦労だと考え直してな。お前らが戦ってくれたおかげで手間が省けたのさ、ありがてえこった」

瑠璃たちと惣之丞たちの横には、分断された鬼の手足だけが残っていた。おそらく一つ目鬼の核になっていたのが頭部と胴体であり、惣之丞はそれらから怨念を抽出したのだろう。

「そんな、罠だったなんて……いつから……」

あれほど手強かった一つ目鬼すらも、真の切り札への餌に過ぎなかった。そうとも知らず、黒雲は鳩飼いの餌づくりに一役買ってしまったのである。一同の胸を言葉にならぬ虚脱感が襲った。

「この俺が、逃げた狛犬をただ放置しておくわけねえだろ。お前らに情報を流される危険を、考慮していなかったとでも思ったか？」

「てめえ、わざとこまを泳がせたのか」

「んな怖い顔すんなよ。俺は狛犬を殺そうなんて思ってなかったんだぜ。こいつの暴走は、予定になかったんだ」

惣之丞は横目で柚月を睨む。申し訳なさそうに下を向く童子に嘆息すると、瑠璃に視線を戻した。

「だが結果的にはよかったよ。俺が一つ目鬼を狙っていると、狛犬から聞いたんだろ？　お前は必ず俺の先回りをしようとここにやってくる。俺が作戦を変えたとも知らずにな。浅慮《せんりょ》にも程があるぜ」

瑠璃がこまを見捨てられないだろうことを、惣之丞は読んでいたのだ。忠義に厚い狛犬なら瑠璃に切り札のことや一つ目鬼の情報を流すに違いない。惣之丞はそれを、あえて見過ごした。そして一つ目鬼を自ら傀儡にする計画を変更し、黒雲がここに来るのを待ち伏せた。

「どうしてわっちらが今日来るとわかった？　密偵もいないのに」

「お前が一つ目鬼の情報を得るには、密教僧から話を聞くしかねえだろ。安徳の爺《じい》さんに会いに行くと思ってな、こいつを慈鏡寺に張らせといたのさ」

言うなり惣之丞は空に向かって口笛を吹いた。バサバサと羽ばたく音がしたかと思うと、上空から鴉が一羽やってきて惣之丞の腕に止まる。

瑠璃の目は鴉の姿に釘付けになった。

鴉の胸には傷があり、羽もところどころが抜け落ちている。慈鏡寺の塀で瑠璃を見ていた、あの鴉であった。

「蟲毒といってな、生き物の死骸を操る呪術だよ。死骸とはいえ畜生を操るのは難しくて、動かせる範囲は狭められちまうが、あの小さい寺くらいなら問題なかった」

突然、惣之丞の腕に止まった鴉が生気を失ったかのように地に落ちた。見る間に残っていた羽が抜けていき、肉が腐り始める。おそらくは肉体の限界を迎えて術が切れたのだろう。

惣之丞は汚らわしいとでも言いたげに鴉の死骸を横に蹴飛ばした。

「面倒な術を使ったところでお前が慈鏡寺に来るかどうかは、半分は賭けみたいなモンだった。でもお前は案の定やってきた。鴉を通して俺が聞いてるとも知らねえで、ぺらぺら日取りまで話しちまってさ」

黒雲が一つ目鬼の退治に向かう日取りを把握した惣之丞は、だからこそ作戦を練り直そうと思い至った。つまりは餌にする前に、一つ目鬼と黒雲を戦わせる作戦である。

――だからここに着いた時、封印が解けてたのか。

風音のように聞こえたささやき声は、惣之丞のものであった。瑠璃たちが到着したのを見計らって、惣之丞は一つ目鬼の封印を解く文言の、最後の一節を唱えたのだ。

一つ目鬼と黒雲をぶつからせれば、労せずして餌を手に入れ、かつ黒雲の戦力を殺《そ》ぐこともできる。惣之丞は黒雲を一掃するよい機会だと踏んだのだろう。瑠璃は狡猾《こうかつ》な義兄に裏をかかれると考えなかった己が腹立たしくなった。

と、惣之丞の声色が変わった。

「お前が死ねば、楢紅との血の契約も切れる。やっとお袋を自由にしてやれるよ」

瑠璃は目を走らせ、傀儡が自身の背後に佇んでいるのを確認した。息子の声が聞こえているのか否か、楢紅は口元に微笑をたたえるばかりで何も反応しない。

「お前たち、辟邪の武を解けないか？」

「さっきから試してるんだけど、うまくいかないんだ」

「前は鎖の結界で解けたのに、何でだちくしょうっ」

双子が経文を唱えるも、鎖は一向に現れない。

「お前ら黒雲が結界を強化したと知って、何も対策しないわけがねえだろ。鳩飼いも辟邪の武の呪力を強めたのさ……さて、後はどう料理してやろうか」

惣之丞は邪悪な笑みを浮かべると、背後に向かって声をかけた。

「花扇、花紫、雛鶴。お前らに興を頼もう。呪いの目で今度こそ、こいつらの体と魂が消えるのを見せてくれよ」

呼びかけに応じ、暗がりから三体の傀儡たちが姿を現した。

惣之丞が生き鬼になるよう仕向け、傀儡にした四君子の三人。竹の仕掛をまとうのは瑠璃の友、雛鶴である。

雛鶴の左袖は不自然に風にあおられていた。あたかも袖の中が、空洞であるかのように。

「……てめえ、雛鶴に何をしたんだ」

「言ったろ？　辟邪の武を強くしたって。お前らが矢じり要員の傀儡を消しちまったから、こいつの骨を使うしかなくなったんだよ」

惣之丞は不服そうに言って雛鶴の袖を持ち上げた。中身のない袖がぐにゃりと垂れ下がっている。

瑠璃は地面に刺さっている白い矢を見た。

辟邪の武は鬼の呪力を礎《いしずえ》にしている。惣之丞は鬼の骨を削って採取し、矢じりにしていた。つまり今、目に映っている矢じりは雛鶴の骨だというのである。生き鬼たる雛鶴の骨を使っているからこそ、双子の力でも辟邪の武を解けないのだ。

絶句している瑠璃には目もくれず、惣之丞は閃いたかのように手を打った。

「いや待てよ。それか弓矢で一人ずつ、眉間を射抜いてやるってのもいいな。どうだ柚月？」

「承知しました、惣之丞さま」

横に控えていた柚月が矢をつがえた。

「やめろっ。咲良《さくら》、そいつの命令なんか聞かないでくれっ」

突如、権三が悲痛な声を上げた。瑠璃たちはわけがわからず権三に視線を注ぐ。

権三は痛ましい面持ちで柚月を見つめていた。

「あの子は柚月なんて名前じゃない。本当の名は咲良。俺の、実の娘です」

瑠璃たちは耳を疑った。一斉に柚月を見返る。

柚月は無表情に権三へと矢じりを向けていた。

「待てっ。どういうことなんだ権さん、ちゃんと説明してくれ。娘だなんて、あいつは男じゃねえか」

「いいえ、男の格好をしているだけです。地獄で素顔を見た時、俺は確信した。十一年前にいなくなってしまった娘があの子だと。あの子の顔は、死んだ妻に瓜二つですから」

思い返せば地獄に乗りこみ鳩飼いを追い詰めた際、権三は柚月だけでも取り返すべきと主張していた。あれは鳩飼いから結界役を奪うという意図ではない。柚月が自分の娘だと気づいたからこその言動だったのだ。

瑠璃は泥の結界の向こうへ目を眇める。言われてみれば柚月は、男の童子にしてはやたら体の線が細い。勝気な表情はさておき、太めの眉が、どことなく権三に似ている気がした。

「つたく柚月、まだ説得されてたのか？　しつこいようなら隙を見て殺せって言っただろ」

気怠げな惣之丞のぼやきを受け、柚月は構えていた弓矢を下ろして俯いた。

「申し訳ありません。体を動かせなくなる術をかけておいたんですが、かけ方が甘かったようです。お許しを」

瑠璃たちは未だ信じられなかった。権三の言うことが正しければ、柚月の母親はよし乃であるはずだ。しかし柚月は、自身の母親は死した鳩飼いの一員、夜鷹だと言っていた。

「よし乃さんを吉原に売った女衒って、まさか鳩飼いの？」

錠吉の予想に権三は苦悶の表情を浮かべ、わずかに首肯した。

「俺の過去を調べたんだな……そうだ、鳩飼いの構成員だった女衒が俺の家内を吉原に売り飛ばし、子どもまで奪ったんだ」

阿久津と共謀していた女衒。その正体は夜鷹と同じく惣之丞に見殺しにされた、鳩飼いの一員だったのだ。

「あーあ、興醒めだ。お前らが無様に死んでく顔を見るの、楽しみにしてたのによ」

白けちまうな、と惣之丞は肩をすくめてみせる。

「まあこの際だから冥途《めいど》の土産《みやげ》に教えてやろう。そこの兄さんが言うとおり、柚月は赤子の時、俺の手下だった女衒に渡された。けど当然、吉原には売れやしねえ。橋の下にでも捨てようとしたらしいが、そんならと夜鷹の奴が引き取ったんだよ」

だが夜鷹は善意から赤子を譲り受けたのではない。結界のいろはを仕込み、自分の身のまわりの世話をさせる魂胆であった。夜鷹は娘を柚月と名づけ、手ひどく酷使した。

「どいつもこいつも、鳩飼いってのは性根が腐った奴しかいねえのか」

「どうしてそんなひどいことができるの」

「おいおい、勘違いすんな。こいつやこいつの母親をどうこうしたのは俺じゃねえぞ?」

怒りに声を震わせる双子に対し、惣之丞は心外だと言わんばかりに鼻白んだ。

「こんな小せえ子どもを洗脳しといて、よく言うよ」

瑠璃は刺々しく言い放つと柚月に目を転じた。

「おいお前、なぜ惣之丞に付き従う？　お前に危害は加えなかったかもしれんが、そいつだってお前が憎んでた夜鷹と同じ穴の狢《むじな》だ。小さくてもそれくらいわかるだろう？　もしかしてお前も脅されてたのか」

水を向けられた柚月が、きっと瑠璃を睨みつけた。

「そんなんじゃない、あんたなんかに説教される筋合いは……」

「咲良、もうやめなさい」

そう遮ったのは権三であった。懇願するかのような声に、柚月はまくし立てようとしていた言葉を引っこめた。

「前にも話したが、本当ならお前には、今とはまったく違う暮らしがあったんだ。女子として普通に生きて、同じ年代の子らと遊んで、何の心配もなく笑える生活が。過ぎた時間は取り返せない、けど今からでも遅くないんだ」

「……うるさい」

「お前のおっ母さんはお前のことを、何よりも大切に思っていた。俺だってそうだ。戸惑う気持ちもわかるが、俺はお前のことを一日だって忘れたことはなかった。生きているとわかった時は本当に嬉しかったんだ……だから頼む、こっちに来てくれ。お前が戦う必要なんてないんだよ」

「うるさいうるさいっ。俺は惣之丞さまのおそばにいたいんだ。どいつもこいつも、邪魔するんじゃねえよっ」

どうやら柚月は惣之丞にとことん心酔しているようだ。夜鷹と暮らす辛さから掬《すく》い上げてくれた惣之丞に憧れ、おそらくは惣之丞のようになりたいと、男の格好をするようになったのだろう。

しかし瑠璃は、威勢のよい言葉とは裏腹に、童子の心が揺れ動いていると感じ取った。

「父親の想いを、蔑ろにするのか。それがお前の本心か？」

柚月の勝気な面差しが、微かに変化した。

「実の父親と敵対していたと知ってさぞ驚いたろうよ。でも権さんの言葉は少なからず、お前の心に響いたはずだ。動けなくするだけで命を奪わなかったのは、本当の親の愛情を感じたからじゃないのか？」

柚月は答えに詰まっている様子だった。だがややあって顔を上げると、冷たい声で吐き捨てた。

「俺に父親なんかいない。術をかけたのは、帰ってからゆっくり殺してやろうと思ったからだ」

辛辣な発言に、瑠璃は慌てて傍らをうかがう。権三の顔からは表情が失せていた。

「俺は惣之丞さまのおそばにいられれば、それだけで幸せなんだ。惣之丞さまを悪く言う奴は許さない。何が父親だ、今さらそんなモン必要な……」

「頭っ、鬼が」

唐突に張り上げられた声を耳にし、瑠璃は栄二郎が指し示す方を見やった。

地面に残った一つ目鬼の指が一本、びくんびくんと引きつけを起こしていた。まだわずかながら怨念が留まっていたのだろうか。と思いきや、指は突如として意思を帯び、地面から飛び上がった。

最も近くにいた惣之丞へと恐るべき速度で迫る。鋭利な爪が光る。瑠璃は、攻撃を察知した柚月が一歩を踏み出すのを目に留めた。

「咲良、駄目だ、逃げなさいっ」

鬼の残骸が死角になっていた惣之丞もまた、指が動きだしたことに反応できないでいた。惣之丞の前へと飛び出す柚月。事態を呑みこんだ惣之丞が、童子の襟首をつかんだ。

「やめろ惣之丞、その子を離せっ」

「咲良……」

鬼の指が鋭い爪で柚月の腹を捉え、一気に背中まで貫通した。

瑠璃たちは結界の中で硬直した。

消滅しかかっていた鬼にとってはこれが、最期の足掻きだったのであろう。柚月を貫いた指も、地に散らばっていた他の肉片もすべて、黒い砂となって空中に溶けていった。

「おい……柚月」

自らの代わりに攻撃を食らった柚月の襟首を、惣之丞はなおもつかんでいた。手を離すと、童子の小さな体は、地面に崩れるようにして倒れた。

腹には大きな穴が開いている。もはや手の施しようもないことは、誰の目にも明白だった。

「咲良、しっかりしなさい、咲良っ」

柚月は横向きに倒れたまま、権三を弱々しく見つめていた。瞳が揺れている。目が見えなくなり始めているようだった。

「……ごめん、お父っつぁん」

権三は微かに息を呑んだ。

「会えて、本当は嬉しかったんだ。俺には優しいお父っつぁんがいたんだって、心ではすごく、嬉しかったのに。けど、俺は、お父っつぁんの気持ちに、どうしても応えられなかった」

辟邪の武から邪気が薄れていく。柚月は権三から目を離し、仰向けに寝転んだ。惣之丞を見上げる口からは血が流れ出ている。憧れ、背中を追い続けてきた男に向かい、震える手を伸ばす。

「ごめんなさい、惣之丞さま。ずっとずっと、おそばにいたかった。ごめんなさい。でも褒めて、くれますよね……」

柚月の手が、ふっと力を失い、地に落ちた。

結界の効力が切れたのだろう、辟邪の武が砕け散ると同時に、権三はその場で地面にくずおれた。

野原に息苦しいほどの静寂が流れる。風が、一同の心をさらっていくようだった。

惣之丞は動かなくなった柚月を黙って眺めていた。と、何を思ったか、いきなり片脚を上げた。

勢いがつけられた惣之丞の草履が、柚月の亡骸《なきがら》を蹴り飛ばした。

「死んでんじゃねえよ、役立たず」

瑠璃の思考は停止した。

惣之丞は転がった柚月の体を執拗に踏みつけた。結界
「お前のことなんざ、何とも思っていなかった。結界役だからそばに置いてやってた
役だからそばに置いてやってただけだ、ガキが勘違いしやがって」

魂の抜けた亡骸が揺さぶられる。何度も、何度も。

「女のくせに男の身なりなんかしやがって、俺への当てつけか？　お前を見てると、惣右助を見てるみてえで、苛々、してたんだよっ」

罵倒しながら小さな亡骸を蹴り続ける惣之丞。錠吉も双子も、炎ですら、体に根が張ったかのごとく動けなかった。混沌とした念が、胸の内にとぐろを巻いていく。

叢雲《むらくも》とともに訪れた雷鳴が、厳めしい響きをもって臓腑を揺るがした。

瑠璃の瞳が自ずと権三に向かう。

同志の頬には涙が一筋、伝っていた。

権三が泣いている。仲間想いの権三が、あの優しい笑顔で皆を支えてくれた権三が、泣いている。泣いている――。

瞬間、瑠璃の中に張り詰めていた糸が、ぷつ、と切れる音がした。

九

飛雷は、鬼を斬るために振るうもの。鬼の魂を浄化し、輪廻《りんね》転生《てんせい》の理《ことわり》へ帰すためだけに振るうものだ。

これが、瑠璃の潜在意識に根づいていた信念――の、はずだった。

「……殺してやる」

しかし瑠璃の右手は今、飛雷の柄を最大限の力をもって握り締めていた。面差しからは感情の一切が失せ、瞳孔が開ききっている。

心に兆したのは紛れもない殺意。鬼ではなく、義理の兄を斬り殺さんとする衝動であった。

瑠璃は静かに足を踏み出した。気づいた炎が着流しの裾に嚙みつく。

「いかん瑠璃、斬ってはならんっ。今あやつを斬ればお前の心には決して消えぬ傷が残る、後悔したくなければ下がれ」

必死に制止するも、猫の姿のままではあまりに非力すぎる。一つ目鬼との熾烈《しれつ》な戦いを終えた炎にはもはや、赤獅子に変化する力が残っていないのだ。

炎の声が聞こえないのか、瑠璃は無言で歩を進める。裾にかかる重みすら感じていないようだ。さび猫の力では限界で、炎は裾を離すしかなかった。

「何をしておる、早く瑠璃を止めんかっ」

男衆に向かって叫ぶ。すると我に返った錠吉が瑠璃の前に立ちふさがり、行く手を阻んだ。

「……どけ」

「嫌です」

錠吉が妖刀を奪い取ろうとするや、瑠璃は何の前触れもなく左脚を上げた。

強烈な蹴りが錠吉の腹に命中した。錠吉は膝をついてうずくまる。一つ目鬼にも痛めつけられた腹にさらなる衝撃を受け、吐血した。

双子はいずれもその場で固まったままだった。惣之丞の暴虐を目の前で見せられた彼らは、心が彼方へ行ってしまったかのように放心していた。

錠吉の苦しげな姿には何の関心も寄せず、瑠璃は殺気をまといながら、惣之丞へと一歩ずつ近づいていく。惣之丞は義妹の形相が一変しているのを察して四君子を呼びつけた。

「お前ら、前に出ろ。俺の盾になれっ」

花扇、花紫が惣之丞の前に立ち、両腕を広げる。さらに雛鶴が宙を移動して先頭に立った。

瑠璃は四君子を斬ることができない。惣之丞はそう考えて三体の傀儡に命令したのだ。特に四君子の一人、雛鶴は、瑠璃が救いたいと執心していた遊女。それを理解しているからこそ、惣之丞は彼女たちを盾に使おうとしていた。

「さあどうする？　こいつらの魂がどうなってもいいって言うなら、斬ればい……」

不意に、瑠璃は飛雷を握る右腕を上げた。ひゅん、と音をさせ、軽い動作で妖刀を横に振り抜く。

飛雷が雛鶴の胴体を斬り捨てた。軸を失った体があっけなく地に倒れる。

惣之丞の前にはまだ二体の傀儡がいる。だが瑠璃の目は、ただ一直線に惣之丞のみを捉えていた。

視界に入る者すべてを滅さんとする夜叉《やしゃ》の顔。怒りに呑みこまれ、理性の箍《たが》が完全に外れてしまっていた。

「駄目、お願いだよ、頭……」

あれだけ救いたいと望んでいたはずの雛鶴を、こうも簡単に斬ってしまったと気づき、栄二郎は突き動かされるように駆けだした。足をもつれさせながら瑠璃に向かってひた走る。

「はは……お前、自分が何をしたか、わかってるのか」

惣之丞は声を引きつらせていた。

「花扇、花紫。この女に呪いの目を見せてやれっ」

命令を聞いた二体の傀儡が、目元に巻かれた白布を上げようとする。

瑠璃は再び妖刀を宙にかざした。まるで羽虫を払うかのごとく無表情に振るう。花扇の体が真っ二つになった。返す刀で花紫をも斬り捨てる。

斬った傀儡たちには見向きもせず、瑠璃はまっすぐに惣之丞へと歩を進めていく。

その時、栄二郎が飛びつくようにして瑠璃の背中を抱きすくめた。

「いけない頭、目を覚ましてっ。これ以上は」

「はな、せ」

瑠璃は身をひねり、強引に栄二郎を振り払おうとする。しかし栄二郎は決して瑠璃を離そうとしなかった。もつれる二人。瑠璃の目がようやく惣之丞から離れた。視線がはたと地面へ移る。

双眸に、動かなくなった雛鶴の体が映った。

瑠璃はもがくのをやめた。

瞳が揺れ、次第に全身がぶるぶると震えていく。折れた左腕が、思い出したかのように痛みを訴える。栄二郎は泣きながら瑠璃の背中にしがみついていた。

「雛、鶴……？」

——どうして。何で、雛鶴が倒れてるんだ。

と、雛鶴の体が黒砂に変じ始めた。肌が、髪が、ぼろぼろと砕けていく。瑠璃は棒立ちになったまま、雛鶴の消滅をひたすら眺めることしかできなかった。

四君子たちは皆、黒い砂と化して空気の中へ消えていった。惣之丞が武器として呪術を施してあったからだろうか、持ち主を失った前帯のみが残り、湿った土の上でてらてらと光っていた。

「この、馬鹿女が……よくも俺の傀儡を斬りやがったな……」

惣之丞の胸中では憤怒の情が勝ったらしい。柚月の傍らに落ちていた弓矢を拾い上げ、後ずさりつつがなり立てる。

「わかってるのか？　お前は生き鬼を浄化する術を、永遠に失ったんだぞ」

——わっちが？　わっちが、斬ったのか、雛鶴を……。

自分が何をしでかしてしまったのか、瑠璃はようやく理解した。雛鶴の魂はもうこの世にはない。契約を果たすべく、引きずられてしまったのだ。

幽冥《ゆうめい》なる、地獄に。

刹那、瑠璃の心をどす黒い感情が染め上げた。

「栄、危ない離れろっ」

獣が発するのに似た猛々しい圧が空中に漏れ出る。

錠吉の叫び声を受け、栄二郎が思わず身を離した時。瑠璃の体から青い旋風が噴出した。

突発的に生まれた旋風は瞬く間に勢いを増し、瑠璃の全身を包みこんでいく。栄二郎は風圧に耐えきれず地面に倒された。

「何で……飛雷に呼びかけたわけでもないのに」

青い旋風には、わずかに黄みがかった色がまじっていた。

上空で激しい雷鳴が轟き、稲光《いなびかり》が走る。

閃光に浮かび上がった瑠璃の背中。そこに人ならざる両目を見た気がして、栄二郎は身の毛がよだつ感覚に襲われた。

「龍神、さま」

しかしそれは一瞬のこと、次に目を凝らした時には、瑠璃の背中には何もなかった。

「ミズナ。やっぱりお前は所詮、偽善者だったんだ」

栄二郎と瑠璃から距離を取った惣之丞の顔には、狂気を孕んだ笑みがあった。四君子という手札を失った惣之丞もまた、怒りに自制心を失ってしまったようだ。

「生き鬼は斬れないなんて、自分に思いこませてただけなんじゃねえのか？　自分は善人だと思いたいがためのくだらねえ信念だ。可哀相に、雛鶴の魂は地獄に行っちまったよ。お前のせいでな」

栄二郎は、瑠璃が妖刀の柄に力をこめているのを目に留めた。胸元にあった印は今や指の先まで到達している。

「頭、聞かないでっ」

栄二郎の願いは届かなかった。

黒雲の男衆と炎が見ている前で、瑠璃は刀の切っ先を惣之丞に向け、地を蹴った。止めたい。だがもはや、止められない。頭領の体を包む旋風を見て、誰もが諦念を抱かざるを得なかった。

瑠璃は惣之丞だけを見据え、風を切って疾駆する。対する惣之丞は、矢をつがえて瑠璃の眉間に狙いを定める。

瑠璃の手に強靱な膂力がこめられた。妖刀が長大な鉾《ほこ》のごとく長さを増し、義兄へと伸びていく。同時に惣之丞も義妹に向けて矢を放った。

黒い刃と白い矢。どちらが先に、相手を貫くか。時はもどかしいほど緩慢に流れていく。

両者が交差するかと思われた瞬間。

瑠璃の視界を人影が一つ、遮った。

楢紅が瑠璃と惣之丞の中間に飛び出していた。傀儡の腹に飛雷の刃が突き刺さる。

唐突な出来事に反応が遅れた瑠璃は、止まることができなかった。刃がずぶずぶと楢紅の背中まで貫かれる。

妖刀を握る手が楢紅の体に触れたところで、瑠璃はやっと立ち止まった。

「楢、紅」

傀儡の腹から黒い血が流れて、地に滴り落ちる。背中には惣之丞が放った矢が刺さっていた。

楢紅はいきなり両腕を広げて瑠璃を抱き締めた。命令にしか従わないはずの傀儡の、確たる意思を持った行動に、瑠璃は狼狽した。

「やめろ、離せっ」

楢紅を突き飛ばそうと飛雷を手放す。長さを増していた飛雷の刀身が元の寸法に戻っていく。

錯乱したように暴れる主を、榴紅は抱いて黙している。腹には飛雷、背には矢が刺さったままだ。瑠璃は無我夢中で腕をばたつかせ、身をよじった。

渾身の力を振り絞って榴紅を突き飛ばす。直後、瑠璃は榴紅の顔に目を奪われて蒼白になった。

「あ……」

暴れた拍子に紐が緩んでしまったのだろう、榴紅の顔からは目元を覆う白布が外れていた。白布の奥にあったのは生き鬼の、万物を消滅させる呪いの目。全身を逆流するかのように脈打っていた血が、すう、と下がっていく感覚がした。

瑠璃は我知らず地にへたりこんだ。

初めて目の当たりにした生き鬼の目。赤と黒色がまじりあった眼球が螺旋《らせん》を描いている。生者とも鬼とも異なる毒々しい双眸は、まっすぐに瑠璃を捉えていた。

瑠璃は地面に尻をついたまま、榴紅を声もなく見上げた。赤と黒の怨念が、心にじわじわと侵食してくるようだ。螺旋に魂を吸いこまれるような感覚。頭の中は真っ白になっていた。全身を包んでいた旋風も、勢いを殺がれて収まっていった。

榴紅が静かに腰を屈める。呪いの両目が鼻先まで近づいてきても、瑠璃は微動だにできず、視線を外すことすらかなわなかった。
楢紅はもう一度、瑠璃を抱き締めた。どれほどの時が流れたのだろう。瑠璃は楢紅
がささやく声を聞いた。

――――。


段々と、楢紅の体から力が抜けていった。瑠璃を抱く両腕が黒い砂となって崩れ始める。緩やかな風が吹き渡り、黒砂はさらさらと、闇の中へ溶けていった。

そして楢紅は消滅した。瑠璃の足元に残ったのは、傀儡がまとっていた楓樹の仕掛だけであった。

ぽつ、と額に雫が落ちる。降りだした雨はあっという間に強さを増し、雫が地面に叩きつけられるようにして跳ねる。

「頭っ」

封を解かれたかのように栄二郎が駆け寄ってきた。瑠璃の顔を両手で包んでのぞきこむ。一緒に走ってきた炎も、膝上に飛び乗って瑠璃を見上げた。

「瑠璃、おい瑠璃っ。聞こえておるか」

「見たの、楢紅の目を？　ねえ頭、答えてっ」

焦燥に駆られて声を張り上げる。瑠璃の瞳は虚ろに宙をさまよい、やがて栄二郎の顔に留まった。

「栄、二郎」

茫然自失としてはいるが、瑠璃の目は正気に戻っていた。体にも何ら変わった気配がない。

「呪いの目が、効かなかったのか……？」

龍神の加護が働いたのだろうか。炎は瑠璃を食い入るように見て黙りこんだ。

「どうしてだ、お袋。どうして」

震える声がした。

一同が惣之丞へと視線を向ける。白い弓をだらりとぶらさげ、惣之丞は地面を見下ろしていた。

「どうしてこいつを守ったんだよっ」

怒号を放つ惣之丞の顔には、激昂と悲哀が綯《な》い交ぜになっていた。

「血の契約がどれほどの効力を持つっていうんだ？　母親なのに、息子を守ってもくれねえのかよ」

楢紅、かつての朱崎は、惣之丞の実の母である。危機に瀕していたのは惣之丞も同じだった。にもかかわらず、楢紅は瑠璃を守らんとするような姿勢を取った。瑠璃が命じてもいないのに飛び出してきたのは、血の契約を破るほどの強い意志が楢紅の心に生まれたからであろう。

楢紅は血を分けた息子でなく、主である瑠璃を選んだのだ。惣之丞にはそう見えていたらしかった。

野原を打つ雨が、瑠璃を、そして惣之丞の体をも、無情なまでに冷たく濡らしていく。

瑠璃は義兄に一言も返せなかった。激しく揺さぶられた心は今も混沌の只中にあるようで、瑠璃自身、楢紅の真意を呑みこめていなかったのだ。

すると歯ぎしりをしていた惣之丞が、不意に独り言ちた。

「ああ、そうか。お袋すらも俺の志を認めてくれなかったのか。俺を理解してくれる奴なんて、やっぱりどこにもいないんだな」

笑みを押し殺すような声に、瑠璃はぞくりと肌が粟立つのを感じた。

端正な惣之丞の顔立ちは、まるで作り物のように無機質だった。

「お袋だって虐げられる立場だった。姦巫の一族として、遊女として……だから俺は決心したんだ。お袋のために世を引っくり返してやろうと。なのにお袋は、それを望んでなかったんだな。俺の一人相撲だったのか？　はは」

乾いた笑い声を上げ、惣之丞は雨の降りしきる夜空を仰いだ。

楢紅は瑠璃の刃に貫かれた。が、惣之丞が放った矢も同様に、楢紅の背に命中していた。母親の消滅に自分も加担したことになったのである。惣之丞は気が触れてしまったかのように笑い続けていた。

野原に不穏な笑い声がこだまする。

しばらくしてから惣之丞はぴたりと笑うのをやめた。

「だが、ゆめゆめ立ち止まりはしねえ。たとえお袋がいなくなっちまっても、俺の決意が変わることはない」

ゆっくりと視線を下ろし、瑠璃を冷徹な瞳に据える。

「惣之丞。もう、やめるんだ」

瑠璃の喉からようやく声が漏れ出た。

惣之丞の顔つきは、見えない何かに囚われているようだ。義兄の執念は何ゆえここまで強いのだろう。いくら思案を巡らせてみても、答えは出なかった。

「お前をそうまでして突き動かすものは何なんだ。楢紅のこと以外にも、何か事情があるのか？」

「俺の心を知ろうとするな。虫唾《むしず》が走る」

ばっさり唾棄《だき》すると、惣之丞はなぜか瑠璃を哀れむような目で見た。

「お前に俺は止められないはずだ。お前だって、差別の対象なんだから。気づいてないわけねえよな」

「……知ってるさ。そんなこと、とっくに」

肩を支えていた栄二郎が、はっと瑠璃を見やった。

「違う。惣之丞の言うことなんて鵜呑《うの》みにしないでよ」

「いいんだ栄。事実なんだから」

栄二郎は二の句を継ごうとしていたが、しかし俯いてしまった。世間が遊女の存在をどう捉えているか。廓で育ってきた栄二郎も、瑠璃と同じく思うところがあったに違いない。

「知っているならなぜ俺を止める？　お前も、お前が一緒に暮らす朋輩たちも全員、謂《い》われもなく蔑視されてるんだぞ。それなのにお前は何も思わねえのかっ」

惣之丞は勃然《ぼつぜん》と目を血走らせていた。

「俺の心願が成就すれば差別されて泣く奴が一人もいなくなるんだ。俺のやっていることこそが、正義だ」

「正義？　ほざくのも大概にしろ」

惣之丞の頬が、ぴくりと引きつった。

「……何だと？」

瑠璃は苦々しく後方を目で示す。

錠吉と豊二郎に寄り添われた権三が、柚月の体を抱き上げていた。うずくまる権三からは何の声も聞こえてこない。だが瑠璃は、権三が涙に暮れているのだとわかっていた。

「その正義とやらを果たす過程で泣く奴がいても、お前はそれでも主張を曲げないのか？　随分と虫のいい話だな。そんな正義は、糞《くそ》食らえだ」

「目先のことしか見えてない奴に言われたかねえ。柚月はこの先、幾年と続く世のために犠牲になったんだ」

「たった一人の仲間が死んじまったのに、お前はどこまで……」

すると惣之丞は、ゆっくりと首を横に振った。

「もう結界はいらない。柚月は俺を守るって役目を果たしてあの世に行った、それでいいじゃねえか。あいつにとっても本望だろうよ」

その言い草に、瑠璃はどこか引っかかるものを覚えた。

「鳩飼いにだって結界役は欠かせないだろう。それにあの子どもはお前にとって、唯一の理解者だったんじゃないか？　あいつは見返りも求めず、ただお前のそばにいたいと望んでいた。少なからずお前の心の支えになっていたはずだ。後悔は、してないのか」

惣之丞は権三に抱かれる柚月の亡骸を、しばしの間見つめていた。が、冷たい眼差しが変わることはついぞなかった。

「後悔なんて、弱い奴がすることだ」

突如、惣之丞は口を手で押さえて激しく咳きこみ始めた。以前も感じたように、やはり体調は芳《かんば》しくないようだ。よく見れば頬がげっそりとこけ、目の下のくまはさらに濃くなっている。瑠璃は惣之丞の指の間から血が伝うのを見た。

「うう……ぐ、く……」

両手で口元を覆う仕草はまるで、何かが口から出てくるのを押し留めているかのようだ。

と、惣之丞の体が不自然に歪み始めたのを見て瑠璃は目を瞠《みは》った。体内で何者かが暴れているかのごとく、背や腹、肩が、ぼこぼこと膨れては元に戻る。

惣之丞は哮《たけ》り叫んだ。

本能的に危険を感じたのか、双子が黒扇子を開く。

爆発のごとき衝撃波が、惣之丞を中心に波紋となって押し寄せてきた。目に見えぬ波動が風を起こすでもなく野原に広がる。臓腑に響く不気味な振動は、しばらく続いた後、次第に収まっていった。

「今のは、何だ」

瑠璃は四方を見まわした。

一帯に生い茂っていた歯朶が、すべて枯れていた。一つ目鬼の鬼哭でも倒れなかった木々は、水分を奪われたかのように細くなって倒れている。

間一髪で双子が球状の結界を張ったことにより、黒雲は無事であった。だが結界が張られた地点を除き、命あるもの一切が死滅していた。

瑠璃は雨がやんでいるのに気づいて空を仰いだ。上空にあった雨雲までもが——見る影もなく、消え失せていた。

「お前が、やったのか……惣之丞……?」

惣之丞は肩を上下させつつ口元の血をぬぐった。

「ああ、そうだよ。正確に言えば俺と一体になりつつある者が、だけどな」

体が微かに揺れているところを見るに、惣之丞は立っているのがやっとの様子だ。

一方で瑠璃も立ち上がることができなかった。

異様な静寂が辺りに流れる中、己の心の臓が脈打つ音だけが、やけに大きく聞こえていた。

「今回は痛み分けだな、ミズナ。だが最後に勝つのはこの俺だ」

惣之丞は小さく笑うと、何事かつぶやいて手を横に伸ばした。四君子たちが着けていた前帯が、宙を滑って近づいてくる。前帯は惣之丞の体を包むようにして巻きつき始めた。

するすると惣之丞を包む前帯。惣之丞は最後にもう一度、瑠璃に向かって何かを言いかけた。しかし声を出すこともなく口を閉ざした。

首から上が包まれる寸前で、惣之丞は背を向けた。瑠璃は義兄のうなじへと視線を伝わせる。

鳩飼いの切り札を示すと思われる呪印が濃さを増し、邪悪な気を発していた。

——馬の、形……。

やがて全身を包んだ前帯は、惣之丞の体もろとも手妻のように消えてしまった。

命の気配が失せた野原に、湿った風が吹き渡る。

瑠璃たちは誰一人として声を発しなかった。身動きを取ることもできず、瞬きすらも忘れ、ただ慄然と、浅い呼吸ばかりを繰り返していた。

十

黄昏時の吉原。驟雨《しゅうう》に濡れそぼった地面には、いくつもの水溜まりができていた。夜見世を控えて忙しいのであろう、若い衆たちが裾をからげ、足早に通りを駆けていく。

「そうか。楢紅は、いなくなってしまったんだね」

黒羽屋にある瑠璃の部屋で、お喜久は独り言ちるように言った。

座敷には黒雲の五人が畳に腰を下ろしていた。炎は隣の部屋に敷かれた三ツ布団の上で丸くなっている。赤獅子に変化して戦った疲労が今なお残っているらしかった。

お喜久は膝の上にのせた仕掛を指で何度もなぞっていた。楢紅が残した、楓樹の仕掛である。

「お内儀さん、申し訳ありません。楢紅はわっちを止めてくれたんです。消えてしまったのは、わっちの責任だ」

瑠璃は胸の内で消滅してしまった傀儡を思った。お喜久への報告をこれほど辛く感じるのは初めてだった。

楢紅、すなわち朱崎は、かつて三代目の黒雲頭領としてお喜久と相棒の間柄であった。朱崎の消滅を知ったお喜久が今、どんな感慨を抱いているか。考えるだけで胸がつかえるようだった。

されどお喜久は小さくかぶりを振った。

「謝らないでおくれ。お前たちが無事に帰ってきてよかった、それだけでも感謝すべきことだよ。私は、楢紅の意志を讃えたい」

精も根も尽き果てた様子の五人を、ゆっくりと見まわす。

「権三。お前も、よく戻ってきてくれたね」

瑠璃も権三へと目をやる。錠吉も双子も、遠慮がちに同志の様子をうかがった。

権三は畳の一点を空虚に見つめ、沈黙していた。瞳にはいたたまれぬほどの哀惜の念が漂っている。

座敷に打ち沈んだ空気が流れた。

あの後、権三は一人で歩くことさえできぬ状態になった。錠吉と豊二郎が大きな体を支え、吉原への帰路を、長い時間をかけて連れ帰ってきたのだ。

一方、栄二郎は柚月の亡骸を背におぶり、すでに今戸へと運んでいた。行き先は慈鏡寺。柚月を荼毘《だび》に付すためである。

「咲良という名は、よし乃が考えたんです」

意外なことに、沈黙を破ったのは当の権三だった。顔を伏せていた一同がはっと権三を見やる。

権三は誰の顔も見てはいない。ぼそぼそと語る口調はあたかも、自分自身の心に話しかけているかのようだった。

「産まれてきた赤ん坊がとてもよく笑う子で、笑顔が満開の、桜の花びらのようだった。だから咲良にしようと。よし乃はこれ以上ないくらい幸せそうでした」

数々の疑問や気がかりが胸中に渦巻いていたが、瑠璃は何も言わず権三の話を傾聴した。遮ってはならない。権三の思うまま吐き出させねば。今まで権三が皆にしてくれたのと、同じように。座敷にいる誰もがそう感じていた。

「よし乃は気丈な女子でした。生活は少しも楽じゃなかったのに、泣き言も愚痴もこぼさず働いて、俺を支えてくれた。気立てのよさは味噌でも評判だと親父さんから聞いて、俺は嬉しかった。俺の家内はこんなにも心が清らかで、優しく美しいんだと、誇らしかった」

だがよし乃は、権三の前からいなくなってしまった。

阿久津という悪漢に騙されて。

「姿海老屋で再会した時、よし乃が教えてくれたんです。阿久津がよし乃に、何をしたのかを」

よし乃は女中勤めの初日、赤ん坊を背負い、言われた屋敷の近くで阿久津と待ちあわせたそうだ。そのまま屋敷に行くのかと思いきや、阿久津は屋敷とは反対の方角に歩きだす。不思議に思ったよし乃が聞くと、「近くの茶屋で女中頭が待っているから、まずはそちらに挨拶なさい」と返ってきた。

屋敷で勤めるには上下関係が肝要なのだろう。そう合点がいったよし乃は言われるがまま、阿久津とともに茶屋へ向かった。

ところが茶屋に着いた阿久津は、よし乃を二階へと誘った。女中頭は二階の個室で待っている、と。新入りが挨拶をするだけなのに、個室である必要があるのだろうか。よし乃はこの時ようやく不審に感じ始めた。階段の手前で躊躇していると、後ろから「早く上がれ」とどすの利いた声。よし乃の背後には、いつの間にか大柄な男が立っていた。

男の目つきを見たよし乃は、瞬時に堅気《かたぎ》ではないと察したそうだ。そしてこの茶屋が、普通の茶屋ではないことにも気づいた。出合茶屋《であいぢゃや》、つまり男と女が逢瀬《おうせ》に用い、睦《むつ》みあうための茶屋である。しかし気づいた時には後の祭り。男はよし乃を脅し、二階の個室へと追い立てた。

部屋に入るや否や、阿久津はよし乃の背から赤子をはぎ取り、泣き叫ぶのを無視して、よし乃に襲いかかった。おそらくは茶屋の者も阿久津と共謀していたのだろう、どれだけ助けを求めても、誰も来てはくれなかった。先ほど脅してきた男も部屋の隅で見ているばかり。畳の上では赤ん坊が愚図り、激しく泣いていた。何度も何度も執拗に責められ、とうとうよし乃は気を失ってしまった。

目を覚ました時にはすでに吉原の小見世、姿海老屋へと場所を移されていた。よし乃の目に映ったのは、あの大柄な男が姿海老屋の楼主と遊女奉公の契約を交わしている光景。男は女衒だったのだ。阿久津はよし乃を犯した後、自分の用は済んだとばかりに女衒に売り渡したのである。

せめて子どもだけでも家に帰してやってほしいとよし乃が頼んでも、聞く耳を持ってはもらえなかった。女衒は契約が済むと赤子を雑に抱いて、妓楼から立ち去ってしまった。

「ごめんなさい、ごめんなさいと、よし乃は泣きながら俺に謝ってきました。お前のせいじゃない、すべてはお前を騙した侍のせいだと言っても、謝るのをやめようとしないんです。俺は姿海老屋の楼主と話し、身請け金があればよし乃を返すと言われて、急いで料亭に戻ることを決めました」

　権三は抑揚の欠けた声で続けた。

「戻る前にもう一度、よし乃と話をしました。必ず金を集めてくる、だからあと少しだけ待っていてくれ、咲良もきっと見つけ出してみせるから安心しろと。よし乃は俺に、ありがとう、と笑って……」

　これが、よし乃との最後の会話になった。

　料亭の者たちから金を借りて姿海老屋に戻った権三は、楼主からよし乃が死んだことを聞かされた。手首を掻き切って自死したのだと、楼主は忌々しげに吐き捨てたそうだ。

　権三は楼主の言葉を信じることができなかった。姿海老屋を飛び出し、浄閑寺へと走る。嘘に違いない、どうか嘘であってくれ。浄閑寺への道行きで権三は、何度も天に請うた。

　浄閑寺の裏手には死臭が漂っていた。そこに転がっていたのはいくつもの、集団火葬を待つ遊女の死骸。中には腐敗が進んでいるものもあった。権三は焦燥に駆られる手で一つひとつむしろをめくった。祈るような心持ちで死骸を確認するも、よし乃ではない。

そのうち権三は、他とは違う様相の骸《むくろ》があるのを目に留める。骸は荒薦に巻かれ、打ち捨てられるようにして隅に転がっていた。それに歩み寄って腰を屈め、恐る恐る荒薦を外す。愛する妻を、どうして見間違えようか。その骸こそがよし乃だった。肩には蝶の痣。冷たくなった手首には、痛々しい切り傷があった。

血を失ったよし乃の目は開かれたままで、瞳は哀しげに濁っていた。

「悪い夢であってくれと、どれだけ思ったか……でもよし乃の冷たい体が、よし乃は死んだんだと、これが現実だと、言っているみたいでした」

権三はよし乃の亡骸を掻き抱いて吼えた。なぜ、こうなってしまったのか。妻が何をしたというのか。懸命に暮らし、笑顔を絶やさなかった妻が、なぜこのように悲愴な顔で死してしまわねばならないのか。

なぜ、なぜ——。

妻を抱いてむせび泣く権三はふと、亡骸から漂ってくる剣呑な気配を感じた。よし乃の顔に目を向けると、眼球が溶けるようにして落ち窪んでいくところだった。額の中心が脈打ち、突起物が肌を破ってのぞき始める。

よし乃は鬼になろうとしていた。

——きっと、権さんの声に反応したんだ。

瑠璃はよし乃が鬼になってしまった理由に思いを馳せた。

阿久津の甘言を疑わなかった己の浅はかさ。阿久津に犯され、遊女として客を取らされ、汚れてしまった体。そのような体で権三と再会せねばならなくなったよし乃は、悔やんでも悔やみきれなかったに違いない。過去に戻って阿久津の誘いを突っぱねることは決してできない。それが度し難いほど悔しく、辛かった。

だからこそよし乃は死を選んだ。そして残っていた悔恨の念が権三の声で揺り起こされ、鬼に変容してしまったのである。

「俺はその瞬間、死した者が鬼になるという伝承を思い出しました。よし乃を鬼になんかさせたくない、だから、俺は……よし乃の首を、この手で絞めた」

そうしてよし乃は眠りについた。権三の心に、復讐の炎を遺して。

以後、よし乃から聞いていた体の特徴だけを頼りに、権三は侍を探し続けた。何事もなかったかのように料亭で働きながら、裕福な客に笑顔を振りまき、侍と知り合いではないか探る。だが「臍まわりに十字の傷がある」特徴など、たとえ知り合いだったとしてもわからぬものだ。味croppedの主人に特徴を聞きに行ったものの、「どこにでもいる普通のお顔」としか返ってこなかった。当然ながら侍探しは難航した。仕事を終えてから毎日のように吉原へ通ってみるも、女衒も、咲良の行方もわからぬままであった。

権三には、誰かに頼るという選択肢は端《はな》からなかった。役人に話して探してもらうという手もあるにはあるが、武家の者には平伏して裏で甘い汁を吸っている役人のこと、相手が侍であると知れば事を有耶無耶《うやむや》にしてしまいかねない。何より権三は、自らの手で侍を見つけ出したかったのだ。

笑顔で仕事をこなしつつ、ただひたすらに仇討ちへの執念を燃やす。人を喜ばせる料理を作り、よし乃からもらった名入りの包丁を研ぐ。誇りにしていた料理人の職も、愛する妻からの贈り物も、いつしか復讐の手段に変わり果てていた。

「俺は、優しい人間なんかじゃないんです」

権三の目から、不意に涙がこぼれ落ちた。

「廓でも優しく振る舞っていたのは、よし乃の仇を見つけるのに必要だったからです。皆が俺に気を許して客の愚痴をこぼしてくれれば、いつか仇を見つけられると思っていたから。ただ、それだけなんです」

表情の失せた顔つきで涙を流す。まるで人形が泣いているかのようだ。

黒雲の男衆も、お喜久も、権三の涙を黙って見守ることしかできなかった。

——権さんは優しいね。

何も考えず放った言葉は、きっと権三の心を苦しめていただろう。瑠璃は自分がいかに無神経であったかを思い知らされた。

「そうやって、見つけたんだな。阿久津を」

権三は微かに頷いた。

「……はい。まさか花魁の客になろうとは思ってもみませんでしたが。よし乃の肩に痣があるなんて、着物を着ていたら見えるはずがない。それでこいつだとわかったんです」

途端、権三の顔に瑠璃たちが見たこともないほどの深い憎悪が滾《たぎ》った。

「あの男がよし乃に何をしたか、考えるだけで頭がおかしくなりそうだった。俺の家内を死に追いやっておいて、なぜこいつは楽しそうに笑っているんだと、のうのうと生きていることが許せなくて、よし乃が味わった苦痛の一片でも思い知らせてやりたくて、だから夜中に呼び出した」

「それは、阿久津を殺すためじゃなかったんじゃないか」

権三は虚を衝かれたように顔を上げた。

涙と憤りが浮かぶ瞳に、瑠璃の顔が映る。瑠璃は心を見透かすように権三を正視していた。

「確かに殺意はあったろう。でも、まずは阿久津から話を聞き出すために、脅しとして包丁を使おうとしただけなんじゃないか？　けど阿久津は逆上して包丁を奪ってきた。違うか？」

権三は悄然《しょうぜん》とした面差しで首を垂れた。そして口惜しそうに声を震わせながら、あの夜に起こった真相を明かした。

文で呼び出された阿久津は権三に悪事を暴かれて焦り、口封じをせんとして包丁を奪い取った。だが権三も負けてはいない。化けの皮をはがされた阿久津が何をしでかすか。権三の剛力にかなわないと悟れば、黒羽屋に飛びこんで遊女を傷つけるかもしれない。ここで必ず、取り返さねば。揉みあううち、阿久津は体勢を崩して地面に転倒した。折悪しく阿久津の腹を向いていた包丁の切っ先が、深々と刺さってしまったのだ。

阿久津が包丁の柄を逆向きに握っていたのはこのためだったのである。

「つまりは不慮の事故ってことだな。でもはっきり言って、わっちは疑ってたんだ。権さんが人殺しをしたんじゃないかと……ごめん」

権三は口を噤んでいた。一方で男衆は真相を知って安堵したらしく、密かに愁眉《しゅうび》を開いていた。

「なあ、権さん。権さんは自分を優しい人間じゃないって言ったな。でもわっちは、そうは思わない」

瑠璃はこれまで見てきた権三の言動を、胸中で一つずつ思い返していた。廓で料理人として働く権三。そして、黒雲の一員としての権三。己が両目に映っていた同志の言動こそが、瑠璃にとって信じられる証そのものだった。

「仇討ちのための、嘘の優しさだったかもしれない。けど、たとえ偽りでも、権さんの優しさは色んな奴を救ってきた」

錠吉も、豊二郎と栄二郎も然り。お喜久も口にはあまり出さないが、権三を心強い存在だと頼っている風だった。権三に愚痴を聞いてもらい、相談に乗ってもらえたことで心が軽くなった遊女も大勢いる。彼なしでは魂の浄化がかなわなかった鬼が、どれだけいただろう。他でもない瑠璃も、権三の優しさに幾度となく救われてきた一人であった。

「もし権さんがいなかったら、救えなかった想いがいくつあることか。ここにいる皆にも色んなことがあった。権さんが見えないところで寄り添ってくれたから、皆立ち直れたんだって、わっちはそう感じるよ。人にさりげなく寄り添うってのは、誰にでもできることじゃないからな」

視線を送ると、男衆は一様に同意していた。瑠璃も彼らに頷き返し、再び権三を見つめる。

「黒雲の任務だってそうだ。今まで命がけの鬼退治に身を挺してきた行動は、嘘じゃないはず。仇討ちのためだけに生きてきたって言うなら、死んじまう可能性もある鬼退治なんてできっこない。でも権さんは、わっちらと一緒に戦ってくれた。命を投げ出す覚悟で、わっちらを守ってくれたんだ」

なおも沈黙する権三に、瑠璃はそっと問いかけた。

「復讐のことを今まで一度も話さなかったのは、わっちらを巻きこみたくなかったからだろう」

権三が黒雲に入ったのは、辛い過去があったから。わかっていたはずなのに、権三がすでに過去を乗り越えているのだと、無闇に蒸《む》し返す必要もないと思いこみ、詳しく聞くことをしなかった。瑠璃は甘えてばかりで権三の心を深く知ろうとしなかった自分が、薄っぺらなものに思えて仕方なかった。

「頭領なんてつくづく名ばかりだよ。権さんが相談できなかったのも当然だ……本当に、すまなかった。どうか許してほしい」

「花魁、俺は……」

権三の顔が涙で歪んだ。堰《せき》を切ったように大粒の涙が次々にあふれ、拳の上へと落ちていく。大きな体を揺らし、嗚咽《おえつ》を漏らす権三の悲痛な声は、座敷にいる者すべての心を締めつけた。

「違うんです。そうまでしても結局、俺は何一つとして守れなかった。阿久津が死んでもよし乃が帰ってくるわけじゃない。咲良だって、やっと見つけ出したのに、俺の、目の前で……」

天はなぜ、娘だけでも権三に返してくれなかったのだろう。これでは何も報われないではないか。権三の嘆きを耳に、誰もがそう思わずにはいられなかった。

探し続けていた我が子が黒雲の敵、鳩飼いの一員になっていたなどと、どうして想像できようか。夜鷹に酷使された挙げ句、惣之丞を庇って死んでしまった娘。信頼し、崇拝していた惣之丞その人は、娘を道具としてしか見ていなかった。

「権さん、聞いてくれ」

憔悴《しょうすい》した心には何が生まれるだろう。復讐心ならまだよい。だがもし、何も生まれなかったとしたら。魂が抜けてしまったかのような権三の顔つきを見て、瑠璃は歯噛みした。

「惣之丞のことはわっちに託してほしい。だからおかしなことは考えるな……後生だから」

権三は返事をしなかった。作った拳からは力が緩んでいるのが見てとれる。双子が権三へと近づき、大きな背中に手を添えた。二人は権三の心の痛みに共鳴するかのように、静かに涙をこぼしていた。

瑠璃は目を閉じ、深く息を吸いこむ。次いでお喜久に向き直った瑠璃の顔には、葛藤が浮かんでいた。本当なら権三に休息をさせたいところだが、今は一人になどとてもできない。加えて一刻も早く、お内儀に相談したいことがあった。

「瑠璃。何か話したいことがあるんだね。言ってごらん」

お喜久は言わずとも瑠璃の心を読んでいた。瑠璃は思いきったように切り出した。

「鳩飼いの切り札は、一つ目鬼じゃありませんでした。一つ目鬼よりもっと、強い怨念が……」

草木を死滅させた波動を思い出して、瑠璃は語尾を細らせる。隣に座る錠吉も表情を硬くしていた。

これまで瑠璃は鬼と対峙する中で、薄ら寒いものを覚えこそすれ、戦意を喪失することはなかった。自身の持つ飛雷や男衆の力をあわせれば必ず勝てると、確信を抱くことができていた。

しかし惣之丞が発した波動に、瑠璃は無力感を味わった。実際に戦ったわけでもなく、あの波動に体を傷つけられたわけでもないのに、心が挫《くじ》かれてしまったのだ。勝てる見込みがないと、思わされてしまった。

「鳩飼いの真の切り札とは何なんでしょう。惣之丞のうなじに見えた馬の呪印と、関係があるのか……」

「馬の呪印？」

呪印の形を聞いたお喜久は、何やら思惟していた。

「なるほど、やはり〝繋ぎ馬〟か……実は若干、気になることがあってね。私なりに調べていたんだよ」

「もしや手がかりがあったんですか？」

驚いたように尋ねる錠吉に、お喜久は首肯した。

「ああ。鳩飼いに加担している大名、酒井忠以公が糸口になると睨んだのさ」

瑠璃は目を見開いた。

「忠さんが？　でもあの人には傀儡師の力どころか、妖を見る力すらないはずですよ」

「正確に言えば忠以公という人物じゃない。酒井家そのものに、鳩飼いの切り札となりうる存在があったんだ。忠以公は、それを帝に提言したんだろう」

話の方向性が見えず、瑠璃は錠吉へと視線を送る。錠吉もわけがわからないという風な顔をしていた。

「酒井雅楽頭《うたのかみ》家の上屋敷がどこにあるか、お前たちは知っているかい」

「大手前《おおてまえ》でしょう。あそこは伊達《だて》騒動の舞台となったところですから、一度だけ見に行ったことがあります」

もちろん外からですけど、と瑠璃は付け加えた。

江戸城の大手門、下馬札《げばふだ》前に位置する酒井家の上屋敷は、歌舞伎の「先代萩《せんだいはぎ》」で知られる場所でもある。演目の舞台になった地を実際に見て、雰囲気を感じるべき、と主張する義父に無理やり連れられ、瑠璃は大手前まで足を運んだ記憶があった。

「そう、けれど有名なのは伊達騒動だけじゃないだろう。あそこにはおよそ八百年前に死した、ある武士の首が祀られている」

「ある武士、って……」

お喜久は神妙な面立ちで言葉を継いだ。

「平将門《たいらのまさかど》公。新皇と名乗り、戦乱に死した武士だ」

挙げられた名前に瑠璃は眉根を寄せた。

平将門といえば、市井の氏神として信仰を集める、江戸の鎮護神である。かの人の首は酒井家の上屋敷に誂《あつら》えられた首塚に眠っている。江戸に住まう者なら誰もが知っている話だ。

「惣之丞が将門公を切り札にしようとしていると？　どういうことか、よく意味がわからないんですが」

あまりに突拍子もないことで、頭にはもやもやとした疑問ばかりが浮かんだ。

「将門公の首は酒井家にある。ならご尊体は、どこにあったとされている？」

「そりゃ知ってますよ、神田明神に決まって……」

そこまで言って、瑠璃は思わず言葉を切った。

狛犬の付喪神、こまが鎮座し、惣之丞と出会った地。脳内で点と点が繋がった気がした。

「もうわかったね。惣之丞は神田明神に通っていた。参拝のためなんかじゃない、もちろん狛犬を配下に置くためでもない。将門公のご尊体があった地を、確かめに行っていたんだ」

瑠璃と錠吉は互いに顔を見あわせた。錠吉も瑠璃と同様、にわかには信じがたい様子だ。二人は当惑した声で口々に問うた。

「そんなことが、ありえるんでしょうか」

「確かに辻褄《つじつま》はあうでしょうけど、将門公は江戸を守る神さまですよ？　惣之丞に傀儡師としての力があっても、本物の神を使役するなんて考えられない。将門公が惣之丞に操られるような存在だとも思えません。何せ将門公は、歴史に名を残す英雄ですから」

「将門公が、真に純粋な想いで江戸を守っているのなら、そうだろうね」

「……ひょっとして、将門公が鬼であるとおっしゃるんですか」

お喜久は首を縦に振った。

「鎮護神として祀られてはいるが、お前たちも知ってのとおり、将門公も元々は人。人として生き、人として死した武士だ。無念のうちに死んで怨霊となった逸話を、一度は聞いたことがあるだろう」

瑠璃は必死に頭を回転させた。椿座にいた頃、瑠璃は惣右衛門から様々な本を与えられ、芝居に活かすべく読みふけっていた。中には将門公の生涯を綴《つづ》った本もあったはずだ。瑠璃は自らの記憶を辿った。

悲運の武将——平将門という人物像を語る時、人々は必ずと言っていいほどこう評する。

今を去ること八百余年の昔、平将門は坂東《ばんどう》が下総国《しもうさのくに》に豪族として生を受けた。桓《かん》武《む》天皇の血を引いていた将門は、ゆくゆくは京で帝に仕えんと、仕官の道を目指していた。しかし彼が持つ天性の頭脳と人を惹きつける求心力に嫉妬してか、親族の者たちは将門を理不尽に迫害し、仕官への道を妨害した。非もなく志を閉ざされてしまった将門はいよいよ怒り、親族と戦うことを決意する。兵を起こし、血で血を洗う戦に。世に言う天慶《てんぎょう》の乱《らん》である。

自ら先陣を切って敵に向かう、勇敢な武士であった将門。坂東の武夫《つわもの》たちは彼の勇姿に感銘を受け、ともに戦う意志を示した。対する敵は、将門の亡き祖父と父の霊像を盾のごとく先頭に掲げ、心を乱す汚いやり口で臨んできた。それでも戦に関して抜群の知恵と采配力を有していた将門は、なかなか倒れない。

戦は泥沼の様相を呈し、窮した親族は手法を変えることにした。当時の禁裏に、将門が逆賊であると訴えたのである。この時点で禁裏が訴えを鵜呑みにすることはなかったが、しかし将門という男の存在を印象づけることには繋がった。

その後、順調に戦に勝利し、怒濤《どとう》の勢いで坂東の八ヵ国を平定するに至った将門は、義を大切にする男だったとされる。宿敵の妻を捕虜として捕らえた際も、兵たちの凌辱を受けていた彼女らを哀れに思い、着物を与えて帰してやった。さらには別の争いによって立場を追われた者たちを食客《しょっかく》に迎えもした。血縁のある親族から疎外され、孤立を余儀なくされてきた将門は、同じような立場の者たちを捨て置くことができなかったのだろう。だがこれが、将門をあらぬ道へ惑わすことになる。

禁裏を滅ぼし、新皇となるべし。食客たちは将門にこう吹きこんだのである。将門には謀反《むほん》を起こす気などさらさらなかった。が、彼の意志とは関係なく、このことは風聞となって駆け巡り、禁裏にまで届いてしまう。帝は将門が禁裏の転覆を謀《はか》っていると思いこみ、彼を謀反人とみなした。

将門は新皇と名乗りはしても、京で挙兵しようとしていたわけではない。されど恐れをなした帝は、ついに軍を向かわせると決定した。かくして将門は禁裏に仇為す者として、成敗されてしまったのである。享年は三十八。仕官を目指し、禁裏に仕えて忠心を尽くすのだと信念を抱いていた将門。にもかかわらず、当の禁裏から排除の対象とされ、無念のうちに命を落とした。彼を疎ましく思っていた親族たちが、仕組んだとおりに。将門は本来なら助けあうべき者たちによって志を断たれ、命までをも奪われてしまったのだ。

将門の首級は京に持ち帰られ、獄門に架けられた。生首をさらすという見せしめ、辱《はずかし》めは、この時が初と伝えられている。あまりの屈辱に、将門の首には怨念が宿った。

このままでは死にきれぬ。再び故郷へと戻り、兵を起こさん。さらし首を見物に来た者は、将門の口が恨みを吐き出すのを聞いたという。

将門の首は故郷である東方へと飛び、現在の酒井邸がある地に落ちた。首を追ってきた体は今の神田で力尽きたとされる。

それからというもの、坂東では異常な自然現象が頻発するようになった。大地が鳴動してうなり声を上げ、太陽は叢雲に遮られて昼でも地上は暗夜のようであった。さらには不可解な病まではやり始め、民たちは将門の祟りだとおびえた。そこで首塚を造り、神田明神には体に宿っていた御霊《みたま》を祀り、将門を鎮護神と崇めるようになったのだった。

現在、英雄譚が大好きな江戸の民は、将門の生き様を天晴と讃え、氏神として厚く信仰している。首塚は現在に至るまで酒井家が代々、供養をしてきた。

これが、瑠璃の知っている平将門の生涯であった。

「将門公の無念を心から慮るなら、首と体を一緒に祀るべきだ。そうしなかったのは、当時の民が将門公の復活を恐れたからだよ」

「復活……首と体を一緒にすることがですか？」

そうだ、とお喜久は肯定した。

「首だけでなく、体にも怨念が宿っている。二つに分かれていたからこそ、祟りがそこまで深刻にならなかったんだ。当時の者たちは首と体を決して一緒にしてはならないと、本能でわかっていたんだろうね」

姦巫の結界師として見識を深めてきたお喜久の言葉には、無視できない説得力があるように思われた。

「将門公の首と体に宿った怨念が再び繋がった時、怨念は完全体となる。日ノ本で最強の怨霊と言っても過言じゃない将門公が、鬼として復活すれば……」

江戸に災厄をもたらすことになるのは間違いないだろう、とお喜久は小さく言った。要するに、幕府を滅ぼそうとしている鳩飼いにとっては十分すぎるほどの力ということだ。

惣之丞はこれまで傀儡にした鬼たちを、将門の怨念を増幅させるべく首塚へと投入してきたのであろう。主に四君子を使って鬼をつかまえ、傀儡にし、地獄で怨念を強める。そうして将門に贄《にえ》として捧げたのだ。将門の内に眠る、恨みの念を呼び起こすために。

「でも、お内儀さん」

瑠璃はなおも混乱が消えずに食い下がった。

「将門公の力を利用するなんて、そんなことをしたら鳩飼いにも危険が及ぶはずでしょう？　普通の傀儡とはまるで意味が違う、誰もが知ってる強力な怨念を使おうってんだから。将門公の呪いはきっと、使役者をも冒すはずだ」

「だからこそ、惣之丞があれだけ具合が悪そうだったのかもしれませんね」

錠吉の意見に瑠璃はたちまち閉口した。

野原から姿を消す寸前、惣之丞は「何者かと一体になりつつある」と言っていた。彼のうなじに浮かんでいた呪印は平将門との契約印。馬のように見えたのは「繋ぎ馬」というもので、将門の紋と今世に伝えられている。つまり惣之丞は怨念を操るべく、将門と一体になろうとしているのだ。体にどれだけの負荷がかかるかは、想像もできない。

──もしかして、忠さんの容態が昔より悪くなってるのも……。

自身の屋敷にある首塚に惣之丞が何らかの呪術を施しているのなら、忠以もそばで見ているはずだ。何も影響がないとは考えにくい。

瑠璃は動揺に眉を曇らせた。

ず、ず、と包丁を研ぐ音がする。

瑠璃は調理場の入り口に立って、権三の横顔を眺めていた。

無言で包丁を研ぐ権三。瑠璃や男衆、お喜久も、彼の心境を思って休ませようとしたのだが、当の権三はそれを断った。自分は黒羽屋の料理番、だから調理場に立ち続けると主張したのである。

権三の横顔に寂寥の念が重く漂っているのを感じ、瑠璃は目を伏せた。

「花魁……どうされたんです。料理が足りませんでしたか？」

視線を感じたのか、権三がこちらに顔を向けてきた。以前と変わらぬ穏やかな微笑みを浮かべてはいるが、頬は少しやつれていた。

「ううん、ちょいと酔い覚ましに来ただけだよ。団体の客と飲んで話をしてたら、どうにも肩が凝っちまってね」

瑠璃は大仰にため息をついて、調理台の横にある木箱に腰かけた。

この日は上客たちが集団で廓を訪れていた。近くの寺で葬式があったらしく、帰りに「精進落とし」と称して吉原へ繰り出してきたのだ。不謹慎な話ではあるが、吉原ではままあることだ。

大広間で盛大に開かれている酒宴には、黒羽屋の遊女が勢ぞろいしている。宴が長引くだろうと推した汐音と夕辻が、交代でこっそり休憩を取ろうと提案してくれたのだった。

「大人数で飲んでいたら気疲れもするでしょう。水を飲んで少しゆっくりしていってくださいね。腕の具合は、もう大丈夫なんですか」

権三は水の入った椀を差し出しながら、瑠璃の左腕に目をやった。

瑠璃はにっと笑って左腕をぐるぐるまわしてみせる。一つ目鬼に砕かれた骨は、添え木をして安静にしているうちに完治していた。

「このとおり、概ね良好だよ。たまに痛みはあるけど、廓の業務には差し支えない」

「治癒力もさることながら、呪いの目を見ても何ともないなんて、龍神の力にはいつも驚かされますね」

「ああ。楢紅の目を見ちまった時は肝を冷やしたけど、こうして今もぴんぴんしてるし、わっちもびっくりしてるんだ。炎に聞いたら、生き鬼の呪いを龍神の加護が相殺したんじゃないかって言ってたよ」

「そうですか……」

椀の水で口を潤す瑠璃を、権三は心配そうに見つめていた。

「腕が治ったのは何よりですが、無理をされてるんじゃないですか？　その、気持ちの面で」

椀を持つ手がぴたりと止まった。

「四君子たちを、雛鶴さんを斬ってしまわれたことに、心を痛めていらっしゃるんじゃないかと思って」

瑠璃は心が切り裂かれるような自責に駆られ、奥歯を噛み締めた。

怒りに我を失い、救うべき友を自らの手で斬り捨ててしまった。必ず魂を救ってみせると心に決めていたはずなのに。抑止できなかった己の衝動が、呪わしく思えてならなかった。

「雛鶴の魂はもう、この世からいなくなっちまったんだよな。わっちのせいで、地獄に……」

「花魁。誤解しないで聞いていただきたいのですが」

権三はそう前置きをしてから、静かに言葉を継いだ。

「生き鬼になった時点で、雛鶴さんはすでに人ではなかった。人でも霊魂でもない存在です。操られていても、意志は残っていたでしょう。鳩飼いの武器として意に反する行いをさせられることに、苦しんでいたんじゃないかと思うんです」

「わっちが雛鶴を斬ったことは、そんなことじゃ正当化されないよ」

「わかっています。けれど、どちらにせよ地獄との契約をどう解消するかは、答えが出ていなかった。ならば今からだって、手遅れとは言いきれないんじゃないでしょうか」

瑠璃は俯けていた顔を上げた。

雛鶴を斬ってしまったのを、なかったことにはできない。ならば忸怩《じくじ》たる思いに浸るばかりでなく、次に何をすべきか模索するのが、真の責任というものではないか。

権三の意見を聞いて、瑠璃の心に新たな決意がともった。

「そうだな、振り返ってるだけじゃ雛鶴への詫びにもならん。立ち止まってはいられねえ」

権三は柔らかな表情で頷いていた。

——ああいけねえ、また悩みを聞いてもらっちまった。本当は権さんの話を聞こうと思ってたのに。

権三と顔を突きあわせているといつもこうだ。彼自身の心痛を和らげたいと思って調理場に来たにもかかわらず、瑠璃は知らず知らずのうちにまた甘えてしまったのだった。

出直そう、と考えて腰を上げる。すると権三が再び口を開いた。

「本当はまだ、悩んでることがあるんですよね。俺にも話すつもりはありませんか」

大広間に戻ろうとしていた瑠璃は振り返った。

「……いや、ないよ」

「本当ですか？　あなたの考えてることはなぜでしょう、言わなくてもわかるんですよね。ご自分で演技が得意と思ってらっしゃるようですし、お客との接し方を見ていると確かにうまいなと感じますが」

権三は体の向きを変え、瑠璃とまっすぐに対面した。

「平将門公の怨念を、一人で何とかしようと思っているでしょう」

視線に耐えきれなくなった瑠璃は顔を背けた。目に見えて狼狽している花魁に、権三は小さく嘆息している。

と、廊下の陰から突然、やかましい足音がした。

「ちょっと花魁、何考えてるのっ？」

「聞き捨てならねえな。結界もなしに一人でどうこうできる相手じゃねえだろ」

「何だか様子がおかしいとは思っていましたが、あなたって人はどこまで勝手なんですか」

栄二郎と豊二郎、錠吉までもが、憤慨したように調理場に乗りこんできた。

「おっ……お前ら、いつからそこに」

「〝ちょいと酔い覚ましに来ただけだよ〟辺りからですかね」

「それ最初の方じゃねえかっ」

「だって大広間を出てく瑠璃の顔色がすっごく悪く見えたからよ、心配になって」

呆気に取られている瑠璃とは反対に、権三は落ち着き払っていた。瑠璃は背を向けていたため気づかなかったのだが、権三の視界からは三人の隠れている姿が丸見えだったのだ。

「ねえ花魁、今の話は本当なの？　将門公の怨念を一人で何とかするってさ」

栄二郎にきつい口調で尋ねられた瑠璃はうろたえた。だが顔をぐっと力ませ、決然たる声で思いを詳らかにした。

「本当だよ。将門公の力を皆だって実感しただろ。わっちには龍神の力がある、でも皆は普通の人間。将門公と戦うのは、自分から死にに行くようなものだ」

「はあ、ここまで猪突猛進だとは。言葉は悪いかもしれませんが、あなたは馬鹿ですか？」

錠吉が整った眉を上げて言い放つ。丁寧な口ぶりで暴言を吐かれ、厳とした表情を作ったのも束の間、瑠璃はわなわなと口を震わせた。

「ば、ば？」

「将門公に向かっていくご雄志は認めます。あれだけの怨念に対抗できる力は、龍神の力をおいて他にないでしょうし……」

悔しいですが、と錠吉は小さな声で言った。

「けれど龍神の力があっても、将門公に勝てるという保証はありません。あなただってそれをわかっているはずだ。もし一人で行動を起こしてあなたの身に何かあったら、俺は一生、あなたを恨みますから」

強い眼差しには迷いがなかった。きっとどれだけ強力な敵が現れようと、錠吉の志は変わらないだろう。瑠璃は凜々しい顔つきを眺めてから、双子へ目を配った。

豊二郎と栄二郎の顔は紙のように白くなっていた。将門公の怨念を思い出して恐怖を覚えているのだ。

「な、何だよ瑠璃。俺たちが怖気づいてるとでも思ってんのか？」

「……まあな」

双子は同時に小鼻を膨らませた。

「っとに心外だぜ。あの程度でびびるくらいなら、最初から黒雲なんかに入ってねえっての」

「おいらもだよ。将門公に江戸を荒らされたんじゃ、おいらたちが今までやってきたことが全部、意味なくなっちゃうもん」

双子はいつもの仕返しと言わんばかりに瑠璃の腕をばしばし叩く。強がっているのは明らかだったが、双子の顔にもまた、確固たる決意が垣間見えた。

かつて臆病だった少年たちには勇気が芽生えていた。黒雲の結界役として、同志を支えるという勇気が。

最後に権三へと目を転じて、瑠璃はある決断をした。

「権さん」

次に来る言葉を、権三は身じろぎ一つせず待っている。思い詰めたような眼差しが、瑠璃の心を揺るがした。

しばらく黙してから、瑠璃は思いを断ち切るように息を吐き出した。

「権さんは、この件から身を引いてほしい」

権三の瞳が微かに揺れた。

唐突な発言に、錠吉と双子は驚きの表情を浮かべている。

「錠さんと双子が二つ返事で了承しちまって、参戦しないとは言えねえ空気になっちまったけど……でもわっちは、決めたんだ」

瑠璃は権三の前へと歩み寄り、そっと大きな手を取った。

「権さんが負った心の傷は、きっと、わっちじゃ想像もつかないくらい深いんだろうな」

権三の気持ちがわかる、普通ならこう言って慰めるのだろう。しかし瑠璃は、軽々しく共感を口にすることなどできなかった。

吉原に売られた妻が鬼となり、止めを刺さざるを得なかった権三。復讐のために生き、成し遂げたかと思えば、今度は娘の死に直面することになった。彼の心には今、何が残っているだろうか。

空虚な心のまま決死の戦いに巻きこむわけにはいかない。権三の力が必需だとしても、これ以上、辛い目にあわせたくはなかった。

「惣之丞は義理とはいえわっちの兄貴だ。兄のしでかしたことは妹のわっちが必ずけりをつける。だから黒雲に関しては、権さんとはここでお別れだ。黒羽屋に残ってくれてもいいし、吉原を出てもいい。わっちが誰にも文句は言わせない」

錠吉と双子は異を唱えようとしていたが、瑠璃の考えを聞いてもっともだと思ったのだろう、言葉を呑みこんだ。

「でも、さ」

権三の瞳が、放心したように瑠璃を見つめる。瑠璃は声を湿らせていた。

「でもね、権さん、本当は……」

――駄目だ、言うな。決めたんだろ？　権さんのためを思うなら、言っちゃ駄目だ。

己を必死に諌めるも、瑠璃の心は本音には抗《あらが》えなかった。

「でも本当は、権さんにいてほしい。一緒に戦ってほしい。権さんがいなきゃ、嫌なんだ」

か細い声で言って、瑠璃は悔しげに顔を歪めた。言うべきでないとわかっていたのに、言ってしまった。その上こんな時に限って、拙《つたな》い言葉でしか気持ちを伝えられぬ己の不甲斐なさが、身につまされるようだった。

権三は瑠璃の華奢な指へと目を落とした。

「花魁、覚えていますか。調理場《ここ》で話したことを」

「え？」

権三が何を言いだしたのか、すぐには思い至らずに瑠璃は首を傾げた。

「戦う相手が誰になろうとあなたの判断に従う。あなたと一緒に悩み、ともに責任を負うと。そう、誓いましたよね」

息を凝らしている瑠璃に、権三は途切れがちに言葉を紡いだ。

「俺はもう、何を目的に生きていけばいいかわからない。よし乃も咲良もいなくなって、一体何のために、ここまで来たのか……」

瑠璃は我知らず権三の手に力をこめていた。そうして寄り添わねばと、心の底から強く思った。

「復讐なんて、俺の単なる自己満足だったんだ。わかっていたけど、そうすることでしか自分の心を保てなかった。復讐さえ遂げればよし乃は報われる、俺の使命なのだと、言い聞かせて……でも、何も残りませんでした」

瑠璃の指に、ぽたりと涙の粒が落ちた。

「咲良は惣之丞を守って死んだ。あの子は自分の意志を貫いたんだ。惣之丞に支配されていたわけじゃない、俺はそう思うんです。あの子がどうして惣之丞をあそこまで慕っていたのか、奴が咲良の献身に値する男だったのか、俺は知りたい」

権三は不意に視線を上げた。瑠璃は涙に濡れる権三の瞳を、黙って見つめ返した。

「微力かもしれませんが、俺にできることがあるならどうして一人だけ離脱できましょうか。今、気づいたんです。俺には一つだけ残っているものがある。ここであなたの言葉に甘え、誓いを捨てて一抜けすれば、俺はよし乃と咲良に顔向けできません。せめて、あの二人に恥じない生き方をしたい」

権三は瑠璃の手に、自身の右手を添えた。

「俺は、あなたの戦意を支持します。何があっても最後まで、黒雲の一員として戦います」

添えられた権三の手は温かかった。瑠璃はぎゅっと目をつむり、手を握り返した。

「ごめんな、権さん……」

権三がともに戦ってくれるのなら、こんなに心強いことはない。だが傷心の権三に頼る自分が無力に思えて、ごめん、と何度も口の中で繰り返した。

「謝る必要はありませんよ。頼まれたからじゃない、俺の意志で決めたことなんですから」

いつになく気弱な頭領を見て、権三は優しく微笑んだ。

「お互い〝ごめん〟ではなく〝ありがとう〟にしませんか。俺は皆がいてくれて本当に感謝してる。自分を大切にしてくれる人がいるというのは、心が救われるものなんですね。皆がいなかったら、俺はきっと何もかも投げ出してしまったでしょう。だから……頼ってくれて、ありがとうございます」

権三は錠吉、豊二郎と栄二郎を見渡す。仲間を見る権三の眼差しには愛情が、陽だまりのような光を帯びていた。

と、瑠璃の横から双子が手を差しこみ、権三の右手に各々の手を置いた。

「権さん、俺に煮つけのコツを教えてくれるって約束、忘れてねえよな？　ずっと待ってたんだからなっ」

「兄さんてば、それは今は関係ないでしょ。でも権さんがいてくれるのは、おいらもやっぱり嬉しいよ。ほら、錠さんも早く」

栄二郎に促されて、錠吉もそろそろと手を差し出す。心なしか決まり悪そうな顔をしていた。

「権、お前がいないと俺もいまいち力を出しきれないんだ。また慈鏡寺に行って稽古しよう。師匠もお前の顔を見たがってる」

重ねられた五人の手は、それぞれの抱く強い意志が、一つの大きな塊となっているようだった。

瑠璃は権三の顔を正視する。権三も瑠璃に目を留め、不思議なものですね、とささやくように言った。

「俺たちには血の繋がりもなければ、性分や考え方だってばらばらだ。きっと黒雲というものが存在しなかったら赤の他人のまま、出会うこともなく一生を終えていたんでしょう。俺が黒雲に入ったのは家族のためだったけれど、でも」

互いの手の温もりを感じながら、一同は権三の言葉に聞き入っていた。

「俺はいつの間にか、よし乃や咲良に感じていたのと同じ縁を、皆に感じるようになっていたんだ。命を懸けてもいいと言いきれる。俺はこの縁を、必ず守り抜きたい」

おかしいでしょうか、と権三は笑った。

ふと、桃の木々に囲まれながら語りあったことが、瑠璃の胸に思い起こされた。権三も同じ想いでいてくれたのだ。瑠璃は錠吉や双子と視線を交わし、おかしくなんかないよ、と嚙み締めるように答えた。

「ありがとう、権さん……皆、ありがとう」

五人の面差しにはもはや一片の迷いもなかった。あるのはまじりけのない、信頼の念。地中で育まれた不ぞろいの根が、やがて地上に太く固い幹をなし、天を指すがごとく、今ひとたび結束した心は何者であろうと揺るがせないだろう。

そして五人は示しあわせたように深く、頷きあった。

終

分厚い雲が月光を遮り、江戸は足元も覚束ないほど真っ暗になっている。

夜気が肌に柔らかな丑三《うしみ》つ時《どき》。大手前に目には見えぬ、奇妙な気配がひるがえった。

「ここが忠さんの上屋敷だ」

瑠璃の小声が空気に乗る。

「豊、栄。仕掛をもう少し大きくできるか？」

「わかった」

双子が梱紅の仕掛の内で、ひそひそと経文を唱える。

覆うものの姿を消す、楓樹の仕掛。裏地には金糸で籠目紋《かごめもん》が施されている。双子の声に応じて金糸が輝き、仕掛の寸法が大きくなるのを瑠璃は確かめた。仕掛に使われているのは厚めの生地であるはずだが、不思議なことに中から外側が透けて見えた。

籠目紋には特殊な力があるらしい。お喜久が有事に備えて梱紅の仕掛に縫いつけたものであり、津笠との死闘などでも用いられた結界の一種である。対応する経文を唱えることで巨大化して、数人を隠すのも可能とのことだった。支えるまでもなく自立し、中にいる者たちの動きにあわせて移動することもできる。双子はその経文を、お喜久から新しく伝授されていた。

金色に輝く籠目紋を仕掛の内側から眺めて、瑠璃は男衆へと視線を配った。

緊張した面持ちで塀を見上げる錠吉と双子。そして権三の顔にも、確たる決意が漲《みなぎ》っていた。

将門と共鳴した惣之丞に、不意打ちも同然に力を見せられたものの、あれは怨念の一端に過ぎないはずだ。本体である首塚を確かめぬことには全容を把握できない。平将門の力の程度を見極めるべく、黒雲の五人は今、酒井邸に乗りこまんとしていたのだった。

「行くぞ。警備の奴らに気づかれないように、慎重にな」

五人は手を貸しあいながら塀をのぼった。

一万三千もの坪数を誇る酒井雅楽頭家の上屋敷。どこまでも続くかのような塀の上部には、家紋である剣片喰《けんかたばみ》を模《かたど》った紋瓦が等間隔に並んでいる。

遥か右方の塀沿いに、朱塗りの巨大な門と門番が二人いるのが見てとれた。

無事に塀の内側へと飛び降りた五人は、寸の間、微かに漂う異様な気を感じて動きを止めた。

「首塚は……あっちだな」

五人は足音を立てぬように歩きだした。

役人の詰所や土蔵、藩主が住まう御殿。塀に囲まれた酒井家の藩邸は、さすが十五万石の大名というべき広さと格調を備えていた。

この広い屋敷の中から首塚の場所を探し当てるのは難しい。が、瑠璃たちには首塚がどこにあるか、大体の見当がついていた。

鬼の邪気とも、生き鬼の瘴気《しょうき》とも質を異にする気。

どうやら気は、酒井邸の中庭から漂ってくるようだ。中庭のある地点まで辿り着き、五人は誰が言うでもなく立ち止まった。

中庭には美しい池が穿《うが》たれていた。池の向こうには一本の松と苔むした石灯籠。その後ろに、盛り土をされた小さな山があった。これこそが平将門の首塚である。

そこには常軌《じょうき》を逸《いっ》するほどの怨毒が充満していた。緩やかに、しかし禍々《まがまが》しくうねる怨毒。それは瑠璃たちの予想を遥かに凌駕《りょうが》していた。

自らの生気まで搦め取られてしまいそうなおぞましさを感じ、瑠璃は思わず顔をしかめた。

──こんなのを相手にしなきゃいけねえのか。まだ復活には至ってないはずなのに、もうこれだけの怨毒が漏れてるなんて……。

唐突に、瑠璃の視線は空へと移った。何が起こったのだろう、体の感覚がない。夜空を舞う血潮。徐々に視線が下がっていき、瑠璃の頭は、地面へと落下した。

目に映ったのは、首から上を失った己の体が痙攣している様だった。

「あ、ああ……」

切断面から血が弧を描いて噴出し、首のない体は地に突っ伏した。おびただしい量の鮮血が、見る見るうちに眼前へと迫ってくる。

血。血。血。血。血。

断末魔の悲鳴が、空気を切り裂いた。

途端、瑠璃は息を吹き返した。

わななく手で、首筋に触れる。頭と体は繋がっていた。

「錯覚、なのか」

だが間違いなく、瑠璃は「死」を味わった。己が死ぬ感覚。恐怖と痛みが一挙にこみ上げてきて、ガチガチと歯の根があわなくなった。全身から汗が噴き出し、胃の腑がせり上がってくる。

怖々と四方を見まわすと、男衆も地面にくずおれていた。双子は耐えきれなかったのだろう、嘔吐している。

死の切迫感。

未だかつてないほどの凄まじい震慄が、黒雲の五人を襲っていた。

息詰まるような沈黙の中、やっとのことで声を上げたのは錠吉だった。

「頭。融合鬼が頻出するようになったのは、これが原因じゃないでしょうか」

「ああ、おそらくそうだ。これだけの怨毒が、鬼たちに何の影響も及ぼさないはずがない」

首塚から漏れ出る怨毒は、江戸に生まれた鬼たちの負の力を増大させていたのだ。ゆえに融合鬼が通常では考えられぬほど多く顕現するようになったと考えられた。

——こんなものに、どう対処すりゃいいっていうんだ。

瑠璃は自分の足が小刻みに震えているのに気がついた。

——今のままじゃ無理だ。気だけで萎縮《いしゅく》させられちまってるようじゃ……。

「誰かおるんか」

瑠璃は勢いよく振り返った。

中庭に接した廊下に、いつの間にか忠以が佇んでいた。白い夜着をまとった忠以の頬は、前にも増してこけている。

「仕掛を外せ」

双子はなおも全身を激しく震わせていた。瑠璃の声で気力を取り返したのか、息も絶え絶えに短い経文を唱える。

楓樹の仕掛が収縮していき、瑠璃たちは忠以の前に姿をさらした。

「……やっぱり来てしもたんやな、ミズナ」

忠以は瑠璃たちの闖入《ちんにゅう》にさほど驚いていない様子だ。

「俺らの計画を予測して、いつか来るやろうとは思うとった。さすが黒雲や」

弱々しく苦笑する忠以に対し、瑠璃は表情を強張らせていた。

「その顔、将門公の力を感じ取ったんやな。とても勝てへんて痛感したんと違うか？ほな今度こそ、この前聞きそびれた答えを聞こう。幕府と手を切って、こちら側についてくれ」

瑠璃は背中に男衆の視線が集まっているのを感じた。

一つ目鬼との戦いを終えた後、瑠璃はようやく彼らに帝から提案を受けた旨を打ち明けた。男衆は直々の下知に恐縮していたものの、心積もりは瑠璃と同じであった。

「なあ、忠さん。こんなことが許されると思ってるのか」

瑠璃はぎり、と歯を食い縛り、忠以を一直線に睨みつけた。

「自分たちがどれほど危険なことをしてるか、わかってるのか？　いたずらに融合鬼を生み出すようなことをして、生きてる奴らにも被害が及ぶと想像できなかったのかよ」

忠以はやや物思いにふける顔をしてから、毅然とした口調で答えた。

「それは、百も承知や」

瑠璃の瞳がぎらりと光った。

「将門公の餌にされた鬼たちに、悪いとは思わないのか」

声には些か、祈るような思いがこめられている。忠以にも良心があるはずだ。鬼の魂をいたぶることに、苦悩していないわけはない。

しかし瑠璃の希望は儚くも打ち砕かれた。

「大義のためなら多少の犠牲はしゃあない。俺らはそれだけの覚悟を持って事を起こそうとしとるんやから。幕府を倒すだけやなく、江戸中が死の危険にさらされるやろうが、それかて織りこみ済みや。禁裏に実権を返すっちゅうことは、日ノ本の中枢を江戸から京へ戻すっちゅうこと。せやから江戸には、新しい世の礎になってもらう」

淡々と返された瑠璃の瞳には、今や落胆の色が差していた。

犠牲──惣之丞と同じ言葉を、信じていた男が用いたのである。民の命と大義とを天秤にかけ、大義を取るというのか。百万をも超える江戸の民を、大義のための犠牲と切り捨てるのか。瑠璃は足から力が抜けていくような感覚に陥った。

惣之丞が「結界はもはや必要ない」と述べたのも当然である。江戸を壊滅させるのも厭わぬくらいの大規模な戦を起こすなら、身を隠す必要もないからだ。

「……あんたの考えは、よくわかったよ」

地面に向かって小さくつぶやいた瑠璃を、男衆が気遣わしげに見やる。

「なら、わっちらが為すべきことは一つしかない」

瑠璃は顔を上げた。迷いの消えた瞳が、眼光鋭く忠以を見据えていた。

「宣戦布告だ。将門公の怨毒を鎮め、鳩飼いの、あんたらの大義とやらを潰す」

見返ると、男衆も力強く首肯して、頭領に同意を示している。

すでにお喜久と安徳を通して、家治公にも鳩飼いの切り札が平将門であることが伝わっていた。黒雲には当然のごとく「将門調伏」の命が下された。とはいえ、瑠璃たちが将門に立ち向かうと決めたのは、将軍に命じられたからではなかった。

「将軍を守るとか守らないとか、そんなのは関係ねえ。忠さん、わっちはあんたらのやり方をどうしても認められない。これがわっちの、黒雲の答えだ」


——偽善者。


惣之丞の声が耳の奥にこだました。

が、瑠璃の決心はもう、義兄のささやきに揺さぶられることはなかった。

——偽善で結構。わっちはわっちの心に従うだけだ。お前が諦めないのと同じで、わっちも、諦めたくねえんだよ。

忠以はどこか寂しそうに瑠璃の決心を反芻している様子だった。

「……でも止めることはできひんで。惣之丞の〝魂呼《たまよばい》〟は」

魂呼。遊離した魂を呼び寄せ、死者を蘇らせる術を指す。これが将門の怨念を目覚めさせつつあるのだ。姦巫一族が遠い昔に編み出した禁術であり、術者は無論、惣之丞である。

魂呼は一度始めると完成まで決してやめることができない。万が一にも途中でやめれば溜まっていた怨毒が爆発し、火山灰のごとく江戸に降り注ぐことになるという。

つまり完成するまでは、何人《なんぴと》たりとも手出しできないのである。

「それは知ってるよ」

瑠璃はお喜久から魂呼の術について聞かされていた。姦巫の禁忌を惣之丞が用いようとしていると、お喜久はついに突き止めていたのだ。

魂呼が禁忌とされたのは、術者や周囲に多大な危険が生じるからである。術の恐ろしさを目の当たりにした当時の姦巫は、術によっていかなる害があったかを戒めとして書物に記した。極めて古い書物だが、禁裏の書庫にも残っていたはずだ。惣之丞はおそらく帝から忠以を通して書物を受け取り、術を実行に移したのだろう。

だが怨念を完全体にするには、首と体の霊魂を繋げる必要がある。体に宿った霊魂は神田明神に祀られているため、易々と接触することができない。これについて、お喜久はある見解を示していた。

「鳩飼いは、天下祭《てんかまつり》で将門公の首と体を繋げるつもりなんだろう」

忠以の目元がぴく、と動いた。

天下祭とは、江戸で最も豪華とされる神田明神の祭礼である。派手な山車《だし》が江戸中を練り歩き、将門の御霊を祀った神輿が江戸城内にも訪れる。この時、将軍も祭の様子を見物するのが習いだった。

神輿が江戸城に入った時点で首と体の霊魂を合体させ、魂呼を完成させる。そして完全体となった将門の力を操って将軍を殺害し、幕閣を皆殺しにし、幕府の機能を完膚なきまでに叩き潰す。

これこそが鳩飼いの最終計画であった。

「よう調べたな。黒雲のことを、ちと甘くみとったんかもしれん」

哀しげにこぼす忠以の顔は青白い。瑠璃を見る瞳には、複雑に入りまじる感情が見え隠れしていた。

「ミズナ。帝や俺の目指すものに、お前かて共感するところがあったやろ。惣之丞の志も、お前を自由にすることに繋がるんに……それでも答えは変わらんか？」

「その質問、そっくりそのままお返しするね」

物憂げな瑠璃の声に、忠以は胸を衝かれたようだった。

「……そうか。けどやっぱり、考えてしまうんや。俺とお前はどうして、戦わんといかんのやろうってな」

好きあっているのに。そう言われた気がして、瑠璃は己が掌に目をやった。

繋ぎあった温かな手の感触が蘇る。あの時は幸せだった。想いあう気持ちは同じなのだと、この先もずっと一緒にいられるのだと、明るい未来を信じて疑わなかった。

「互いに譲れないモンが、あるからだよ」

問いに答えられる言葉はそれ以外、どうしても見つからなかった。瑠璃は想いを握り潰すように拳を作り、胸元に当てた。

心の臓の拍動が拳に伝わってくる。

今までは心のどこかで、飛雷と向きあうのを避けていた。されどもう生易しいことを言ってはいられない。今こそ飛雷と向きあわねば。もし完全に龍神の力を引き出し、掌握することができたなら、将門と戦う光明が見えるだろうか。

不意に、瑠璃は心の臓が早鐘を打っているのに気がついた。

「え……」

意図していないのに拳から力が抜けていく。そればかりでなく全身に力が入らなくなり、ついには膝をついた。

「頭？」

異変を察した栄二郎が屈みこんだ瞬間、瑠璃の体はゆっくりと、地面に横倒しになった。

「どうしたんですか、頭っ」

体がまったく言うことを聞かない。荒く、細く、寸刻たりとも安定しない拍動に、瑠璃は呆然とした。

「将門公の怨毒を浴びすぎたのか？」

「どうして、おいらたちの体は何ともないのに」

権三が急いで瑠璃を助け起こそうと手を伸ばす。が、胸元に目をやった途端、硬直してしまった。

「印が……」

邪龍を封じた胸元の印が、三本の鉤爪《かぎづめ》のような形をして濃く、大きくなっていた。

「……呪いの目……」

うわごとのように漏れ聞こえた声に、男衆は絶句した。

「そんな。生き鬼の呪いは、相殺されたはずじゃ」

違う。瑠璃はそう言おうとしたが、もはや舌すらも動かすことができなかった。

龍神の加護により、呪いの目で体が消滅することは避けられた。だが呪いは確実に、瑠璃の「心」を蝕んでいたのだ。飛雷はわざと瑠璃の心に加護を与えなかったのである。瑠璃はここに来てようやく、邪龍の意図に気づかされた。

もし心が完全に呪いに呑みこまれれば、飛雷は空になった瑠璃の体を乗っ取るであろう。まるで瑠璃の心が死滅するのを急かしているかのごとく、心の臓は跳ねては静まり、また跳ねては静まる。

そして瑠璃は、両目を閉じた。男衆が必死に自分を呼ぶ声が遠く、薄れていく。

——皆……どこにいるんだ。

何も見えない。何も聞こえない。暗闇だけが瑠璃にささやきかけ、底なしの冥界へ引きずりこもうとするようだ。

——嫌だ、そんな暗いところには行きたくない。もう独りになんかなりたくない。

誰か、誰か……。

助けを求める声は誰にも届かず、ただ闇の中に吸いこまれて消えていくばかり。

瑠璃の心は光が差さぬ漆黒の世界へと、閉ざされていった。

本書は、二〇二〇年五月に小社より単行本として刊行されました。

|著者|夏原エヰジ　1991年千葉県生まれ。上智大学法学部卒業。石川県在住。2017年に第13回小説現代長編新人賞奨励賞を受賞した『Cocoon-修羅の目覚め-』でいきなりシリーズ化が決定。その後、『Cocoon2-蠱惑の焰-』『Cocoon3-幽世の祈り-』『Cocoon4-宿縁の大樹-』（本書）『Cocoon5-瑠璃の浄土-』と次々に刊行し、人気を博している。

Cocoon《コクーン》4　宿縁《しゅくえん》の大樹《たいじゅ》
夏原《なつばら》エヰジ

講談社文庫
定価はカバーに
表示してあります

2021年5月14日第1刷発行

発行者——鈴木章一
発行所——株式会社　講談社
東京都文京区音羽2-12-21　〒112-8001
電話　出版（03）5395-3510
　　　販売（03）5395-5817
　　　業務（03）5395-3615
Printed in Japan

デザイン—菊地信義
本文データ制作—講談社デジタル製作
印刷———豊国印刷株式会社
製本———株式会社国宝社

ISBN978-4-06-523025-1

講談社文庫刊行の辞

二十一世紀の到来を目睫に望みながら、われわれはいま、人類史上かつて例を見ない巨大な転換期をむかえようとしている。

世界も、日本も、激動の予兆に対する期待とおののきを内に蔵して、未知の時代に歩み入ろうとしている。このときにあたり、創業の人野間清治の「ナショナル・エデュケイター」への志を現代に甦らせようと意図して、われわれはここに古今の文芸作品はいうまでもなく、ひろく人文・社会・自然の諸科学から東西の名著を網羅する、新しい綜合文庫の発刊を決意した。

激動の転換期はまた断絶の時代である。われわれは戦後二十五年間の出版文化のありかたへの深い反省をこめて、この断絶の時代にあえて人間的な持続を求めようとする。いたずらに浮薄な商業主義のあだ花を追い求めることなく、長期にわたって良書に生命をあたえようとつとめるところにしか、今後の出版文化の真の繁栄はあり得ないと信じるからである。

同時にわれわれはこの綜合文庫の刊行を通じて、人文・社会・自然の諸科学が、結局人間の学にほかならないことを立証しようと願っている。かつて知識とは、「汝自身を知る」ことにつきていた。現代社会の瑣末な情報の氾濫のなかから、力強い知識の源泉を掘り起し、技術文明のただなかに、生きた人間の姿を復活させること。それこそわれわれの切なる希求である。

われわれは権威に盲従せず、俗流に媚びることなく、渾然一体となって日本の「草の根」をかたちづくる若く新しい世代の人々に、心をこめてこの新しい綜合文庫をおくり届けたい。それは知識の泉であるとともに感受性のふるさとであり、もっとも有機的に組織され、社会に開かれた万人のための大学をめざしている。大方の支援と協力を衷心より切望してやまない。

一九七一年七月

野間省一